Syzyfowe prace
Stefan Żeromski

Syzyfowe prace
Copyright © JiaHu Books 2017
Published in Great Britain in 2017 by JiaHu Books – part of
Richardson-Prachai Solutions Ltd, 434 Whaddon Way, Bletchley,
MK3 7LB
ISBN: 978-1-78435-225-7
A CIP catalogue record for this book is available from the British
Library
Visit us at: jiahubooks.co.uk

I

Termin odstawienia Marcina do szkoły przypadł na dzień czwarty stycznia.

Obydwoje państwo Borowiczowie postanowili odwieźć jedynaka na miejsce. Zaprzężono konie do malowanych i kutych sanek, główne siedzenie wysłano barwnym, strzyżonym dywanem, który zazwyczaj wisiał nad łóżkiem pani, i około pierwszej z południa wśród powszechnego płaczu wyruszono.

Dzień był wietrzny i mroźny. Mimo to jednak, że szczyty wzgórz kurzyły się nieustannie od przelatującej zadymki na rozległych dolinach, między lasami, zmarznięte pustkowia leżały w spokoju i prawie w ciszy. Szedł tylko tamtędy zimny przeciąg, wiejąc sypki śnieg niby lotną plewę. Gdzieniegdzie wałęsały się nad zaspami smugi najdrobniejszego pyłu jak pyłek przyduszonego paleniska.

Chłopak siedzący na koźle, podobny do głowy cukru opakowanej szarą bibułą, w swym spiczastym baszłyku, który w tamtych okolicach od dawien dawna uległ nostryfikacji i otrzymał swojską nazwę maślocha, i w brunatnej sukmanie — mocno trzymał lejce garściami ukrytymi w niezmiernych rękawicach wełnianych o jednym wielkim palcu.

Konie były wypoczęte, nie chodziły bowiem od pewnego już czasu do żadnej ciężkiej roboty, toteż pomykały, parskając, ostrego kłusa po ledwo przetartej, a już znowu na pół zadętej drożynie, i sucho, jednostajnie trzaskały podkowami o nadmarzniętą zwierzchnią skorupę śniegu.

Pan Walenty Borowicz ćmił fajkę na krótkim cybuszku, wychylał się co kilka minut na bok i przyglądał uważnie już to sanicom, już migającym kopytom. Wiatr go chłostał po zaczerwienionej twarzy i on to zapewne wyciskał owe łzy, które szlachcic ukradkiem ocierał.

Pani Borowiczowa nie siliła się wcale na maskowanie wzruszenia. Łzy stały bez przerwy w jej oczach skierowanych na syna. Twarz ta, niegdyś piękna, a w owej chwili wyniszczona już bardzo przez troski i chorobę piersiową, miała niezwykły wyraz namysłu czy jakiejś głębokiej a gorzkiej rozwagi.

Malec siedział „w nogach", tyłem do koni. Był to duży, tęgi i muskularny chłopak ośmioletni, z twarzą nie tyle piękną, ile rozumną i miłą. Oczy miał czarne, połyskliwe, w cieniu gęstych brwi ukryte. Włosy krótko przystrzyżone „na jeża" okrywała barankowa czapka wciśnięta aż na uszy. Miał na sobie zgrabną bekieszę z futrzanym kołnierzem i wełniane rękawiczki. Włożono nań ten strój odświętny, za którym tak przepadał, ale za to wieziono go do szkoły. Z niemego smutku matki, z miny ojca udającego dobry humor wnioskował doskonale, że w owej szkole, którą mu tak zachwalano, przyobiecanych rozkoszy będzie nie tak znowu dużo.

Znajomy widok wioski rodzinnej znikł mu prędko z oczu; nagie wierzchołki lip stojących przed dworem, schyliły się za brzeg lasu obwieszonego kiściami śniegu... Najbliższa góra poczęła wykręcać się, zmieniać, jakby krzywić i dziwacznie garbić. Wypadały teraz przed jego oczy smugi zarośli, jakich jeszcze nigdy nie widział, płoty z sękatych, nieociosanych żerdzi, na których wisiały przedziwne, niezmiernie długie sople lodu, wynurzały się pewne obszary puste, gdzieniegdzie okryte lodami o barwie sinawej, zimnej i dzikiej. Niekiedy las z nagła podbiegał ku drodze i odkrywał przed zdumionymi oczyma chłopca posępne swoje głębie.

— Patrz, Marcinek! zając, trop zajęczy... — wołał co chwila ojciec, trącając go nogą.

— Gdzie, tatku?

— A o, tu! widzisz? Dwa ślady duże, dwa małe. Widzisz?

— Widzę...

— Będziemy teraz szukali tropów lisa. Czekaj no... My go tu zaraz, oszusta, wyśledzimy, a potem palniemy mu w łeb, zdejmiemy futro i każemy Zelikowi uszyć prześliczną lisiurę dla pana studenta, Marcinka Borowicza. Czekaj no, my go tu zaraz...

Marcinek wpatrywał się w głuche leśne polany i zamiast rozrywki zimną bojaźń na tych tropach spotykał. Z rozkoszą byłby pobiegł śladem lisów i zajęcy, nurzał się w śniegu i hasał wśród przydętych zarośli, ale teraz z całego obszaru i z tajemniczych jego cieniów fioletowych wiała na niego bolesna i zdumiewająca tajemnica: szkoła, szkoła, szkoła...

Ostatni szmat tzw. odpadków leśnych wykręcił się w inną stronę i zdawało się, że ucieka za oczy, na przełaj, polami. Roztwarła się przestrzeń płaska, tu i ówdzie poprzegradzana opłotkami, w których na dnie małych wąwozików kryły się drożyny, przydęte w owej chwili zaspami podobnymi do wysokich kopców albo spiczastych dachów. W jedną z takich dróg chłopskich wjechały sanie państwa Borowiczów i poczęły kopać się przez wydmy.

Kiedy Marcinek wykręcił głowę i wiercił się na miejscu, żeby pomimo smutku spojrzeć na konie, dostrzegł przy krańcu pola smugę szarych ścian okrytych białymi strzechami. Owe ściany tworzyły linię równą i przykuwały oczy niezwykłym na śniegach kolorem.

— Co to jest, mamusiu? — zapytał z oczyma łez pełnymi.

Pani Borowiczowa uśmiechnęła się z przymusem i na pozór spokojnie odrzekła:

— To nic, kochanku... To Owczary.

— To już w tych Owczarach... szkoła?

— Tak, kochanku... Ale to nic. Przecież ty jesteś tęgi, rozumny, mądry chłopiec! Przecie ty kochasz swoją mamusię. Trzeba się uczyć, malutki, uczyć...

— Ale on tylko udaje... — rzekł ojciec udając również, że się zanosi od śmiechu. — Alboż to daleko do Wielkiejnocy? Zleci jak z bicza strzelił! Ani się obejrzysz, aż tu zajeżdża wózek przed szkołę. „Po kogoś przyjechał?" — pytają Jędrka. — „A po naszego panicza, po studenta" — on powie. A w domu co mazurków, co babek, co placków z migdałami... powiadam ci... zatrzęsienie!

Wiatr szedł w polu ostrzejszy i smagał twarze rodziców chłopca. Marcin poddał się ściśnieniu serca, które uczuwał pierwszy raz w życiu, i milcząc słuchał nawału zdań o szkole, konieczności uczenia się, o gimnazjum, o mundurze, mazurkach, zającach, o cukrze lodowatym, kapiszonach, posłuszeństwie, o jakiejś pilności i nieskończonym łańcuchu innych wyobrażeń. Chwilami przestawał myśleć i patrzał znużonym wzrokiem, jak wiatr rozdmuchuje futro w pewnym miejscu elkowego, w kształcie peleryny, kołnierza matki, zupełnie jak gdyby ktoś chuchał na to miejsce przyłożywszy do niego usta; chwilami znowu tłumił całą potęgą dziecięcej woli wybuch przerażenia, które wstrząsało jego żyły jak wystrzał niespodziewany. Tymczasem janczary dźwiękły głośniej, z obu stron drożyny ukazały się ściany stodół, później parkany, bielone chaty, i sanie wśliznęły się na utorowaną, szeroką ulicę wioski. Chłopiec powożący zaciął konie, a nim upłynęło kilkanaście minut, wstrzymał je przed budynkiem większym trochę od chat włościańskich, ale nieodbiegającym pod względem struktury od ich typu. We frontowej ścianie tego domostwa połyskiwały dwa okna sześcioszybowe, a nad drzwiami wchodowymi czerniała tablica z napisem: *Naczalnoje Owczarskoje Uczyliszcze*. Obok budynku szkolnego stała skromnie niewielka obórka i tuliła się, nieco mniejsza od obórki, kupka krowiego nawozu. Między drogą a domem znajdowała się pewna przestrzeń, zapewne warzywny ogródek, w którym tego dnia sterczało jedno jakieś drzewko obciążone mnóstwem sopli. Dokoła tego placu biegł płot z powyłamywanymi kołkami.

Gdy sanki zatrzymały się na drodze, z sieni *uczyliszcza* wybiegł bez czapki nauczyciel, pan Ferdynand Wiechowski, i żona jego, pani Marcjanna z Piliszów. Nim zdążyli zbliżyć się do sanek, Marcin potrafił zadać matce szereg kategorycznych pytań:

— Mamusiu, to nauczyciel?

— Tak, kochanku.

— A to nauczycielka?

— Tak.

— A czy mama widzi, jak temu nauczycielowi strasznie się grdyka rusza?

— Cicho bądź!...

Nauczyciel miał na sobie rude i mocno zniszczone palto z wystrzępionymi dziurkami od guzików i guzikami rozmaitego pochodzenia, na nogach grube buty, a na długiej szyi wełniany szalik w prążki czerwone i zielone. Szerokie, żółtawe wąsy, od czasów we mgle przeszłości leżących niepodkręcane do góry, zakrywały usta pana Wiechowskiego jak dwa strzępy sukna. Palcami prawej ręki, powalanymi atramentem, z gracją i kokieterią odgarniał z czoła spadające promienie włosów i rozkopywał śnieg szastając po nim nogą w nieprzerwanych ukłonach. Zwiędła i zastygła twarz jego marszczyła się w uśmiechu czołobitności, który czynił ją podobną do maski.

O wiele śmielej zbliżała się do sanek pani nauczycielowa. Była to kobietka przystojna, choć nieco za wielka i za otyła. Miała oczy przykryte szafirowymi okularami. Te wielkie okulary natychmiast i bardzo źle usposobiły dla niej Marcina Borowicza. Nie wiedział, czy ta pani w danym momencie patrzy na niego i, co najważniejsza, czy ona w ogóle go widzi. Drogą dziwnego skojarzenia wrażeń prędko wykombinował, że nauczycielka podobna jest do ogromnej muchy.

— Powitać, powitać! — wołała, szepleniąc pani Wiechowska i poczęła wysadzać z sanek matkę Marcinka.

— Jakże zdrowie? — zapytał nauczyciel gwałtownym sposobem i nie wiedzieć kogo, ani na chwilę nie przestając uśmiechać się jednostajnie.

— Powitać kawalera! — mówiła coraz śmielej i głośniej nauczycielowa, teraz już specjalnie do Marcina. — Cóż, były dudy?

Pewno były, ejże!...

— Cóż to za dudy, mamo? — szepnął kawaler przez zęby.

— Jakże zdrowie? — wypalił znowu nauczyciel, mocno zacierając ręce.

— Ano, otóż i jesteśmy! — rzekł ze swobodą pan Borowicz. — Dudy? Było tam tego trochę, ale, chwalić Boga, niewiele, niewiele.

— Spodziewam się, proszę pana dobrodzieja — rzekła nauczycielka tonem wysoce dydaktycznym — spodziewam się... Marcinek powinien to rozumieć — mówiła z rosnącym uczuciem i rozdymając nozdrza — że rodzice i cała familia oczekują po nim wiele, bardzo a bardzo wiele! Powinien to rozumieć, że musi stać się nie tylko pociechą rodziców w sędziwej starości, podporą ich lat zgrzybiałych, ale i chlubą...

Ten wyraz „chlubą" wymówiła ze szczególnym namaszczeniem.

— A, naturalna rzecz! — zakończył nauczyciel, zwracając się do pana Borowicza z takim wyrazem twarzy, jakby pytał: „No, a może by tak kieliszeczek *szpagaterii*?"

— Czymkolwiek Marcinek zostanie — mówiła nauczycielka coraz płynniej, brnąc po śniegu do sieni, a stamtąd wprowadzając gości do mieszkania — czy to obywatelem ziemskim, czyli też kapłanem, czy sekretarzem gminnym albo oficerem — zawsze powinien to mieć przede wszystkim na uwadze, że ma być chlubą swej familii. Nie wiem, jaki o tej sprawie sąd mają państwo dobrodziejostwo, co się zaś mnie tyczy, to jest to moje święte przeświadczenie...

„Znowu tą chlubą..." — ze znużeniem myślał kandydat na stanowisko tak podwyższone wśród całej familii. Ponieważ zaś przed chwilą wyraźnie słyszał, że może być oficerem, a jednocześnie patrzał w oczy matki, zamglone niewymowną miłością i łzami, opuściła go tedy naprężona uwaga, z jaką wsłuchiwał się w mowę nauczycielki, i począł z całą swobodą myśleć o błyszczących szlifach i dzwoniących ostrogach. Byłby nawet przysiągł w owej chwili, że ostrogi i szlify są ową nieznaną chlubą.

Pokoik, do którego wprowadzono przybyłych, miał niesłychanie małe wymiary i zastawiony był mnóstwem gratów. Jeden kąt zajmowało wielkie łóżko, drugi kąt piec kolosalnych rozmiarów, trzeci znowu łóżko; na środku stała kanapa i okrągły stolik z jesionowego drzewa, pokrajany najwidoczniej *kozikami* i porysowany jakimś narzędziem tępym a zębatym. Na ścianach wisiały tu i ówdzie litografie wyobrażające świętych i święte. Przy drzwiach prowadzących do izby szkolnej zawieszony był na sznurku duży kalendarz w zielonej okładce, a na nim rzemienna pięciopalczasta dyscyplina z trzonkiem do złudzenia naśladującym sarnią nóżkę. Właśnie w owej chwili, kiedy Marcinowi troiła się po głowie chluba w kształcie szlif ułańskich, wzrok jego padł na okropny instrument...

— No, i jakże tam, hę? — zapytał nauczyciel, wyciągając chudą i kościstą rękę w kierunku czupryny Marcina z takim gestem, jakiego używał zwykle felczer Lejbuś, kiedy się do strzyżenia „pod włos" zabierał. Jednocześnie przejęły malca dwa dreszcze: na widok dyscypliny i tej okrutnej, chudej łapy. Westchnął z głębi piersi w taki sposób, że tego aktu nikt nie widział, nawet matka, i poddał spokojnie głowę jakiejś dziwnej pieszczocie nauczyciela, która przypominała rozcieranie świeżo nabitego guza. Straszna rezygnacja, do której zmuszał się całym wysiłkiem woli, skupiła się w cichych myślach:

„Mama mię tu zostawi samego... on mię z początku będzie brał za głowę... o, tak... a potem..."

Później z odwagą, która była trudnym do zniesienia cierpieniem, spojrzał na dyscyplinę i nawet podniósł wzrok na pana Wiechowskiego.

Tymczasem do pokoju weszła dziewczynka, mniej więcej dziesięcioletnia, na cienkich nogach obutych w duże trzewiki — i dygnęła. Miała na sobie dosyć gruby kubrak i włosy zaplecione w tyle głowy w cienki warkoczyk, noszący w tamtych okolicach nazwę „mysiego ogonka".

— To Józia... — rzekła pani Wiechowska. — Uczy się i wychowuje u nas. Jest to właśnie *siostrzenica* księdza Piernackiego.

To słowo „siostrzenica" nauczycielka podkreśliła tonem zagradzającym do umysłów osób obecnych drogę jakiejkolwiek, chociażby nawet minimalnej, wątpliwości.

— A... — mruknęła dosyć niechętnie pani Borowiczowa.

— Przywitajcie się, moje dzieci! — rzekła nauczycielka z emocją.

— Będziecie się razem uczyli, powinniście więc żyć w zgodzie i pracować z zapałem!

Józia spojrzała na Marcinka iskrzącymi się oczami, a potem uległa całkowitemu zgłupieniu.

— Marcinek! — szepnął chłopcu do ucha pan Borowicz — przywitajże się... To tak zaczynasz postępować w szkole! Wstydź się!... No!

Chłopiec zaczerwienił się, spuścił oczy, a potem raptownie wyszedł na środek izby, rozstawił nogi szeroko, zsunął je z hałasem i zabawnie kiwnął przed koleżanką cały swój korpus. Józia straciła do reszty przytomność umysłu. Spoglądała na mistrzynię swą wytrzeszczonymi oczyma i bokiem cofała się z pokoju. Była już blisko drzwi, gdy je właśnie otworzono. Ukazał się w nich kipiący samowarek na rachitycznie krzywych nóżkach, powyginany w sposób nadzwyczajny.

Niosło go przed sobą wielkie i brzydkie dziewczysko, odziane w czarną od brudu, zgrzebną koszulę, potargany i wytłuszczony lejbik, wełnianą zapaskę i szmatkę na włosach nieczesanych od kilku miesięcy.

Samowarek ustawiono na rogu stołu przy pomocy czynnej pana nauczyciela i zaczęto zasypywać i zaparzać herbatę w sposób wysoko ceremonialny i obrzędowy.

Rodzice Marcinka spostrzegli, że jest to z pewnością pierwsza herbata w bieżącym półroczu szkolnym.

Mrok z wolna zalegał pokoik. Pan Borowicz przysunął swe krzesło do rogu kanapki szczelnie wypełnionego przez panią Wiechowską i półgłosem zaczął prowadzić z nią ostateczną umowę o „leguminy", jakich miał dostarczyć w zamian za światło udzielać się mające w tym domu jego synowi.

Marcinek stał teraz obok matki i słuchał, jak ojciec mówił:

— Kaszy, wie pani, to nie mogę, bo ani mój młynarz tego jak się patrzy nie zrobi — a zresztą, wie pani... Wolę za to kazać zemleć na pytel pszenicy. Będziesz pani miała czy na kluski, na łazanki, czy choćby też ciastko jakie upiec, żeby się przecie chłopczyna rozerwał. Grochu... ileż byś pani chciała?...

Słowa te wnikały aż do głębi umysłu chłopca i sprawiały mu ból istotny. Teraz pojmował, że naprawdę w szkole zostaje. W tym brzmieniu mowy ojca, w naradach z nauczycielką czuł po raz pierwszy ton handlowy i nieodwołalną konieczność ulegania swemu losowi.

Chwilami owa boleść szerzyła się w małym jego ciele i przechodziła w chęć dzikiego oporu, wrzeszczenia, tupania nogami, szarpania sukien matki, to znowu w głuchą i osłabłą rozpacz.

Pani Borowiczowa brała również udział w tym sporządzaniu niepisanego kontraktu, zanotowywała nawet w małej książeczce ilości owych „legumin", ale czuła na sobie wzrok chłopca, pomimo że go nie widziała i miała oczy spuszczone. Przez serce jej ciągnęła prawie taka sama zawieja obłędnych uniesień. Kto wie nawet, czy nie absolutnie taka sama?... Kto wie, czy gwałt jego niecierpliwości nie szarpał jej tak samo i w tej samej minucie...

— Ale też pani jesteś nienasycona! — mówił pan Borowicz półserio do nauczycielki, gdy dopominała się to o ryby, to o włoszczyznę, to nareszcie o len, płótno zgrzebne itd.

— Ij! — odrzekła z jadowitym uśmiechem pani Wiechowska — nienasycona, proszę pana dobrodzieja, to ja tam nie jestem. Czyż to jedno z drugim wyniosą te drobiazgi tyle, co byście państwo dobrodziejostwo musieli dać korepetytorowi u siebie na wsi? Taki korepetytor, proszę pana, dziś ledwo za trzydzieści rubli w *miesiąc* na wieś pojedzie, a chce mieć pokój osobny, wszelkie wygody, wszelkie przyjemności, usługę... młodą, konia pod wierzch, chce się zabawić kiedy niekiedy, chce świąt i wreszcie... co to mówić...

— Pani kochana wiesz — odrzekł szlachcic trochę szorstko — że dlatego do was dziecko oddaję, bo mię na korepetytora nie stać. Rzeczywiście nie stać mię. Choćbym się nawet szarpnął i dał mu te jakieś trzysta rubli, to nie mam w domu kąta, gdzie bym takiego guwernera ulokował. Pani kochana może i wiesz, może nie wiesz, że u nas nie co dzień mięso na obiad, a z obcym człowiekiem w domu trzeba by się było stawiać...

— Co to mówić, moja droga pani — rzekła pani Borowiczowa — przecie pan Wiechowski przygotuje Marcinka do pierwszej klasy nie gorzej, a zapewne daleko lepiej niż najlepszy korepetytor, a u pani będzie mu tak samo jak u matki. On sam wie, że trzeba się uczyć, trzeba zębami i pazurami!... Mamusia kocha, mamusia bardzo kocha, ale to trudno, to trudno. On to zresztą wie, on pokaże, jaki to z niego chłopiec i czy to słuszne, co o nim mówił pan Miętowicz, że on tylko beczeć umie. On pokaże!

Istotnie w Marcinku niespokojne wybuchy uciszyły się i cała jego rozpacz niby na jakimś haku zawisła. Spojrzał mężnie w oczy matki i dojrzawszy w kącikach tych oczu pod samymi powiekami dwie łzy uśmiechnął się dziarsko.

— Widzi pani, widzi pani, oto mój syn, mój kochany syn! — mówiła teraz pani Borowiczowa wypuszczając te łzy uwięzione mocą woli pod powiekami.

Ojciec przyciągnął go do siebie i głaskał po czuprynie, nie mogąc słowa wymówić. Tymczasem noc zapadła. Wniesiono do pokoju lampę i pani nauczycielowa zaczęła nalewać herbatę. Około godziny siódmej pan Borowicz wstał zza stołu. Jego lewy policzek drgał szybko, a usta uśmiechały się smutno.

— No, Helenko, na nas pora... — rzekł do żony.

— O, cóż znowu? — wyszepleniła nauczycielowa — cóż znowu?

Przecie na Gawronki w *kwadrans* czasu sankami się prześliźnie...

— Tak, pani, ale teraz księżyca nie ma, zaspy duże, chłopak drogi nie zna, zresztą i na *państwa* czas.

Pani Borowiczowa ułożyła tłumoczek z bielizną Marcina obok łóżka, na którym malec miał sypiać, niepostrzeżenie wymacała ręką, czy siennik mu dobrze wypchano, następnie ucałowała go szybko, pożegnała Wiechowskich i wsunąwszy jeszcze w rękę brudnej Małgośki dwa złote groszy dwadzieścia wyszła na dwór i wsiadła na sanki. Również pośpiesznie mąż za nią wyszedł. Nauczycielka trzymała młodego Borowicza za rękę, gdy konie ruszyły z miejsca, a pan Wiechowski klepał go po ramieniu. Służąca trzymała wysoko lampę kuchenną. Gdy janczary odezwały się raz pierwszy, podniosła światło wyżej i biały krąg jego padł na śnieg rozesłany dokoła. Wówczas właśnie Marcinek spostrzegł, jak tył sanek z zarysami głów rodzicielskich przesunął się na ostatnią linię światła i wpadł w ciemność. Chłopak z nagła wrzasnął przeraźliwie, szarpnął się, wyrwał z rąk nauczycielki i pędem pobiegł za sankami. Trafił na rów idący wzdłuż drogi, jednym susem wybrnął z zaspy i pędził przed siebie. Odbiegłszy od światła, nic nie widział w ciemności. Potknął się raz, drugi na jakichś kołkach i upadł na ziemię wrzeszcząc co sił:

— Mamusiu, mamusiu!

Obydwoje nauczycielstwo schwycili go pod ręce i zaprowadzili przemocą do szkoły. Janczary dzwoniły gdzieś daleko coraz ciszej, jakby spod wydm śniegu.

— Nigdy nie spodziewałam się czegoś podobnego! Nigdy! Żeby taki duży chłopiec chciał uciekać do Gawronek... Pfe, brzydko! — sapała nauczycielka.

Marcinek ucichł, ale nie ze wstydu. Dusiło go jakieś bolesne zdumienie: gdzie rzucił okiem, nigdzie matki nie było. W mózg jego wrzynała się myśl jak drzazga: nie ma, nie ma, nie ma... Ze ściśniętymi zębami wszedł do mieszkania, usiadł na wskazanym przez nauczycielkę krzesełku i słuchając jej długiego kazania ciągle myślał o matce. Te myśli były szeregiem wizerunków jej twarzy, które przemykały mu się pod powiekami i nikły. Znikanie ich było zawiązkiem, pierwszym sygnałem tęsknoty.

Brudna Małgosia słała tymczasem łóżka i ustawiała wraz z nauczycielem parawan przed posłaniem na kanapce, przeznaczonym dla koleżanki Józi. Ustawianie trwało dosyć długo i szczególne nastręczać musiało trudności, bo służąca w małej przerwie czasu, gdy nauczycielka wydaliła się do kuchni, co chwila odskakiwała z chichotem.

Nareszcie wszystkie łóżka zostały posłane i Marcinowi kazano się rozbierać. Położył się co tchu, nakrył kołdrą i zaczął knuć plan ucieczki.

Chytrze obierał stosowny moment o wczesnym poranku, przypominał sobie drogę do Gawronek, wmyślał się w fizjonomie zakątków leśnych, pustek, które widział przed wieczorem, i uciekał przez nie w marzeniu. Z wolna rozczyniała się w jego sercu, znużonym nawałą uniesień, senna żałość i wylewać poczęła w cichym płaczu. Łzy dużymi kroplami spływały na poduszkę i rozlewały się w szerokie plamy... Zasnął spłakany w znużeniu i bezczuciu.

Wśród nocy nagle się ocknął. Raptem usiadł na łóżku i rozszerzonymi oczyma patrzał przed siebie. Ktoś chrapał jak maszyna do ugniatania żwiru.

Mała nocna lampka, ustawiona w kącie izby, oświetlała jedną ścianę i część powały. Marcinek ujrzał czyjeś olbrzymie, grube i tłuste kolano wystające spod pierzyny, nieco dalej wielki nos i wąsy, które poruszały się miarowo wskutek chrapania, jeszcze dalej półokrągły koszyk wyszyty paciorkami, a przy mdłym świetle błyszczący jak kły obnażone.

Uczucie osamotnienia, graniczące z rozpaczą, chwyciło małego szlachcica stalowymi szponami. Wzrok jego latał niespokojnie od przedmiotu do przedmiotu, z miejsca na miejsce, szukając czegoś znajomego i bliskiego. Spoczął wreszcie na tym kącie kanapki, gdzie siedzieli rodzice, ale i tam spał ktoś obcy. Z kątów izby zasnutych mrokiem wychylał się strach wielkooki, a widok gratów stojących w półświetle zdawał się grozić w sposób złowrogi. Długo malec siedział na posłaniu, patrząc bezsilnie i nie będąc w stanie najsroższym swoim cierpieniem odgadnąć, po co to wszystko z nim zrobiono, co to znaczy, dla jakiej racji tak jest męczony.

Nazajutrz, po nocy źle przespanej, obudził się bardzo nierychło. W mieszkaniu nie było nikogo, łóżko nauczycielskie było posłane, kanapka uprzątnięta. Za drzwiami, obok których wisiał kalendarz i dyscyplina, rozlegało się prawie nieustające kaszlanie i cichy pomruk rozmów, urozmaicony od czasu do czasu przez śmiech rubaszny albo płacz hałaśliwy.

Marcinek, rozciekawiony do najwyższego stopnia, wyskoczył z łóżka, ubrał się co tchu i nasłuchiwał pod tajemniczymi drzwiami, które wczoraj taki miały pozór, jakby prowadziły do pustego lamusa, a dziś były zasłoną jakiegoś interesującego widowiska.

— A co to, kawaler ciekawy zobaczyć szkołę? — krzyknęła nauczycielowa wynurzając się z kuchenki. — A mył się kawaler, czesał się, ubrał ochędożnie? Najpierw trzeba się ubrać, a później dopiero myśleć o zobaczeniu szkoły. Marcinek ubrał się z mozołem, bo aż dotąd matka mu pomagała myć się i ubierać, szybko wypił kubek gorącego mleka i czekał. Po śniadaniu nauczycielowa wzięła go za rękę i tak jak stała, w białym kaftaniku, wprowadziła do izby szkolnej. Gdy się drzwi otwarły, w głowie Marcina prześliznęła się zaraz myśl: to jest kościół, nie żadna szkoła...

Izba była pełna. Na wszystkich ławkach siedzieli chłopcy i dziewczęta. Gromadka najpóźniej przybyłych, nie znalazłszy miejsca, stała pod oknem. Chłopcy siedzieli w sukmankach, w ojcowskich *spancerach*, nawet w matczynych lejbikach, niektórzy mieli szyje okręcone szalikami, a ręce w wełnianych rękawicach; dziewczęta miały na głowach zapaski i chuściny, jakby się znajdowały nie w dusznej izbie, lecz wśród zasp szczerego pola. Wszystko kaszlało, a znaczna większość przed wejściem nauczycielki ćwiczyła się w dawaniu sobie nawzajem *sera*, której to rozrywki nie byłaby zresztą w możności tym mianem technicznym określić.

— Michcik, masz tu panicza z Gawronek, pokażże mu szkołę, bo ciekawy — rzekła nauczycielka zwracając się do chłopca siedzącego tuż obok drzwi w pierwszej ławie.

Był to wyrostek lat już kilkunastu, jasny blondyn z siwymi oczami. Grzecznie posunął się w ławie i zrobił miejsce dla Marcinka, który przycupnął na brzeżku zawstydzony i zmieszany. Pani Wiechowska wyszła, rzuciwszy głośne i stanowcze zalecenie publicznego spokoju.

— Jakże ci na imię? — spytał Michcik uprzejmie.

— Marcin Borowicz.

— A mnie Piotr Michcik. Umiesz czytać?

— Umiem.

— Ale pewnie po polsku?

Marcin spojrzał na niego ze zdumieniem.

— *Pa russki umiejesz czitat'?*

Marcin zaczerwienił się, spuścił oczy i wyszeptał cichutko:

— Ja nie rozumiem...

Michcik uśmiechnął się z tryumfem i zaraz wydobył z drewnianej teczki, zaopatrzonej w sznurek do wieszania jej na ramieniu, chrestomatię rosyjską Paulsona, otworzył tę księgę na zatłuszczonym miejscu i zaczął szybko czytać, potrząsając głową i rozdymając nozdrza:

— *„W szapkie zołota litoho staryj russkij wielikan podżidał k-siebie drugoho..."*

Uwaga małego Borowicza była zupełnie pochłonięta przez rozmowę z Michcikiem. Tymczasem ze wszystkich ławek wyłazili z wolna uczniowie i przybliżali się krok za krokiem, szturchając jedni drugich i wyglądając zza ramion. Utworzyło się wkrótce dokoła Michcika i Borowicza zwarte audytorium dzieci. Wszystkim oczy zdawały się wyskakiwać na wierzch z ciekawości. Stali w milczeniu, patrząc na Marcinka bez zmrużenia powieki i tak nieruchomo, jakby w paroksyzmie ciekawości stężeli.

Tymczasem Michcik wciąż czytał ów wiersz szybko i coraz szybciej. Skończywszy, jeszcze raz tryumfująco spojrzał na Borowicza i rzekł:

— Tak się czyta! Zrozumiałeś też co?

— Nic a nic... — odrzekł nowicjusz rumieniąc się po uszy.

— E, nauczysz się jeszcze i ty — rzekł tamten protekcjonalnie. — I ja se myślałem, że trudno, a teraz i *stichi* na pamięć umiem, i *rachonki* ci robię po rusku, i *diktowkę*. Gramatyka, ta to trudna... uuch! Sprawiedliwie! *Imia suszczestwitielnoje, imia priłagatielnoje, miestoimienije...* Cóż, nie rozumiesz, choćbym ci i powiedział...

Nagle podniósł głowę i patrząc na belki rzekł, nie wiedzieć do kogo, głośno, z uczuciem, a nawet jakby w uniesieniu:

— *„Podleżaszczeje jest' tot priedmiet, o kotorom goworitsia w priedłożenii!"*

Potem znowu rzekł do Marcina:

— Widzisz, i Piątek już umie czytać, choć kiepsko. Czytaj, Wicek!

Przy Michciku siedział chłopiec niezmiernie ospowaty. Ten otworzył tę samą książkę w równie wytłuszczonym miejscu i zaczął dukać jakiś ustęp. Od razu pogrążył się w tę czynność tak zupełnie, że wystrzały z armat nie byłyby w stanie przerwać jego roboty.

Raptem gromada obserwująca rozbiegła się wśród szturchańców i hałasu. Drzwi od sieni rozwarły się szeroko i wszedł nauczyciel. Twarz jego była ledwie podobna do wczorajszej. Była to teraz maska surowa, a bardziej jeszcze śmiertelnie znudzona. Rzucił okiem na Marcinka i kwaśno się uśmiechnął do niego, stanął na katedrze i dał znak Michcikowi. Ten wstał i zaczął głośno, z deklamacją mówić modlitwę:

— „*Priebłagij Gospodi, nisposli nam błagodat'...*"
W chwili zaczęcia modlitwy wszystkie dzieci jak na komendę zerwały się na równe nogi, a po jej ukończeniu siadły w ławkach. Szkołę wypełniał po brzegi nie tylko zaduch, ale literalny smród, ciężki i nieznośny.

Wiechowski spoglądał przez chwilę ponuro na zalęknioną gromadę, następnie otworzył dziennik i zaczął czytać listę. Kiedy wymieniał jakieś imię w brzmieniu rosyjskim i nazwisko, izbę zalegała śmiertelna cisza. Dopiero po upływie pewnego czasu dawały się słyszeć szepty, podpowiadania, wynikało szturchanie i kopanie nogami danego indywiduum, no i koniec końców z jakiegoś miejsca ukazywała się ręka dziecka i słychać było głos:

— Jest.

— Nie jest wcale, tylko *jest'* — wołał głośno nauczyciel. Sam wymawiał kilkakroć ten wyraz dobitnie, dla przykładu, miękcząc ostatnią spółgłoskę. Miało to taki skutek, że gdy z kolei czytał nazwiska, chłopcy wstawali i podnosili palce wołając z całą satysfakcją i w brzmieniu zupełnie swojskim:

— Jeść!

Marcinek nie pojmował z tego wszystkiego nic zupełnie, bo ani wymagań *prefesura*, ani całej ceremonii, a już najmniej objawów tak powszechnej żądzy jedzenia.

Gdy przeczytane zostały wszystkie nazwiska, pan Wiechowski znowu skinął na Michcika, a sam usiadł na krześle, wsunął dłonie w rękawy, założył nogę na nogę i począł patrzeć w okno z taką determinacją, jakby to właśnie stanowiło jeden z punktów jego urzędowych czynności.

Michcik głośno czytał, a właściwie wywrzaskiwał z Paulsona tekst długiej bajki ludowej rosyjskiej o chłopie, wilku i lisie.

Nauczyciel poprawiał kiedy niekiedy akcenty wyrazów.

Tymczasem w całej izbie szkolnej gwar się ciągle szerzył. Słychać było dźwięki: *a, be, ce, de, e...* albo: *a, be, we, że, ze...*

Dzieci, które umiały już alfabet, „pokazywały" go symplakom świeżo przybyłym: niektóre uczyły towarzyszów *ślabizoka*, a przeważna większość, patrząc niby to w elementarze i mrucząc coś pod nosem, nudziła się haniebnie.

Gdy Michcik odkrzyczał całą bajkę, złożył książkę i dał ją koledze Piątkowi, a sam wyszedł na środek do tablicy.

Wiechowski podyktował mu zadanie arytmetyczne na mnożenie.

Michcik wypisał dwie duże cyfry, podkreślił je okropnie grubą linią, przed mnożną ustawił taki znak mnożenia, że można by na nim powiesić palto, i zaczął szeptać do siebie, z cicha, tak przecie, że Marcin słyszał go dobrze:

— Pięć razy sześć... trzydzieści. Piszę *kółko*, a sześć mam *w rozumie*.

Cały ten akt mnożenia Michcik wykonywał z wielkim trudem i mozołem. Twarz mu się mieniła, mięśnie oblicza, rąk i nóg wykonywały bezcelową pracę takiego naprężenia, jakby uczeń dźwigał belki, rąbał drwa lub orał. Skoro jednak zmógł jakieś pięć razy sześć — i napisał *kółko* — zaraz półgłosem, tak żeby nauczyciel słyszał, tłumaczył całą sprawę:

— *Piat'ju szest' — tridcat'...*

A nauczyciel nie zwracał teraz uwagi ani na Michcika, ani na Piątka, który zaczął pokazywać swoją sztukę — lecz ciągle z martwym stoicyzmem patrzał w okno.

Marcinek, słuchając po raz drugi czytania Piątka, przypomniał sobie Żyda Zelika, krawca wiejskiego, który często w Gawronkach siedział całymi miesiącami na robocie. Stanął mu w oczach jak żywy — zgrzybiały, na pół ślepy, śmieszny Żydzina, z wiecznie oplutą brodą, gdy siedzi i zeszywa stary kożuch barani. Okulary związane szpagatem wiszą mu na końcu nosa, igła nie trafia w skórę kożucha, lecz w palec, później w pustą przestrzeń, później gdzieś więźnie...

Marcinek pragnąłby roześmiać się serdecznie z kłopotów Zelika, z jego powolnego ścibania, lecz czuje na twarzy łzy żalu i niewymownej miłości nawet dla tego Żyda z Gawronek... Czytanie Piątka wywiera na niego, nie wiedzieć czemu, tak dziwne wrażenie.

Piątek trafia na dźwięki, łapie je z pośpiechem, wiąże i spaja jakby uderzeniem pięści, pcha, jakby całym korpusem, do kupy... Słychać dziwne słowa... Oto malec stęka:

— *„Pie... piet... pietu... pietuch..."*

Marcinek schyla głowę, zatyka sobie usta i dusi się ze śmiechu, szepcząc:

— Co za *pietuch*? *Pietuch*!...

Nauczyciel budzi się jakby ze snu, powtarza ze złością kilkakrotnie ten wyraz ku tajemnej uciesze całej klasy i znowu wpada w zadumę. Nareszcie Piątek skończył lekcję, siadł ciężko na ławce i zaczął wycierać spocone czoło.

Wiechowski otworzył dziennik i wyczytał nazwisko:

— *Warfołomiej* Kapciuch.

Na środek izby wyszedł chłopak w nędznej sukmanczynie i

ojcowskich widocznie butach, gdyż posuwał się tak zgrabnie, jakby miał nogi obute w dwie konewki. Mały Bartek Kapciuch, który w szkole awansował na jakiegoś *Warfołomieja*, rozłożył swój elementarz na brzeżku nauczycielskiego stolika, wziął w brudną rękę drewnianą wskazówkę, wyczytał całe *a, be, we, że, ze...* chlipnął kilka razy nosem i poszedł na miejsce z taką uciechą, że nawet nie czuł pewno ciężaru swych niezmiernych butów. Powołany został znowu jakiś *Wikientij*, wyłożył nauczycielowi swoją umiejętność i zniknął w tłumie.

Ta nauka trwała tak długo, że Marcinek o mało się nie zdrzemnął. Wodził sennymi oczyma po ścianach, z których tu i ówdzie wapno płatami obleciało, rozpatrywał wiszące obok drzwi wizerunki nosorożców i strusiów, wreszcie trzy grube szlaki błota między drzwiami i pierwszą ławką... Było mu duszno w okropnym powietrzu izby i nudziło go stękanie dzieci wydających przed nauczycielem alfabet rosyjski. Jednak mimo nieuwagi i roztargnienia, jakie go ogarnęło, spostrzegł przecież, że i pan Wiechowski nudzi się porządnie. Na szczęście w sąsiednim mieszkaniu nauczycielskim wybiła godzina jedenasta. Profesor przerwał egzaminowanie, zeszedł z katedry i rzekł po polsku:

— Teraz sobie zaśpiewamy jedną śliczną pieśń po rusku, nabożną. Będziecie śpiewać po mnie i tak samo jak ja. Dziewuchy cienko, chłopaki grubiej. No... a słuchaj przecie jedno z drugim — uchem, nie brzuchem!

Przymknął oczy, rozwarł usta i, wybijając takt palcem, jął śpiewać:

Kol sławien nasz Gospod' w Sijonie...

Z nauczycielem śpiewał Michcik, ryczał coś Piątek i usiłowało naśladować melodię kilkoro dzieci, widać muzykalniejszych. Reszta śpiewała także. Gdy jednak melodia była poważna, a w tamtej okolicy lud śpiewa tylko na nutę żywego *wywijasa*, więc dzieci wpadły zaraz na jedyny uroczysty motyw śpiewu, do którego w kościele ucho przyuczyły, i poczęły niesfornymi głosami wrzeszczeć:

Święty Boże, święty mocny,
święty a nieśmiertelny...

Kilkakrotnie pan Wiechowski musiał przerywać i zaczynać od początku, gdyż melodia *Święty Boże* zaczynała brać górę nad *Kol sławien*. Chodziło tam zapewne nie o nauczenie dzieci śpiewu, lecz

o wbicie, wciesanie w ucho pieśni cerkiewnej. Nauczyciel zmuszony był zwyciężyć chłopską melodię, pociągnąć za swoją cały ogół dzieci i wkrzyczeć ją w ich pamięć. Śpiewał tedy coraz głośniej. Marcinek z najwyższym zdumieniem patrzał na to całe widowisko. Grdyka nauczyciela pracowała teraz forsownie, twarz jego z mocno czerwonej stała się aż brunatną. Żyły na czole nabrzmiały mu jak powrózki, czupryna spadała na oczy. Z zamkniętymi powiekami, a usty otwartymi jak czeluść, wywijając pięścią, jakby bił w kark niewidzialnego przeciwnika, nauczyciel istotnie przekrzyczał cały chór głosów dziecięcych i ze wszystkiego tchu, wniebogłosy śpiewał pieśń:
Kol sławien nasz Gospod' w Sijonie...

II

W ciągu dwumiesięcznej bytności w szkole Marcinek „zdumiewające uczynił w naukach postępy".

Tak donosiła listownie rodzicom chłopca pani nauczycielowa.

W istocie Marcinek umiał już czytać (rzecz prosta — po rosyjsku), pisać dyktanda, robić *zadaczki* na cztery działania i począł nawet ćwiczyć się w obu rozbiorach: etymologicznym i syntaktycznym.

Pan Wiechowski szczególniejszą uwagę zwracał na owe rozbiory. Codziennie o godzinie drugiej po południu rozpoczynał z Marcinkiem lekcję. Chłopiec czytał jakiś urywek, później opowiadał treść tego, co przeczytał, w sposób tak śmieszny i tak zabawnie barbarzyńskimi wyrazami, że samego profesora rozweselała ta nauka.

Po *czytaniu* szły zaraz owe *rozbiory*, które gdyby mogły być do czegokolwiek przyrównane, to chyba do upartego strugania mokrej osiczyny tępym kozikiem.

Istotną trudność stanowiła dla małego Borowicza — arytmetyka. Chłopczyna pojmował wcale dobrze, choć niezbyt lotnie, ale kombinowanie jednoczesne arytmetycznego *kałkułu* i wdzieranie się przemocą do tajemnic mowy rosyjskiej — było ciężarem zanadto wielkim na jego siły.

W chwili kiedy zaczynał rzecz całą rozumieć, kiedy nawet uderzała go i cieszyła oczywistość rachunku, wszystko mąciły — nazwy. Zamiast porwania umysłu chłopca zrozumiałym wykładem działań arytmetycznych, zamiast ukazania mu samej rzeczy arytmetycznej, o którą w nauce arytmeryki na pozór chodziło, pan Wiechowski całą usilność zmuszony był w to wkładać, żeby nie w umysł, lecz w pamięć ucznia wrazić nazwy rozmaitych przedmiotów. Pierwsze kształcenie inteligencji, ta piękna walka, to szacowne widowisko, ten zaiste wzniosły akt: uczenie się dziecka, opanowywanie pojęć nieznanych przez umysł, który to czyni raz pierwszy — były w Owczarach walką niezmierną, a często rzetelną i, co najgorsza, bezcelowo zadaną męczarnią.

Jeżeli mały Borowicz przypadkowo stracił wątek rozumowania, wówczas machinalnie powtarzał za pedagogiem i nazwy, i kombinacje, i formuły. Naglony pytaniami, czy rozumie, czy pamięta, czy wie dobrze — odpowiadał twierdząco, a na zagadnienia bezpośrednie odpowiadał zgadując.

Trafiały się dnie, że lekcje arytmetyki były dla niego od *a* do *z* niezrozumiałymi. Wtedy owiewał go strach idący z półświadomego przeświadczenia, że kłamie, że nie uczy się chętnie, że umyślnie martwi rodziców, że nie kocha ich wcale... Wówczas pot zimny występował mu na czoło, a mózg oblepiała jakby skorupa zeschłego iłu.

Nauczyciel odszedł już był daleko, mówił o czym innym, zapytywał o co innego, a Marcinek, przestępując z nogi na nogę i ściskając kolana, wysiłkiem gonił jakąś *sfaję*, która w poprzek drogi jego rozumowania uwaliła się jak góra. Mózg jego nie był w stanie wykonywać dwu prac na raz, toteż myślenie arytmetyczne musiało zejść na plan drugi ustępując miejsca ciągłym zapytaniom o znaczenie wyrazów. Specjalny kunszt stanowiło dyktando rosyjskie. Pan Wiechowski codziennie Marcinkowi powtarzał, że uczeń, który by na stronicy dyktanda zrobił trzy błędy, nie będzie przyjęty do klasy wstępnej. Kandydat do owej klasy zaprzysiągł sobie w duszy, że nie popełni trzech błędów na stronicy dyktanda. Usiłował nie robić ich wcale — z małym jednak skutkiem. Głowa mu od myślenia pękała, czy w danym wypadku należy pisać *jat'* czy *je*, pamięć robiła ciężko i bezmyślnie, a ponieważ pedagog nie mógł wskazać dostatecznych zasad pisania bez poprzedniego wyłożenia gramatyki, więc biedny Marcin umieszczał na stronicy po trzydzieści, czterdzieści i więcej monstrualnych błędów. Na pamięć uczył się gramatyki rosyjskiej i wierszy. Owo kucie wierszy miało miejsce zawsze przed południem.

Rzeczywiście największe postępy Marcinek zrobił w katechizmie ks. Putiatyckiego i w kaligrafii. Można go było przebudzić z twardego snu o północy i zapytać: — „Co za naukę stąd brać mamy, że Pan Bóg jest dobrym i sprawiedliwym sędzią?" — a odpowiedziałby był jednym tchem, bez namysłu i wahania: „Stąd, że Pan Bóg jest sprawiedliwym sędzią, brać mamy tę naukę..." itd.

W kaligrafii lubił się znowu ćwiczyć na własną rękę. Zastępowała mu ona poniekąd rozrywki fizyczne, spacer i hasanie po dalekich miejscach. Nauczyciel zastawał go niejednokrotnie bazgrzącego z niezmiernym entuzjazmem litery ogromne i koślawe, już to kredą na tablicy, już piórem na starych kajetach. Zarówno pierwszy jak drugi sposób ćwiczenia się w tyle szlachetnej i tak niezbędnej umiejętności pobudzał Marcinka do wywieszania języka i ciągania nosem. Z czasem bazgranie w kajetach wzbronione mu zostało ze względu na to, że przy spełnianiu tej czynności obydwie jego ręce, mankiety kurtki i koszuli, a niejednokrotnie i koniec nosa, były unurzane w atramencie i powodowały zwiększanie się ekspensu nauczycielskiego mydła, co w umowie z rodzicami Marcinka przewidziane nie zostało. Nie pozwalano mu również bawić się z chłopakami wiejskimi ze względu na tzw. dobre wychowanie. Siedział tedy ciągle w pokoju państwa Wiechowskich i kształcił swój umysł. Sam „pan" nauczał w izbie szkolnej albo był poza domem, żona jego wrzeszczała na dziewkę służebną w kuchni, a mała Józia ćwiczyła się zazwyczaj w gnieceniu klusek, zwanych *paluszkami*, albo nawet w obieraniu kartofli. Marcinek siedział na kanapce pod oknem i mruczał. Kiedy go jednak gramatyka do cna znudziła, wtedy mrucząc obłudnie, gapił się na świat przez szyby.

Okna wychodziły na pola. Te pola były równe jak stół, gdyż tam kończyły się już wzgórza i lasy. Głęboki śnieg leżał ciężką warstwą na całym widnokręgu. Nigdzie wsi, nigdzie nawet samotnej chaty nie było widać na owej płaszczyźnie. W odległości mniej więcej trzech wiorst czerniał szereg drzew bezlistnych i szarzały jakieś zarośla. Był tam rozległy staw okryty trzcinami, ale i on o tej porze przystał do płaszczyzny i dopasował się do równiny śniegowej. W czasie odwilży grzbiety zagonów przezierały spod śniegu. Ten widok był jedynym urozmaiceniem i rozrywką w życiu Marcinka. Odwilże zdarzały się nieczęsto, a następowały po nich zadymki i mrozy. Przestrzenie znowu tężały i powlekały się martwotą. Dla żywego chłopca było coś bezdennie smutnego w tym obcym krajobrazie. Widok monotonnej płaszczyzny dziwnie się jednoczył z nudą siedzącą między kartkami gramatyki rosyjskiej. Ani tego krajobrazu, ani misteriów gramatycznych nie mógł objąć i przyswoić sobie. Gdyby go zapytano, co to jest, jak się nazywa owa spokojna, nudna przestrzeń, odrzekłby bez wahania, że jest to *imia suszczestwitielnoje*.

Przez całe dwa miesiące żadne z rodziców nie odwiedzało Marcinka. Postanowiono go zahartować, włożyć w rygor i nie *rozmazgajać* wizytami. Raz jeden pani Wiechowska wyprowadziła Borowicza i Józię na spacer. Poszli za wieś drogą utorowaną w głębokim śniegu aż na górę okrytą starym lasem. Na skraju tego lasu sterczały oddzielnie duże świerki, które wpadały w oko ze znacznej nawet odległości. Dzień był śliczny, mroźny; w czystym powietrzu widać było bardzo daleką okolicę. Stanąwszy przy owych samotnych świerkach zdyszany Marcinek rzucił okiem w stronę południową i zobaczył górę, u której stóp stały Gawronki, gdzie się urodził i wychował. Ciemnobłękitnym kolorem znaczyły się po niej zwarte zarośla jałowcu na tle jednolitej powłoki śniegu. Wydatny garb szczytu dokładnie sterczał na niebie różowiejącym z zachodu. Nagle chłopiec głośno i serdecznie zapłakał.

Długie, opryskliwe, pełne niepojętych wyrazów kazanie nauczycielki uwieńczyło tę jedyną wycieczkę Marcina.

W pierwszych dniach marca pan Wiechowski, powróciwszy z sąsiedniego miasteczka, przywiózł wiadomość, która, rzec można, zatrzęsła węgłami budynku szkolnego. Wszedł do pokoju z omarzniętymi wąsami i nie strzepnąwszy nawet śniegu z butów powiedział:

— Dyrektor przyjeżdża w tym tygodniu!

Głos jego miał ton tak szczególny i przerażający, że wszyscy obecni zadrżeli, nie wyłączając Marcina, Józi i Małgosi, którzy wcale zrozumieć nie mogli, co by właściwie to zdanie mogło znaczyć.

Pani Wiechowska zbladła i poruszyła się na krześle. Jej duże, tłuste wargi drgnęły i ręce bezwładnie na stół opadły.

— Kto ci mówił? — zapytała głosem zdławionym.

— No, Pałyszewski — któż miał mówić? — odrzekł nauczyciel zdejmując szalik ze szyi.

Od tej chwili zapanowała w całym domu wielka trwoga i milczenie.

Małgosia, nie wiedzieć dlaczego, chodziła na palcach, Józia całymi godzinami płakała rzewnie po kątach, a Marcinek wyczekiwał z przerażeniem i nie bez pewnej ciekawości jakichś zjawisk nadprzyrodzonych.

Profesor po całych prawie dniach trzymał dzieci wiejskie w szkole, uczył je sposobem zwanym na skoro odpowiedzi na przywitanie: — *„zdorowo rebiata!"* — wszystkich śpiewu chóralnego *Kol sławien*, a Piątka i Wójcika ćwiczył w sztuce wyliczania członków panującej rodziny carskiej. Wpajaniu tych umiejętności towarzyszyło zdwojone rżnięcie dyscypliną.

Marcinek skulony przy swym oknie słyszał co chwila płacz wrzaskliwy, błaganie nadaremne i zaraz potem stereotypowe i nieodwołalne:

— Uch, nie będę, nie będę! Póki życia, nie będę! uch, panie, nie będę, nie będę!...

Wieczorami, nieraz do późna, pan Wiechowski przygotowywał dzienniki szkolne i wykazy, stawiał stopnie uczniom i w sposób niewymownie kaligraficzny pisał tak zwane *wiedomosti*. Oczy mu się zaczerwieniły, wąsy jeszcze bardziej obwisły, policzki wpadły i grdyka była w ciągłym ruchu od nieustannego przełykania śliny. Na wsi rozeszła się głucha pogłoska: naczelnik przyjedzie! Na tle tej wieści wyrastały dziwne domysły, prawie klechdy.

Wszelkie baśnie znosiła do budynku szkolnego na powrót Małgosia i szeptała je do ucha Borowiczowi i Józi, budząc w nich trwogę coraz okropniejszą.

W stancji szkolnej zaprowadzono radykalny porządek: zeskrobano rydlem z podłogi uschłe błoto i wyszorowano ją należycie, zmieciono kurze, otrzepano i wytarto popstrzone wizerunki żyraf i słoni, oraz mapę Rosji i globusik reprezentujący na górnym gzymsie szafy umiejętności odległe, wysokie i niedostępne.

Z sieni wyjechała do obórki beczka z kapustą, nie mniej jak cała zagródka i umieszczone w niej cielę. Kupa nawozu została okryta gałęziami świerczyny.

Sam pedagog przyniósł z miasteczka dziesięć butelek najlepszego warszawskiego piwa i jedną krajowego porteru, pudełko sardynek i cały stos bułek.

Pani Wiechowska upiekła na rożnie zająca i pieczeń wołową, niewymownie kruchą, które to przysmaki miały być podane dyrektorowi na zimno, rozumie się, wraz ze słoikami konfitur, marynowanych rydzyków, korniszonów itd. Całe to przyjęcie nauczycielowa zgotowała nie mniej pilnie, jak on przysposabiał szkołę. Mogło się było wydawać, że tajemniczy dyrektor przyjeżdża po to, żeby z równą ścisłością zbadać i skontrolować smak zajęczego combra, jak postępy chłopaków wiejskich w *dukaniu*.

W przeddzień fatalnego dnia mieszkanie, kuchnia nauczycielska i izba szkolna były obrazem zupełnego popłochu. Wszyscy biegali z oczyma szeroko rozwartymi i spełniali najzwyklejsze czynności w niewymownym naprężeniu nerwów. W nocy prawie nikt nie spał, a od świtu znowu wybuchł w całym domu paroksyzm biegania, szeptania z zaschniętym gardłem i wytrzeszczonymi oczyma. Miał nadejść posłaniec od Pałyszewskiego, nauczyciela szkoły w Dębicach (wsi o trzy mile odległej), u którego wizyta dyrektorska pierwej niż w Owczarach wypaść miała. Zanimby dyrektor przejechał trzy mile gościńcem, szybkobiegacz zdążając wprost przez pola miał wcześniej o jaką godzinę stanąć w szkole Wiechowskiego. Już od samego świtu nauczyciel wyglądał co moment oknem, przy którym zazwyczaj uczył się Marcinek. Pokój mieszkalny był uporządkowany, łóżka nakryte białymi kapami. W kąciku za jednym z nich stały butelki z piwem, w szafie gotowe pieczyste i całe przyjęcie. Gdy dzieci zaczęły ściągać się do szkoły i nauczyciel zmuszony był opuścić punkt obserwacyjny, wtedy zalecił Marcinkowi, ażeby on usiadł na tym miejscu i nie spuszczał oka z równiny. Mały Borowicz sumiennie spełnił ten obowiązek. Twarz przysunął do samego szkła, tarł je co chwila, gdy zachodziło parą oddechu, i wytrzeszczał tak oczy, że mu się aż napełniały łzami. Około godziny dziewiątej ukazał się na widnokręgu punkcik ruchomy. Obserwator przez czas długi śledził go wzrokiem z gwałtownym biciem serca. Nareszcie, gdy mógł już dojrzeć chłopa w żółtym kożuchu, szerokimi krokami idącego po grzbietach zagonów, wstał z krzesła. Była to jego chwila. Czuł się panem położenia trzymając w ręku wiadomość tak stanowczą. Wolnym krokiem zbliżył się do kuchni i w sposób lapidarny, podniesionym głosem zawołał:

— Małgośka, *rypaj* powiedzieć panu, że... posłaniec. On tam już będzie wiedział, co to znaczy.

Małgosia wiedziała również, co w takich wypadkach czynić należy. Rzuciła się do sieni, otwarła drzwi do izby szkolnej i z okropnym wrzaskiem dała znać:

— Panie, posłaniec!

Wiechowski wszedł natychmiast do swego mieszkania i zaczął wdziewać na się odświętne ubranie: szerokie spodnie czarne, kamaszki na wysokich obcasikach i z wystrzępionymi gumami, bardzo głęboko wyciętą kamizelkę i za duży żakiet, wszystko nabyte przed laty, czasu bytności w grodzie gubernialnym, u pewnego składnika *trochę przechodzowanej* tandety.

Marcinek wsunął się do pokoju i lękliwym głosem rzekł do nauczyciela:

— O, proszę pana, tam idzie...

— Bardzo dobrze, idź teraz, mój kochany, i schowaj się w kuchni razem z Józią. Niech ręka boska broni, żeby was dyrektor zobaczył!

Wychodząc z pokoju Marcinek obejrzał się na *belfra*, który w owej chwili stał przed jednym z obrazów religijnych. Twarz nauczyciela była biała jak papier. Głowę miał schyloną, oczy przymknięte i szeptał półgłośno:

— Panie Jezu Chryste, dopomóżże mi też... Panie Jezu miłosierny... Zbawicielu... Zbawicielu!...

W owej chwili wbiegła do izby pani Marcjanna i potrącając Borowicza wołała:

— Idzie! idzie!...

Pan Wiechowski wyszedł do szkoły, a tymczasem w stancji czyniono przygotowania ostateczne: okryto stół serwetą, nastawiono samowar i wycierano talerze, szklanki, noże i powyłamywane widelce.

Marcinek wynalazł już był dla siebie i towarzyszki bezpieczne schronienie za drzwiami między ścianą i ogromną szafarnią, która zajmowała połowę kuchenki. Wtuleni w najciemniejszy kąt, oddawali się obydwoje z całą gorliwością co najmniej przez jakie półtorej godziny misji ukrycia swych osób. Nakazywali sobie wzajem nieustannie milczenie, przysłuchiwali się z biciem serc każdemu szelestowi i tylko kiedy niekiedy ważyli się półszeptem wypowiadać jakieś niewyraźne sylaby.

Dopiero po upływie dwu godzin wbiegła raptem ze dworu nauczycielka, a za nią Małgosia. Ta ostatnia w okropnej trwodze powtarzała raz za razem:

— Jedzie naczelnik! Jedzie naczelnik! W skórzanej budzie jedzie! Oj, będzie tu teraz dopiero, będzie, mój Jezus kochany, drogi, oj, będzie tu, będzie!

Ciekawość przemogła wszelkie obawy: Józia i Marcin wyszli ze swej kryjówki, zbliżyli się na palcach do drzwi prowadzących do sieni i zaczęli kolejno wyglądać przez szczeliny i dziurę od klucza. Ujrzeli tył budy karecianej na saniach, ogromne futro pana wchodzącego do szkoły i plecy Wiechowskiego, które się nieustannie schylały.

Po chwili drzwi do izby szkolnej zamknięto. Wtedy z uczuciem gorzkiego rozczarowania powrócili do swej kryjówki za szafarnią i drżeli tam ze strachu.

Tymczasem do stancji szkolnej wkroczył kierownik dyrekcji naukowej, obejmującej trzy gubernie, pan Piotr Nikołajewicz Jaczmieniew, i przede wszystkim zrzucił z ramion olbrzymie futro. Spostrzegłszy, że w tej izbie jest aż nadto ciepło, zdjął także palto i został w mundurze granatowym ze srebrnymi guzikami.

Był to wysoki i przygarbiony nieco człowiek, lat czterdziestu paru, o twarzy dużej, nieco rozlanej i obwisłej, którą otaczał rzadki zarost czarny. Z ust dyrektora Jaczmieniewa prawie nie schodził uśmiech łagodny i dobrotliwy. Zamglone jego oczy spoglądały przyjacielsko i życzliwie.

— Wszystko jak najlepiej, jaśnie wielmożny panie... — odpowiedział Wiechowski, uczuwając w sercu pewien promyczek otuchy na widok łaskawości dyrektora.

— Ależ zima u was tęga! Dużo się człowiek nakołatał po świętej Rusi, a takiego zimna w marcu rzadko doświadczał. Ja w karecie, w futrze, w palcie, a i tak czuję ten, wiesz pan, dreszczyk...

— A może by... — szepnął Wiechowski, mając dreszczyk stokroć bardziej przejmujący aż w piętach.

Dyrektor udał, że wcale nie słyszy tego, co powiedział Wiechowski. Odwrócił się do dzieci, które siedziały nieruchomo, ze zdumienia wytrzeszczając oczy i w przeważnej większości szeroko rozwarłszy usta.

— Jak się macie, dziatki? — rzekł łaskawie — witam was.

Stojąc za plecami Jaczmieniewa, Wiechowski dawał znaki oczami, rękami i całym korpusem, ale na próżno. Nikt nie odpowiadał na powitanie zwierzchnika. Dopiero po chwili Michcik naglony rozpaczliwymi spojrzeniami i gestami swego mistrza zerwał się i zawołał:

— *Zdrawia żełajem Waszemu Wysokorodiju!*

Dyrektor mlasnął ustami i wzniósł brwi tak zagadkowo, że Wiechowskiemu mróz przedefilował po grzbiecie.

— Panie nauczycielu, bądź pan łaskaw wywołać któregoś ze swych uczniów — rzekł wizytator po chwili — chciałbym usłyszeć, jak też czytają.

— Może jaśnie wielmożny pan sam raczy rozkazać któremu z nich — rzekł uprzejmie Wiechowski podając dziennik a jednocześnie całą duszą błagając Boga, ażeby jaśnie wielmożnemu panu nie strzelił czasami do głowy pomysł zgodzenia się na tę propozycję. Jaczmieniew z grzecznym uśmiechem odsunął dziennik mówiąc:

— Nie, nie... proszę bardzo.

Wiechowski udał przez chwilę niby wahanie się, kogo by wyrwać, aż wreszcie wskazał palcem Michcika, którego umyślnie posadził w czwartej ławie.

Dyrektor wstąpił tymczasem na katedrę, usiadł i podparłszy pięścią brodę patrzał uważnie spod przymkniętych powiek na ten tłum dzieci.

Michcik wstał, z dystynkcją ujął Paulsona trzema *palicami* i dał koncert czytania. Przestrach jak płyta marmurowa usunął się na chwilę z piersi Wiechowskiego. Michcik czytał świetnie, płynnie, głośno. Dyrektor przysposobił sobie dłonią ucho do łatwiejszego chwytania dźwięków, z zadowoleniem reparował akcenty i kiwał głową potakująco.

— Czy możesz mi opowiedzieć *swoimi słowami* to, co przeczytałeś? — zapytał po chwili.

Chłopiec złożył książkę, odsunął ją na znak, że będzie czerpał opowiadanie tylko z pamięci, i zaczął wyłuszczać po rosyjsku treść bajki odczytanej.

Jaczmieniew ciągle się uśmiechał. W najciekawszym punkcie opowieści podniósł w górę rękę z gestem charakterystycznym, jakiego używa nauczyciel, pewny, że mu jego miły uczeń trafnie odpowie — rzucił szybko zapytanie:

— Siedem razy dziewięć?

— *Szest'diesiat tri!* — z tryumfem zawołał Michcik.

— Wyśmienicie, wyśmienicie — rzekł głośno dyrektor, a schylając się do Wiechowskiego, szepnął półgłosem: — Szanowny panie nauczycielu, temu chłopcu w końcu roku... pojmuje pan?... najpierwszą...

Pedagog schylił głowę i rozdął nieco nozdrza na znak nie tylko zgody, ale porozumienia się co do joty i przypominał w owej chwili kelnera z wykwintnej restauracji, który zgaduje życzenia gościa szczodrobliwego. Był już prawie pewien sytuacji i, jak czyni zazwyczaj człowiek szczęśliwy, zaczął kusić fortunę.

— Może jaśnie wielmożny pan zechce jeszcze Michcika... coś z arytmetyki, z gramatyki?

— Czy tak? Bardzo, bardzo jestem... Ale trzeba już temu dać spokój. Proszę, wyrwij pan kogoś jeszcze...

— Piątek! — zawołał nauczyciel nieco zbity z tropu.

— Jeść! — wrzasnął Piątek, pewny, że to chodzi o tak zwaną *pieriekliczkę*.

— Czytaj! — zgrzytnął na niego Wiechowski.

Czytanie Piątka mniej już zachwyciło dyrektora. Nie poprawiał go wcale, tylko uśmiechał się na poły dobrotliwie, na poły ironicznie. Zanim chłopiec przemordował trzy wiersze, rzekł do nauczyciela:

— Proszę jeszcze kogoś wywołać...

W czaszce nauczyciela słowa powyższe sprawiły szum gwałtowny, który rozwiał wszystkie jego myśli jak wicher plewy. Kilku jeszcze chłopców umiało sylabizować i to po parę liter zaledwie. Na chybił trafił jednak Wiechowski zawołał:

— Gulka *Matwiej*!

Gulka powstał, wziął wskazówkę w rękę i cichutko wyszeptał kilka nazw liter moskiewskich. Gdy dyrektor przynaglać go zaczął do głośniejszego mówienia, chłopak zląkł się, usiadł na miejscu, a koniec końców wlazł pod ławę. Wówczas Jaczmieniew zstąpił z katedry i wszedłszy między ławki po kolei sam egzaminował dzieci. Trwało to bardzo długo. Nagle Wiechowski, miotający się w dreszczach przerażenia, usłyszał, że dyrektor mówi najczystszą polszczyzną.

— No, a kto z was, dzieci, umie czytać po polsku, no, kto umie?

Kilka głosów odezwało się w rozmaitych kątach izby szkolnej.

— Zobaczymy, zaraz zobaczymy... Czytaj! — rozkazał pierwszej osobie z brzega.

Dziewczyna owinięta w zapaski wydobyła *Drugą książeczkę* Promyka i zaczęła dosyć płynnie czytać.

— A kto ciebie nauczył czytać po polsku? — zagadnął ją dyrektor.

— *Stryjna* mnie nauczyli... — szepnęła.

— *Stryjna*, co to jest *stryjna*, panie nauczycielu? — zwrócił się do Wiechowskiego.

— A ciebie kto nauczył czytać po polsku? — spytał małego chłopca, nie czekając na odpowiedź Wiechowskiego.

— Pani nauczycielowa pokazała *nom* z Kaśką *durkowane*...

— Pani nauczycielowa? *Wot kak!* — szepnął uśmiechając się jadowicie.

Wysłuchawszy jeszcze kilku chłopców i powziąwszy wiadomość, że im litery nierosyjskie wskazywał sam nauczyciel, dyrektor cofnął się spomiędzy ławek i rzekł do Wiechowskiego:

— Czy ksiądz jaki przychodzi do szkoły?

— Nie. U nas we wsi nie ma kościoła; dopiero w miasteczku Parchatkowicach, o dziesięć wiorst stąd, jest kościół i dwu księży.

— Tak, tak... No, panie Wiechowski — rzekł znienacka Jaczmieniew — bardzo, bardzo jest źle. Na takie stado dzieci — dwu czyta, a pozostali nic nie umieją. Źle mówię zresztą, bo dosyć znaczna ilość czyta po polsku, a w stosunku do czytających ruskie to ilość wprost kolosalna. I mnie to nawet nie dziwi. Pan, jako Polak i katolik, prowadzisz polską propagandę.

— Propagandę... polską? — jęknął Wiechowski, wcale nie będąc w stanie zrozumieć, co by mogły oznaczać te dwa wyrazy, ale dobrze pojmując to jedno, że kryje się w nich słowo: dymisja.

— Tak... polską propagandę! — zawołał Jaczmieniew krzykliwie.

— To może się panu i innym uśmiechać, ale nie takie jest, jak wielekroć pisałem w cyrkularzach, życzenie władzy. Pan jesteś tutaj urzędnikiem i źle pan spełniasz swój urząd. Mało dzieci czyta... Nie widzę rezultatów.

— Michcik — szepnął Wiechowski.

— Co Michcik? Byłeś pan kiedy w teatrze, widziałeś pan głównego tenora i statystów? Otóż cała szkoła są to statyści, a ci dwaj — to główni śpiewacy, okazy... Stara to sztuczka, na której ja się znam nieźle. Powtarza się to przecie w każdej niemal szkole i jest śmiertelnie nudne... Ja nie jestem z pana zadowolony, panie Wiechowski...

W nauczycielu zatrzęsło się serce i wnętrzności. Nie widział już wcale osoby dyrektora i jak dziecko zwracał się ku szczelinie we drzwiach prowadzących do jego mieszkania, przez którą podpatrywała i podsłuchiwała bieg wizyty pani Marcjanna. W mózgu jego biegały jeszcze niektóre myśli jak strzykania bólu. Jedną z nich, ostatni środek ratunku, powiedział do Jaczmieniewa:

— Może jaśnie wielmożny pan dyrektor raczy wejść do mnie...

— Nie, ja nie mam czasu — i żegnam... — rzekł naczelnik szorstko, wdziewając palto z pośpiechem.

— Książki, wykazy prowadzę starannie... — rzekł jeszcze Wiechowski.

— Książki! — zawołał dyrektor szyderczo. — Sądzisz pan tedy, że w zamian za pensję, mieszkanie i stanowisko nie trzeba nawet prowadzić ksiąg, a jeżeli się pisze w nich cokolwiek, to jest to już tytuł do nagrody? Cóż zresztą... książki? Ja mam przecie pańskie wykazy. Figurują tam cyfry czytających, których ja tu wcale nie znajduję.

Ostatnie słowa wypowiedział zarzucając futro na ramiona.

— Żegnam was, dzieci, uczcie się pilnie, starajcie się!... — rzekł do zebranych uczniów. Potem, wychodząc, odezwał się do nauczyciela:

— Moje uszanowanie...

Wiechowski nie był w stanie ani wyprowadzić go, ani wyjść za nim. Stał oparty o stolik katedry i patrzył na drzwi wchodowe. Mróz śmiertelny obejmował jego ciało i wstrzymywał krew w żyłach.

„Wszystko się skończyło... — myślał pan Ferdynand — masz teraz... Cóż tu robić, gdzież się tu wynieść, z czegóż tu żyć? Utrzymam się to z pisania próśb do sądu? Przecież tam już to samo czterech robi..."

Skinął na dzieci, że mogą już iść sobie, otworzył drzwi do swego mieszkania i obejrzał tę izbę jednym spojrzeniem. Nagle rozpacz i żal w potoku łez buchnęły z jego piersi. Przez długi czas szlochał głośno jak dziecko, leżąc piersiami na stole. Gdy podniósł oczy, spostrzegł w kącie szereg butelek z piwem. Skoczył zaraz, chwycił pierwszą z brzegu, wyrwał korek i prawie jednym tchem wypił całą butelkę. Rzucił w kąt pierwszą i wysączył drugą, potem trzecią i czwartą. Pił, nie przestając głośno płakać, i już piątą butelkę odkorkowywał, gdy wtem ktoś mocno zastukał do drzwi. Wiechowski z gniewem otwarł je szeroko i ujrzał przed sobą... znowu Jaczmieniewa w futrze i czapce, który uśmiechał się do niego i wyciągał obie ręce.

— Ot, pomyłka — mówił — ot, głupstwo! Jak łatwo skrzywdzić uczciwego człowieka, ach, jak łatwo! Wiechowski! ja będę o panu pamiętał i podwyższę pensję. Trzeba tylko, żeby więcej czytało... usilności, rozumiesz pan, więcej... A co do śpiewów, to bardzo rad jestem, bardzo, bardzo... I nie zapomnę. Pensję już w następnym miesiącu dostaniesz pan lepszą... No, mnie się śpieszy, więc do widzenia. Proszę nie gniewać się za nieuważne słowa... Usilności tylko, usilności...

Ścisnął przyjaźnie rękę Wiechowskiego i wyszedł z izby. Nauczyciel postępował za nim krok w krok, najpewniejszy, że to, co widzi, słyszy i czego doświadcza, jest snem raptownym po wypiciu tylu butelek Machlejda. Przede drzwiami stała gromada bab, więc je rozsunął i zrobił miejsce dla dyrektora. Usadowił go w karecie, otulił mu nogi pledem, kłaniał się kilkanaście razy, następnie, gdy kareta znikła na skręcie drogi, powrócił do siebie i wciąż trwał w złudzeniu, że śpi coraz mocniej. Z tego obłędu wyrwała go dopiero pani Marcjanna. Wpadła do izby jak kula armatnia i podrygując rzuciła się mężowi na szyję.

— A to szelmowskie chłopstwo! A to nam usługę wyświadczyło!
— krzyczała zanosząc się od śmiechu.
— Jaką usługę, co ty pleciesz?
— To ty nic nie wiesz? Ano, przecie baby skargę na ciebie zaniosły.
— Masz ci... jakie baby?
— Gulonka, Pulutowa, Piątkówka, stara Dulębina, Zalesiaczka, no, wszystkie baby...
— Gdzie, jak?
— Ano tak. Jak dyrektor przyjechał, zeszły się i czekały pode drzwiami całą wsią. Jak wyszedł z sieni, obstąpiły go, skłoniły się i

Zalesiaczka wyleciała pierwsza z gębą...

— Czegóż ona chciała?

— No, stul gębę, to ci rozpowiem po kolei, jak i co było. Powiedziała tak... Ażem ścierpła, jak zaczęła mleć tym pyskiem! Powiedziała tak: „Dopraszam się łaski, wielmożny naczelniku, nie chcemy tego nauczyciela, co tu siedzi u nas we wsi". On jej na to: „Nie chcecie tego nauczyciela, a to dlaczego?" Ona wtedy: „Nie chcemy tego pana Wiechowskiego, bo źle uczy". „Jak to źle uczy? co wam się nie podoba?" „Nam się — ona powiada — nic nie podoba, co ta on uczy". „Tj, co ta długo gadać — wtrąciła się zaraz stara Dulębina — wielmożny naczelniku, nie chcemy tego nauczyciela, bo nam uczy dzieci jakichsi śpiewaniów *po ruśku*, na książce tylko to samo *po ruśku*; cóż to za nauka taka? Dzieciska bez trzy zimy wałęsają się do tej ta szkoły i nie umie się żadne modlić na książce, a jak które umie, to się nie we szkole nauczyło, tylko jedno od drugiego, choć i na błoni za bydłem. Nie wstyd to? Katolickiego śpiewania to ich nie ponaucza, tylko jakiesi ta... a nawet gębą nie można wymówić... I jak dzieci — gadała — zaczną we szkole śpiewać nabożnie, to ten nic, tylko się drze sam, a znowu mądrala Michcik za nim i nie dadzą dzieciskom Pana Boga pochwalić. Do czegóż toto podobne? A tu płać, dawaj na niego osypkę!". Dyrektor się spytał: „Często też nauczyciel tak po rusku śpiewa z dziećmi?". „Co dzień śpiewa! — wrzasnęły wszystkie razem. — To się przecie łatwo przekonać. Choćby i jego samego się spytać, przecie się nie może w żywe oczy zaprzeć! Nieraz to nawet ani jednemu na książce nie pokaże, tylko od samego rana wyśpiewują..." — trajkotała Piątkowa. „Tak wy *niedowolne* panem Wiechowskim — spytał się ich dyrektor — dlatego, że on uczy po rusku?" „A i mamy być dowolne! Dopraszamy się, wielmożny naczelniku, żeby go zabrać, a innego dać, co by po polsku uczył, a nie, to... nam ta szkoła niepotrzebna. Dzieciska się ta same nauczą, jak które chętliwe, i przypowiastki se przeróżne wyczytują z książek, a ten ogłupia do reszty, i pokój. Albo mu zakazać tych śpiewów..." „Dobrze, dobrze" — rzekł dyrektor i poszedł tu do ciebie.

— Chi-cha! — zaśmiał się pan Wiechowski. — Tak to mię oskarżyły! A niechże im też Pan Jezus da zdrowie!... Samem nawet zapomniał dyrektorowi powiedzieć o tym śpiewaniu. Chy... — wrzasnął nagle, wywijając po stancji jakieś kozackie hołubce. Zziajany stanął przed żoną i rzekł:

— Marcysiu, wykpiłem się! Podwyższy mi pensję! Jeszcze lepiej stoję niż ten Pałyszewski. Wiesz ty co, żoneczko czarnobrewko, palnijmy sobie to piwko, co go dyrektor pić nie chciał. Okropnie *my* smakuje...

Pani Wiechowska zgodziła się bez trudu i nauczyciel zaczął żłopać szklankę po szklance. Sama pomagała mu w tym dosyć skutecznie. Nawet Józia, Marcinek i służąca dostali każde po ćwierć szklanki. Skończywszy z piwem, pan Wiechowski zaczął napierać się o gorzałeczkę. Wkrótce potem Marcinek słysząc w pokoju wrzask okropny uchylił drzwi i zobaczył z przerażeniem, że nauczyciel, odziany tylko w bieliznę, siedzi na stole, trzyma w jednej ręce flaszkę z jarzębinówką, w drugiej duży kieliszek, i wymyśla komuś zapamiętale.

— Chamy, łajdaki! — wrzeszczał pedagog wytrzeszczając oczy — musicie śpiewać, jak wam każę, i gadać, jak wam każę! Wszystkie bechy będą szczekać *po russki! Ponimajesz, chołop, mużyczjo?* Sam dyrektor własnym słowem wyraził się, że mi pensję podwyższy, *ponimajesz, chamskoje otrodje?* Bunt chciałyście zrobić? Chi-cha!... *Na, w zuby!* — wołał, mierząc w niewidzialnych przeciwników.

Pochyliwszy się zanadto, zleciał ze stołu na sofkę i stoczył się na ziemię. Smaczna jarzębinówka wylała się z przechylonej butelki i długą strugą popłynęła w szparę między deskami. Mały Borowicz ze zgrozą widział potem, jak Małgośka i pani Marcjanna ciągnęły profesora za czuprynę do łóżka i jak tenże profesor, wierzgając nogami i broniąc się pięścią, zapamiętale wyśpiewywał:
Ach, powstancy kochający
Udirajut kak zajoncy...

Kiedy tak nauczyciel oddawał się radości, zwierzchnik jego przebywał tymczasem łańcuch wzgórz niezbyt wysokich. Gościniec ciął na ukos pochyłość bardzo wydłużonego pagórka, aż do przełęczy. Stamtąd zjeżdżało się na kilkumilową płaszczyznę, pośrodku której znajdował się gród gubernialny, siedziba oświaty ludowej. Z tej strony wzgórz doliny i wyniosłości okryte były czarnymi lasami. Wśród nich bieliły się szerokie polany z długimi smugami wsi chłopskich. Dzień był ciepły, przecudny. W godzinie południowej słońce literalnie topiło swym blaskiem powierzchnię tej całej rozległej okolicy. Ciepłe tchnienia wiały na kraj lecąc od wiosny, która zza gór, zza lasów szła już w tamte strony. Konie ciągnące karetę szły pod górę noga za nogą, toteż Jaczmieniew nie czuł wcale, że jedzie. Spuścił szybę karety i wygodnie półleżąc na siedzeniu oddawał się marzeniom. Bardzo dawne i niewymownie miłe mary zlatywały ku niemu na skrzydłach powiewów wiosennych i otaczały go rozkoszną ciżbą.

— Góry, góry... — szeptał, spoglądając ze swego okna na daleki widok. Przypomniały mu się młodzieńcze wędrówki w Bawarii, w Tyrolu, we Włoszech i Szwajcarii.

Po ukończeniu studiów na wydziale filologicznym w Moskwie Jaczmieniew, zapalony ludowiec, zdecydował się „iść między naród", osiąść w szkole wiejskiej. Pragnąc wszakże zdobyć i przyswoić sobie metodę pracy, która by dawała plony jak najobfitsze, odbył wycieczki do Szwecji, Anglii, Niemiec i Szwajcarii i we wszystkich tych krajach pilnie studiował szkolnictwo ludowe. Najlepiej poznał Szwajcarię, z kijem w ręku i tornistrem na plecach wędrując od Jeziora Bodeńskiego aż do Lugano i Genewy. W każdej niemal szkole zapoznawał się z nauczycielem, słuchał wykładów, brał udział w wycieczkach i studiował szczególnie tak zwaną *Primarschule*, gdzie nauczanie rozpoczyna się od wesołych gawęd i zabaw na świeżym powietrzu.

Teraz, jadąc, wspomniał sobie pewne małe dziewczątko w ogromnych trzewikach podbitych gwoździami, z wielkim parasolem w ręku idące do szkoły w szarugę i wicher ze swej chaty sterczącej pośród chmur, gdzie tylko koza, karmicielka rodziny, żywność dla siebie wynaleźć zdoła i gdzie człowiek biedniejszy jest stokroć niż koza.

Cóż by dał za to, żeby jeszcze raz w życiu pójść z sześcioletnimi obywatelami wolnego Schwizerlandu do lasu, szukać z nimi ukrytych między liśćmi „zwerglów" w wielkich, spiczastych czapkach, a z ogromnymi brodami... Ach, cóż by dał, ażeby wrócić do tamtej młodości, toczyć długie rozprawy z uczciwymi belframi wiejskich szkółek szwajcarskich, długo w noc z nimi radzić o sposobach zniesienia ciemnoty w „strasznej Rosji" i mieć w piersi prawe, szlachetne serce!...

I nagle dyrektor Jaczmieniew zapłakał...

Ciepły wietrzyk wzmagał się, gdy kareta dosięgła szczytu góry.

— Ach, jakże jestem już stary, jak bardzo stary... — szepnął do siebie Jaczmieniew. — Przeszło, minęło niepowrotnie, rozwiało się niby mgła nad jeziorem. Wczoraj, zda się, człowiek z kijem w ręku łaził po skałach, ażeby się nauczyć, jak najlepiej, najszybciej, najhumanitarniej rozniecać światło wpośród ciemnych mas chłopstwa, a dziś... Nie należy szerzyć oświaty w kosmopolitycznym znaczeniu tego wyrazu, lecz należy szerzyć „oświatę rosyjską". Na to zdał się cały Pestalozzi... Pragnąc za pomocą zruszczenia tych chłopów polskich istotnie przyczynić się do szybkiego rozwoju Północy na drodze cywilizacji, należałoby to zrobić tak skutecznie, ażeby chłop tutejszy ukochał Rosję, jej prawosławną wiarę, mowę, obyczaj, ażeby za nią gotów był ginąć w wojnie i pracować dla niej w pokoju. Trzeba by więc wydrzeć z korzeniem tutejszy, iście zwierzęcy, konserwatyzm tych chłopów. Trzeba by zburzyć tę odwieczną, swoistą kulturę niby stare domostwo, spalić na stosie wierzenia, przesądy, obyczaje i zbudować nowe, nasze, tak szybko, jak się buduje miasta w Ameryce Północnej. Na tym gruncie dopiero można by zacząć wypełnianie marzeń pedagogów szwajcarskich. To, co my robimy, te środki, jakie przedsiębierzemy...

I cóż by tu można zrobić, co tu właściwie zaprojektować celem wzmocnienia rusyfikacji, tej rusyfikacji nieodzownej i skutecznej?...

Pytanie to wytrysło niespodziewanie z głębi dumań Jaczmieniewa i stanęło przed nim z całą swoją stanowczą wyrazistością niby tajny agent policji ukazujący się zza węgła, kiedy się go najmniej spodziewają.

Kareta znajdowała się na szczycie góry, po której grzbiecie szła droga. Z prawej i lewej strony otwarty był widok rozległy na dwie płaskie doliny. Tu i tam ciągnęły się smugami lasy, pagórki, wielkie białe płaty pól... Daleko, daleko za ostatnimi sinymi borami szarzały lekkie mgły przesłaniając widnokrąg. Było samo południe. Z kominów chat w ogromnych wsiach szły wszędzie dymy błękitnymi słupami. Był to jedyny ruch w tej niezmiernej przestrzeni. Cała ona leżała w niemym spokoju, jakby spała. Tylko długie pasma dymów zdawały się pisać na białych, martwych kartach polan nikomu nieznane, tajemnicze znaki.

III

Na dolnym korytarzu gimnazjum klasycznego w Klerykowie znajdowało się mnóstwo osób. Byli tam urzędnicy, szlachta, księża, przemysłowcy, a nawet zamożniejsi chłopi. Cały ten tłum stanowił w owej chwili jedną kategorię: rodziców.

Korytarz był długi, wyłożony posadzką z piaskowca i bardzo dobrze przypominał pierwotną swoją fizjonomię: korytarz klasztorny. Wąskie okna wpuszczone były w mury bardzo grube i chłodne; panował tam jeszcze dawny cień i smutek.

Przez zestarzałe, zielonawoniebieskie szyby padały ukradkiem promienie rannego słońca i złociły świeżo wybielone ściany i żółtawą, wydeptaną posadzkę. Z prawej i lewej strony był szereg drzwi prowadzących do sal szkolnych. Drzwi te równie jak okna były poroztwierane, gdyż właśnie świeżo pociągnięto ściany klas na kolor szaroniebieski, z wielkimi lamperiami, i wymalowano podłogi żółtą farbą olejną. Srogi zapach terpentyny i lakierów napełniał cały korytarz.

W przedsionku, za oszklonymi drzwiami spał najspokojniej, już o tak wczesnej godzinie, wysoki i chudy pedel, znany dwu generacjom pod pseudonimem „pana Pazura".

Pomimo że pan Pazur wysłużył dwadzieścia pięć lat na *Kapkazie* za Mikołaja, a drugie tyle siedział w instytucji z tak forsownym zamiłowaniem uprawiającej mowę rosyjską, nie nauczył się tego języka, zdążył jednak zamienić swój rodowity na gwarę niesłychaną, składającą się z wyrazów zupełnie nowych, których treść ani brzmienie nikomu na szerokim świecie, z wyjątkiem pana Pazura, znanymi nie były.

Sam pan Pazur chętnie zastępował niektóre wyrazy już to ruchami pięści, już tak zwanym *trąbieniem na nosie*, przymykaniem oczu, a nawet wywieszaniem języka.

Od czasu zniesienia *ostanówek po subotach*, czyli kary cielesnej, stosowanej często, pan Pazur stracił humor i fantazję. Zaczął drzemać i znosić mężnie urągowiska nawet wstępniaków i pierwszaków.

Na drugim krańcu korytarza znajdowała się kancelaria gimnazjalna, do której nieustannie wchodzili przybywający profesorowie. Tłum osób zwiększał się również.

Szmer żywej a przyciszonej rozmowy, przyciszonej z tego na ogół względu, że prowadzona była po polsku w obrębie murów gimnazjum rosyjskiego — wznosił się i nacichał.

W ciżbie osób chodzących wzdłuż korytarza znajdowała się także pani Borowiczowa i Marcinek, kandydat do klasy wstępnej. Kandydat ubrany już był „po męsku": zdjęto mu nareszcie sznurowane trzewiki i pończochy, odziano w rzeczywiste spodnie, sięgające aż do samych obcasów nowych kamaszków z gumami.

Te spodnie i kamasze były przygotowaniem do munduru gimnazjalnego, stanowiły jak gdyby przedmowę napisaną do dzieła, które jeszcze nawet w brulionie skomponowane nie zostało.

Ażeby przywdziać mundur — należało zdać egzamin. Prośba o zaliczenie Marcinka w poczet uczniów klasy przygotowawczej wraz ze świadectwem ogólnego stanu majątkowego rodziców, szczepienia ospy, metryką etc. — podana została na imię dyrektora o dwa miesiące wcześniej. W danej chwili czekano wyznaczenia terminu egzaminów. Termin taki był właśnie treścią ożywionej rozmowy osób spacerujących.

Każda jednostka należąca do personelu gimnazjalnego, przesuwając się między tłumem, była przedmiotem pilnej i skupionej uwagi, a niejednokrotnie składem zapytań o ten właśnie dzień egzaminów.

Żaden z pedagogów klerykowskich, a tym bardziej żaden z tak zwanych pomocników gospodarzy klas, nie był w możności dać odpowiedzi choć w przybliżeniu prawdopodobnej. Szczególniej zaniepokojonymi owym dniem tajemniczym czuli się obywatele ziemscy i na ogół ludzie z daleka przybyli. Właściwie termin ogłoszony w dziennikach już minął. W dniu wyznaczonym niektóre egzamina odłożono na później, bez określenia bliżej daty, inne rozrzucono w ten sposób, że malec zdający do klasy wstępnej dziś miał być przesłuchiwany z rosyjskiego czytania, dopiero po upływie tygodnia z arytmetyki, a znowu kiedy indziej z pacierza i katechizmu. Rodzice, czasami o kilkanaście mil przybyli, bez upewnienia się, czy dzieci przyjęte będą, nie mogli odjechać. Stąd powstawały namiętne szepty i zasięganie informacji.

Pani Borowiczowa miała wszystkiego trzy mile do Gawronek, ale również czuła się w Klerykowie jak na szpilkach.

Żadnego egzaminu Marcin jeszcze nie zdawał; nie było też wcale pewności, czy będzie przyjęty, wobec ogromnego napływu kandydatów. Wszystkie te okoliczności, połączone z obawą, pragnieniem, z niepokojem o dom itd., sprawiały, że matka Marcinka była smutna i zdenerwowana. Dość szybko chodziła po korytarzu prowadząc syna za rękę. Jej stara, niemodna mantylka, wypłowiała parasolka i bardzo wiekowy kapelusz nie zwracały uwagi osób bogatszych, ale wpadły zaraz w oko jegomościowi w czarnym surducie, w szerokich spodniach, schowanych w cholewy grubych butów wyglancowanych szuwaksem. Jegomość był tęgi, czerwony na twarzy i miał widać astmę, bo sapał ciężko i pokaszliwał.

— Proszę też pani — rzekł szeptem, przystępując do pani Borowiczowej — nic nie wiadomo, kiedy egzamina?

— Nic nie wiem, mój panie. Pan syna oddaje?

— A chciałbym... Czwarty dzień siedzę. Nie wiem już, co robić nawet...

— Śpieszy się panu?

— A i jakże, proszę łaski pani, u mnie propinacja zwłoki nie cierpi.

Akcyźny jeździ, a wiadomo, co to akcyźny, jak gospodarza w domu nie masz. Raz człowieka nie masz, drugi raz, to on tam natychmiast zada *corny* kawy z *czytryną*!

— Chłopiec do wstępnej klasy?

— Ma się wiedzieć, proszę łaski pani.

— Przygotowany?

— Ha, kto jego wie? Powiedział *korepetur*, że najpierwsza ranga.

Kiedy propinator zaczął szczegółowiej opowiadać o przygotowaniu swego syna, wszedł na korytarz dyrektor gimnazjum. Był to stary i siwy człowiek, średniego wzrostu, z brodą krótko przystrzyżoną. Szedł podniósłszy głowę i rzucał szybkie spojrzenia na prawo i na lewo spod ciemnoniebieskich okularów. Znienacka wstrzymał się przed szynkarzem i głośno zawołał na niego:

— *Wam czewo?*

Gruby jegomość zapiął swój czarny surdut i uderzył się dłonią po karku.

— Kto pan jesteś? — pytał dyrektor coraz głośniej, natarczywiej i niegrzeczniej.

— Józef Trznadelski... — wybełkotał.

— Czego pan sobie życzysz?

— Syn... — szepnął Józef Trznadelski.

— Co syn?

— Do egzaminu...

Dyrektor zmierzył propinatora badawczym spojrzeniem od stóp do głów, dłużej zatrzymał wzrok na cholewach jego butów, a później zadarłszy głowę jeszcze wyżej ruszył do kancelarii, nie odpowiadając na ukłony zgromadzonych. W czasie tej rozmowy pani Borowiczowa ze strachem oddaliła się z tego miejsca i stanęła aż w przedsionku. Kręciło się tam kilkunastu uczniów w mundurach, z pierwszej albo drugiej klasy, którzy mieli jakieś *poprawki*, gdyż nawet kopiąc się wzajemnie i wodząc za łby, nie wypuszczali z rąk łacińskich i greckich gramatyk. Marcinek oddalił się od matki i przypatrywał właśnie bójce dwu gimnazistów, gdy z podwórza nadbiegł trzeci w mundurze i niezwłocznie zaczepił małego Borowicza:

— Te, ryfa! kto ci sprawił takie majtasy?

— Mama... — szepnął Marcinek, cofając się do muru.

— Ma-ma? Nie pradziadek Pantaleon Zapinalski z Cielęcej Wólki?

— Nie... ja nie mam pradziadka Zapinalskiego... — rzekł zdumiony Borowicz.

— Nie masz? To gdzieś go podział? Gadaj!

— A co to kawaler chce od mego syna? — zapytała pani Borowiczowa dotknięta trochę kpinami z jej syna.

Zamiast odpowiedzi gimnazista siadł po damsku na poręcz schodów, zjechał w mgnieniu oka aż na sam dół i znikł jak senne marzenie w mroku suteryn, gdzie mieściły się drwalnie i składy szkolne. Jednocześnie pan Pazur drzemiący na stołeczku dźwignął cokolwieczek jedną ze swych ogromnych powiek i chrapliwym głosem wrzasnął:

— *Wospreszcza* się gadać *po polski*!

Dwaj uczniowie, którzy przed chwilą wyrywali sobie garściami włosy, posłyszawszy admonicję pana Pazura, jak na komendę zgodnymi głosami zaintonowali pieśń:

Pazur

Mazur

Obżarł się grochu!...

Pedel zatrzasnął uchyloną nieco powiekę i naśladując od niechcenia wargami świst rózgi wykonał ręką kilka ruchów dokładnie przypominających *rznięcie na pokładankę.* Pani Borowiczowa zbliżyła się do niego i dotknąwszy ręką jego ramienia zapytała:

— Panie, czy nie mógłby mi pan powiedzieć, kiedy będzie egzamin?

Pedelisko spojrzało na nią leniwie i nic nie rzekło. Wówczas wsunęła mu w garść srebrną czterdziestówkę i powtórzyła swe pytanie. Stary ożywił się zaraz i począł skrobać swoją błyszczącą łysinę.

— Widzi pani, mnie nic nie *izwiestno.* Ale trzeba by tak zrobić: jak *uczytieli* wyjdą z kancelarii i pójdą na *etaż*, to można iść do *sekretara.* Jeśli kto wie, to on...

— A prędko też mogą wyjść z tej kancelarii?

— Ha... tego to już *znać* nie mogę.

Wiadomość tę matka Marcina powtórzyła kilku osobom na korytarzu. Wieść o możliwości powzięcia jakiejś wskazówki szybko się rozeszła wśród tłumu. Istotnie dyrektor, a za nim nauczyciele kolejno wychodzili z kancelarii i udawali się na piętro, gdzie mieściła się większość klas wyższych i dokąd nikomu z obcych wchodzić nie pozwalano. W kancelarii jednak zostało jeszcze kilku profesorów. Jeden z nich wszedł do klasy, której nie odnawiano, i wprowadził tam ze sobą uczniów zdających *poprawki*.

Drzwi do tej izby zostały niezamknięte i Marcinek z trwożną ciekawością przypatrywał się i przysłuchiwał procesowi egzaminowania. Stary nauczyciel w granatowym fraku chodził od drzwi do okna, coś pod nosem mrucząc, a uczeń rozwiązywał na tablicy zadanie algebraiczne. Ujrzawszy jakieś znaki i cyfry, których znaczenia wcale nie rozumiał, Marcinek ścierpł ze strachu i szepnął do matki ze łzami:

— Mama myśli, że ja zdam, kiedy ja tego wcale nie umiem!

— Ależ ciebie o to pytać nie będą... Widzisz przecie, że to uczeń z wyższej klasy odpowiada.

Swoją drogą Marcinek ze strachu nie ochłonął, a widok *iksów* i *igreków* bardziej jeszcze powiększył ciężar, który malca jak stos gruzu przyciskał.

Nareszcie wyszli z kancelarii ostatni nauczyciele i wówczas pewna grupa osób, do której przyłączyła się i pani Borowiczowa, wsunęła się do tego pokoju. Był on długi, ciemny, z jednym oknem, którego dolna rama znajdowała się na równi z brukiem podwórza. Siedział tam tyłem do drzwi zwrócony sekretarz szkoły.

Przybyli dosyć długo stali u drzwi, nie śmiejąc zaczepić sekretarza pogrążonego w pracy. Nareszcie ktoś chrząknął. Urzędnik obejrzał się i spytał zebranych, czego sobie życzą. Obywatel ziemski, który przywiózł do szkół dwu chłopców aż z drugiego końca sąsiedniej guberni, wyłożył językiem z kiepska-rosyjskim prośbę o podanie jakiejś wskazówki co do dnia egzaminów.

— Nic panu nie mogę powiedzieć — odrzekł sekretarz — gdyż nic nie wiem. Wszystko zależy od nauczyciela wykładającego w klasie wstępnej, pana Majewskiego, jeżeli o egzamina do wstępnej panu idzie. Przypuszczam, że w tym jeszcze tygodniu.

— W tym tygodniu... — zamruczał szlachcic, który już osiem dni był poza swym folwarkiem.

— Tak sądzę... — rzekł sekretarz i zaczął natychmiast wycierać gumą, w drzewo oprawioną, jakiś błąd w swych papierach.

Szlachcic zwrócił się do osoby najbliżej przy nim stojącej, niby to jej wyjaśniając odpowiedź, a właściwie w oczekiwaniu, że urzędnik jeszcze coś powie. Ten wszakże nie tylko nic nie powiedział, ale się nadto spojrzał z wyrazem niecierpliwości.

Wówczas cała gromada opuściła kancelarię. Smutek jeszcze większy ogarnął Marcina i jego matkę, gdy się znaleźli na ulicy.

Niepokój oczekiwania nie ustał, a wzmogło się znużenie. Chłopiec od chwili przyjazdu do tego miasta był smutny. Męczyła go i dławiła spiekota miejska, bruk palił i wykręcał mu nogi, widok murów, a brak horyzontu sprawiał mu przykrość bez nazwy, co mimo nieustannych westchnień nie mogła wyrwać się z piersi. Wszystko w tym mieście było inne niż na wsi, było dla niego zimne i szorstkie, traktowało go nie jak dziecko. Drzewa stojące gdzieniegdzie obok chodników, małe drzewa, ujęte w żelazne okratowania jak kajdaniarze, napawały go boleścią, czuł taki brak miękkiej murawy, że ze łzami poglądał na jej ździebełka wegetujące między kamieniami bruku, a jedyną ulgę i pociechę znajdował w spoglądaniu na niebo, które jedno było takie samo jak w Gawronkach i które jedno jak wierny przyjaciel szło za nim wszędzie, dokądkolwiek się skierował.

Wprost z gimnazjum powrócili do hotelu i zamknęli się w swoim numerze. Zajazd mieścił się w jednej z brudniejszych ulic miasta. Z bramy w piętrowym froncie domostwa wchodziło się tam na mało co szersze od niej podwórze, wybrukowane takimi bulwami kamiennymi, jakby ta robota wykonana została przez cyklopów, budowniczych Akryzjusza, dziada Perseuszowego. Stajnia nakryta wielkim i dość dziurawym dachem była przedłużeniem dziedzińca. Z obydwu stron odkrytego placyku znajdowały się dwa długie parterowe domy, w których mieściły się pokoje hotelowe. Wchodziło się do nich wprost z bruku, na którym znać było, że konie szlachciców goszczących w murach Hotelu Warszawskiego nieraz bardzo długo czekać musiały na wyjazd swych władców. W rogu dziedzińczyka czerniały na odrapanym murze ogromne litery napisu: *Numerowy* — a niżej widać było okno do połowy schowane w ziemię. Tam właśnie mieszkał chudy i ponury Wincenty, istota żyjąca z napiwków składanych w jej dłoni tytułem wynagrodzenia za usługi wszelkiego rodzaju, do jakich jej używał świat goszczący w Hotelu Warszawskim.

Pani Borowiczowa kazała Marcinkowi powtarzać gramatykę rosyjską, a sama ułożyła się na kanapie, żeby odpocząć. Pragnęła choć chwileczką snu skrócić czas oczekiwania na rezultat swych zabiegów, ale nie udało się jej zmrużyć oka. Twarda poduszka hotelowa i wilgotna jej poszewka przejmowały ją wstrętem; co chwila rozlegał się łoskot straszliwy, gdy na dziedziniec wjeżdżała jakaś furmanka, a nadto z sąsiedniego numeru, dokąd prowadziły drzwi zamknięte na głucho i zatarasowane komodą, słychać było ciągłe hałasy i wrzaski.

— Sam ojciec nie ma wyobrażenia o *udareniach*, a będzie tu mnie uczył! — wrzeszczał piskliwie i z zajadłością nadzwyczajną głos dziecięcy.

— Ja ci się nie pytam, *cembale*, o to, czyja umiem *udarenia*, czy nie, tylko ci każę czytać... — odpowiadał głos gruby.

— No to ja ojcu mówię, że ojciec nie umie! Golić brody ojciec umie, strzyc kłaki to samo, ale co do czytania, to tam już nie ojca głowa.

— Widzieliście wy, moi ludzie... — biadał głos gruby. — Jeszcze toto do sztuby nie weszło, a już taki rezon. A cóż to będzie potem? Ojcem swym, rodzicem gardzisz?

— E!... daj mi tam, ojciec, święty pokój!... Pan inaczej kazał czytać, i cała rzecz.

— Ale tu pana nie ma, rozumiesz ty to? Jutro albo pojutrze wezmą cię na spytki i pójdziesz na grzyby, jak nie będziesz czytał, bo zapomnisz na amen.

— A, zaraz na grzyby... — mruknął głos dziecięcy.

Marcinek stojąc w oknie szeptał oklepane terminy gramatyczne, które umiał, nie dość powiedzieć jak pacierz, bo na wyrywki jak tabliczkę mnożenia — i spoglądał apatycznie na dziedziniec.

Rozmowa w sąsiednim numerze mało go interesowała, natomiast uderzało go to, co widział obok mieszkania stróża.

Stał tam Izraelita odziany w surdut długi, ale nie sięgający do kostek i zupełnie czysty. Trzymał w ustach białą kościaną rączkę laski i słuchał tego, co mu żywo rozpowiadał numerowy. Kiedy niekiedy rzucał spod oka wejrzenie na szyby, przy których stał Marcinek, i ciągle palcami prawej ręki drapał się w brodę. Wkrótce zbliżył się wolno do drzwi numeru i zastukał.

— Któż tam? — z niepokojem spytała pani Borowiczowa, przekręcając klucz w zamku.

— To ja, proszę wielmożnej pani — rzekł przybyły, wsuwając do numeru głowę. — Jestem kupiec zbożowy, chcę troszkę powiedzieć o interesie.

— Ja nie mam teraz czasu mówić o tych sprawach, mój panie. Jedź pan z łaski swojej do Gawronek do mego męża, to się pan z nim rozmówisz.

— Tak to łatwo wielmożnej pani powiedzieć: jedź... Takie czasy okropne nastały z tą stagnacją, z tym... rządem. Zresztą, czy ja potrzebuję wielmożnej pani te rzeczy wytłumaczyć? — rzekł, wchodząc prawie forsą do pokoju.

— Mój panie kupiec, ja nie jestem wielmożną, o interesie teraz i tutaj mówić nie będę, bo mam inne, ważniejsze sprawy na głowie...

— Z tym młodym kawalerem. Ja rozumiem, moja pani kochana. To jest niemały kłopot... ja to wiem... — rzekł z westchnieniem.

Westchnienie i sama wzmianka o kawalerze zmiękczyły zaraz serce pani Borowiczowej.

— Oddawałeś pan może syna do gimnazjum? — spytała.

— Ja nie oddawałem, bo mnie nie bardzo stać na takie fanaberie w dzisiejszych czasach, ale mój brat, ten oddawał. No i użył na tej zabawce... A do której klasy? — spytał Marcinka z uśmiechem.

— Do wstępnej, panie.

— Uu! Bardzo dużo *kandydaty*, całe sto ludzi, powiadają, na trzydzieści cztery miejsca. Czy dobrze przygotowany... przepraszam, jak imię synka?

— Marcinek... — odrzekła pani Borowiczowa. — Pan się pyta, czy dobrze przygotowany? Zapewne że dobrze, ale czy zda... któż to może wiedzieć?

— Dlaczego on nie może zdać, taki Marcinek! — zawołał kupiec.

— On zda na pewno, tylko od tego zdania do przyjęcia — to jeszcze cały loch. Niech pani obliczy: sto kilka i może jeszcze więcej *kandydaty*, na trzydzieści cztery miejsca... to jest okropna cyfra. Oni... te Moskale — dodał ciszej — oni chyba będą od razu nasze biedne dzieci pytać z łaciny przy egzaminie do wstępnej klasy!... Dzisiaj prawie każdy przygotowany, wszystkie mówią po rusku, a oni wybierają tylko niektórych. To są ciężkie czasy, moja pani, dla *oszwiate*...

Wejrzenie Marcinka spotkało się ze wzrokiem matki i nie zaczerpnęło tam otuchy. Ten Żyd zdał się nagle pani Borowiczowej złym zwiastunem. Miała chęć wyprosić go z numeru, kiedy on rzekł znowu:

— Mój brat dwa lata temu, jak oddawał synka tak samo do wstępnej klasy, to on się doskonale urządził.

— Jakże on się urządził?

— On sobie pomyślał: Kto może najlepiej wiedzieć, jak trzeba odpowiadać, żeby zdać do pierwszej klasy? Oczywiście ten, co egzaminuje do pierwszej klasy. On sobie pomyślał dalej: Dlaczego ten, co egzaminuje do pierwszej klasy, nie ma nauczyć mojego Gucia dobrze odpowiedzieć? Dlaczego on jemu nie może dać *korepytycje*, kiedy wszystkie profesory mają prawo dawać *korepytycje*? Mój brat tak sobie pomyślał i udał się do pana Majewskiego, który egzaminuje, który później przez cały rok uczy we wstępnej klasie ruskiego, *artymetyki*... on jego grzecznie poprosił...

— Dużo też zapłacił brat pański za takie lekcje?

— Tego ja nie wiem dokładnie, ale mnie się zdaje, że niedużo. To jest wyrozumiały człowiek, ten pan Majewski.

— A czy długo bratanek pański chodził do niego?

— To samo niedługo. Całej parady tydzień chodził.

— I zdał?

— Zdał bardzo dobrze, lepiej niż takie, co mieli *korepytory* akademiki...

— Panie łaskawy — rzekła matka Marcinka — nie mógłbyś się pan czasem dowiedzieć od swego brata, ile on też zapłacił panu Majewskiemu?

— Dlaczego nie? Ja mogę się dowiedzieć, ale odpowiem chyba aż jutro, bo mój brat mieszka bardzo daleko, na drugim końcu miasta, za przedmieściem Podpórką, a ja nie mam tam żaden interes...

— Ja bym panu zwróciła koszta na dorożkę — rzekła pani Borowiczowa, wydobywając z woreczka papierek rublowy i podając go kupcowi — gdybyś pan zechciał zaraz pojechać i dowiedzieć się szczegółowo.

— Owszem, ja to mogę zrobić dla pani — rzekł starozakonny, od niechcenia chowając papierek do portmonetki. — Ja się dowiem i niedługo wrócę. *Adiu*!

Zanim pani Borowiczowa zdołała ochłonąć z ogniów, które na nią uderzyły, gdy słyszała o możności takiego polepszenia sprawy egzaminów, nim zdążyła skupić myśli i zważyć okoliczności, Izraelita już pukał do drzwi. Misję wywiedzenia się całego sekretu od brata mieszkającego na drugim krańcu miasta Klerykowa załatwił tak szybko, jakby w tym Klerykowie funkcjonowały jakieś piorunujące środki komunikacji, nigdzie dotychczas na lądzie stałym niewprowadzone.

— Mój brat powiada — rzekł jeszcze we drzwiach — że on na tę całą sztukę wydał po trzy ruble za godzinę, to znaczy dwadzieścia jeden. Żeby to było grzecznie w jednym papierku, to on dał dwadzieścia pięć rubli.

— A nie wiesz pan przypadkiem, gdzie mieszka pan Majewski?

— On mieszka na Moskiewskiej ulicy, w domu Baranka, z bramy po lewej ręce.

— Dziękuję panu bardzo — rzekła pani Borowiczowa — za pańską grzeczność. Kto wie, może i ja poproszę pana Majewskiego o lekcje dla mego syna.

Starozakonny usiłował znowu rozpocząć gawędkę o zbożu i jego cenach, ale pani Borowiczowa nie chciała już z nim więcej konwersować. Wychodził z numeru ociągając się i jeszcze w głębi dziedzińca medytował nad czymś głęboko.

O godzinie pierwszej dziedziczka Gawronek wyszła z synem na obiad do restauracji. Furmana z końmi i bryczką wyprawiła zaraz do domu. Opisała cały stan rzeczy mężowi prosząc go usilnie o pożyczenie od miejscowych bankierów dwudziestu pięciu rubli. W restauracji matka i syn nic prawie nie tknęli. Kelner, pół na pół zjedzony przez gruźlicę, biegał daremnie z ogromną elegancją w swym fraku, tak olśniewająco błyszczącym, jakby był uszyty z wysuszonej pozłoty rosołu — przynosił różne wazki, półmiski, talerze z ciekłymi, prażonymi i duszonymi potwornościami — i odnosił je do kuchni prawie w takich samych ilościach i rozmiarach. Wszystko, co robiła i o czym myślała pani Borowiczowa, to były w warunkach życia familii szlacheckiej tego rodzaju — po prostu zamachy stanu. Już samo oddawanie syna do gimnazjum, konieczność płacenia stancji, wpisów, nabywania książek, odzieży mundurowej itd. stanowiły wysiłek niezmierny. Teraz, kiedy przyszło jeszcze płacić po trzy ruble za godzinę lekcji, była to już gra. Pani Borowiczowa rozważała to wszystko, przebiegała w myśli wszelkie szanse i zdecydowała się nieodwołalnie: choćby przyszło łachmany wiązać, chłopca uczyć trzeba. Liczyła zresztą na indyki, prosięta, kaczki itp., i obiecywała sobie, że pokryje niespodziewane wydatki. W czasie obiadu znajdowała się w tym stanie szczególnego podniesienia umysłu, kiedy się różne sprawy i zjawiska życia tak trafnie ocenia, że się prawie ich bieg przyszły na jawie widzi. Były to jednak sprawy blisko stojące. Nad rozleglejszą granicą tego widnokręgu zwieszała się ciemność nieprzenikniona, zakrywająca go nawet przed wzrokiem matki. Kto to jest ten mały Marcinek? Jaki mężczyzna wyrośnie z tego dziecka? Jaka będzie jego twarz? Jak on będzie mówił? Co on będzie myślał?... Zagłębiała się w te pytania bez przerwy, spoglądając na jego ostrzyżoną głowinę.

Restauracja była prawie pusta. W salkach przystrojonych z brudnym szykiem — *notabene* z brudnym szykiem małomiejskim — uwijał się ów kelner. Wyszwarcowane i podkręcone do góry jego wąsy, rozczesana na środku głowy czupryna kapitalnie pasowały do twarzy powleczonej trupią, zielonawą skórą, na której lewym policzku ceglasto czerwieniła się plama wypieku. Zbliżając się do gości, przybierał ten człowiek na twarz swoją uśmiech swój kelnerski, który był taką samą w fachu jego szatą jak frak; wykonywał ruchy pełne elegancji, szastał się i kłaniał z wielką swobodą. Pani Borowiczowa spoglądała na niego przez kilka chwil z uwagą — wtedy właśnie, kiedy jej marzenia zaglądały w przyszłość kandydata do klasy wstępnej. I znowu stanął jej w myśli nowy wydatek, wydatek najbardziej nieodzowny ze wszystkich. Gdy przyszło do płacenia należnych za dwa obiady pięciu złotych, złożyła na tacce obok tej sumy trzy ruble papierowe i posunęła je kelnerowi, myśląc w głębi swego serca: „Na intencję szczęśliwego życia mojego Marcinka..."

Zaraz po obiedzie udali się obydwoje na ulicę Moskiewską i z łatwością wyszukali mieszkanie pana Majewskiego. Na odgłos dzwonka otwarła im drzwi tego mieszkania dama bardzo piękna i ubrana w negliż wykwintny.

Dowiedziawszy się, że pani Borowiczowa ma interes do „profesora", wprowadziła ją do saloniku i radziła uprzejmie oczekiwać tam powrotu jej męża, co miało nastąpić punktualnie za pół godziny.

Salonik ów było to istne pudełeczko wyłożone pięknymi sprzętami. Na środku błyszczącej posadzki leżał dywan, a na nim stały niewielkie mebelki obite jasną materią: wykwintna kanapka i foteliki skupione dokoła małego stołu, gdzie leżały albumy, całe stosy fotografii w pięknych pudłach i misa napełniona biletami wizytowymi.

Pod oknem mieściło się biurko zastawione mnóstwem ciekawych cacek: szeptał tam zegar podobny z kształtu do altanki, w której głębi wahadło w formie kolebki z uśpionym dzieciątkiem kołysało się łagodnie; stały tam przeróżne kałamarze, sprzęciki na papierosy, na zapałki, stalówki itd. najrozmaitszych pomysłów; wyżej na dwu półkach błyszczało mnóstwo przycisków, figielków z porcelany, brązu, kubków i szkieł kolorowych. Przed biurkiem było lekkie krzesło na biegunach, obok niego kosz ze zniszczonymi papierami. Na wszystkich ścianach wisiały tak zwane chińskie parawaniki z rozpostartymi w nich na kształt wachlarzy fotografiami pięknych dziewic o niesłychanie wielkich oczach i biustach do najniższego stopnia odsłonionych, albo reprodukcje miłych kociąt, scen zabawnych i widoki miasta gubernialnego Klerykowa.

W rogu saloniku obok żardinierki stało pianino i znowu na nim zadziwiająco piękne sprzęciki i fotografie w wykwintnych stojących ramkach z pluszu i połyskującej blachy.

Pani Borowiczowa usiadła na brzeżku pierwszego krzesła, w bliskości drzwi; zaleciła synowi kilkakrotnie, żeby stał spokojnie, a nie zbił czego, broń Boże — i czekała z bijącym sercem.

Teraz, kiedy już prawie wykonany został taki zamach stanu, trwoga ją obejmować zaczęła, czy też to nie jest krok szalony. Zegar na biurku szeptał, zdawało się: nic z tego, nic z tego...

W sąsiednich pokojach słychać było jakieś kroki i rozmowy szeptem prowadzone. Nasłuchując, czy to już sam pan profesor nie wchodzi, pani Borowiczowa zwróciła machinalnie oczy w kąt pokoju i dostrzegła tam ikonę w srebrnej szacie i płonące przed nią światełko.

„Prawda, prawda... — pomyślała — przecie to ten, co przeszedł na prawosławie".

W danej chwili najmniej by ją ta kwestia obchodziła, gdyby nie to, że za nią jak cień wlókł się zabobon:

„...To nie musi być dobry człowiek..."

Zegar z kolebką wydzwonił srebrnym głosikiem godzinę drugą, a pana Majewskiego jeszcze nie było.

Dopiero przed trzecią rozległ się dzwonek w przedpokoju, a po upływie kilkunastu minut drzwi do saloniku otwarły się cicho i stanął w nich pan profesor.

Był to blondyn wysoki, z jasnym zarostem i bardzo przerzedzoną czupryną. Miał na sobie jeszcze frak granatowy i takąż kamizelkę ze srebrnymi guzikami, z których każdy zaopatrzony był w orła państwowego. Kamizelka ta była głęboko wycięta i odsłaniała gors koszuli promieniejąco biały, wykrochmalony i błyszczący jak szyba lustrzana.

Nauczyciel złożył ukłon wyciągając pięknym ruchem obadwa mankiety, a gdy pani Borowiczowa powiedziała swe nazwisko, zapytał po rosyjsku:

— Czym mogę służyć?

Matka Marcinka nie mówiła tym językiem, a bała się obrazić profesora, jeżeli zacznie mówić po polsku, toteż jęła wykładać mu swą prośbę po francusku, z mozołem wymawiając zdania i zwroty dawno zapomniane.

Pan Majewski z wdziękiem usiadł na pobliskim fotelu, nastawiał mimowiednym ruchem swe ciemnoniebieskie binokle, otwierał przy tej sposobności nieznacznie usta, ale nie zdawał się rozumieć, o co rzecz idzie.

Wkrótce też spytał po polsku z przeciąganiem i akcentowaniem z ruska wyrazów, aczkolwiek dopiero przed dwoma laty został Rosjaninem, nigdy w Rosji nie był i z granic guberni klerykowskiej zamieszkanej przez samych Polaków (ze znaczną domieszką żydowską) ani razu nie wyjechał:

— Otóż, chodzi tutaj o tego młodzieńca... *tak li*?...

— Tak, panie profesorze — mówiła teraz jednym tchem pani Borowiczowa — pragnęłabym oddać go do klasy wstępnej. Uczył się na wsi, w szkole elementarnej. Czy jest przygotowany... tego właśnie osądzić nie jestem w stanie. Dlatego też śmiem prosić pana profesora, czyby nie zechciał przygotować go jeszcze nieco, zanim egzamin... Z pewnością kilka lekcji udzielonych przez takiego jak pan profesor pedagoga więcej go oświeci niż pół roku nauki w szkole wiejskiej...

— No, cóż znowu? — zawołał pan Majewski z satysfakcją kierownika klasy, wprawdzie tylko wstępnej, aleć zawsze w gimnazjum, który jeszcze parę lat temu był nauczycielem szkółki elementarnej w jakiejś Kiernozji.

— Jestem najmocniej przekonaną, że tak jest... Gdyby tylko pan profesor raczył zwrócić na mego syna uwagę...

— Widzi pani — przerwał pan Majewski — masa kandydatów... Nie wiem, co on umie, czy to się na co przyda...

— Panie profesorze...

Pan Majewski uprzejmym gestem przerwał pani Borowiczowej i zadał Marcinowi kilka pytań rosyjskich z zakresu arytmetyki, gramatyki itd. Wysłuchawszy jego względnie dobrych odpowiedzi wsparł czoło na ręce i przez kilka chwil coś głęboko rozważał.

— Panie... — szepnęła ze drżeniem matka kandydata.

— Tak... Jeżeli pani sobie życzy, mogę dać małemu kilka lekcji. Czy zda... tego, rozumie się, przewidzieć niepodobna...

— Źle jest przygotowany?

— Nie to, żeby źle, owszem, na ogół biorąc... Ale, widzi pani, wymowa, akcent, to, czego jakiś korepetytor, jakiś belfrzyna na wsi wpoić nie jest w stanie, bo sam tego nie posiada... System, widzi pani, wymaga, to jest... akuratnej wymowy, a tego... nie ma. Wszyscy w tych stronach mówią w domu po polsku, rodzice... więc też i dzieci nie mogą mówić dobrze. A system, pojmuje pani, wymaga tej, że tak powiem — akuratnej wymowy.

Ktoś z lekka zapukał do drzwi. Profesor poruszył się niecierpliwie, jakby na znak, że sprawa jest wyczerpana. Chwila ta była istną katuszą dla pani Borowiczowej, gdyż należało przystąpić do kwestii zapłaty, uskutecznić ją stanowczo, dyplomatycznie i z całym mistrzostwem grzeczności.

— Będę — rzekła — nieskończenie panu profesorowi wdzięczną za tę istotną łaskę... Czy mogłabym od razu teraz uiścić się z należności za te lekcje? Zapewne wypadnie mi w tych dniach odjechać i dlatego tylko trudzę pana...

— O to... tego... Biorę zwykle po trzy ruble za godzinę. Mam tutaj kilkunastu chłopców, których również przygotowuję. Od nich biorę w tym stosunku...

— Mam nadzieję, że wystarczy jeszcze czasu na jakie osiem lekcyj. Władza tak zwleka... — rzekła pani Borowiczowa z rodzajem łaskawej i uprzejmej wymówki. — Dla nas zaśniedziałych po wsiach jest to właściwie dobrodziejstwo, gdyż możemy przy sposobności używać miasta, ale za to nasze role i gumna... Oto jest dwadzieścia pięć rubelków...

— Ach... to ja pani rubla reszty... — zawołał z pośpiechem nauczyciel rzucając się do wykwintnego biurka.

— Och... tyle subiekcji...

— A, nie, nie! — wołał nauczyciel. — Jestem tej zasady, rozumie pani: kochajmy się jak bracia, a liczmy się jak Żydzi...

Pomimo że pani Borowiczowa wcale nie nadawała się na brata pana Majewskiego, nie wzięła mu jednak za złe tej maksymy. Przyjąwszy rubla, wśród ukłonów zobopólnych oraz tysiącznych komplementów profesora wyszła odprowadzona przezeń aż do drzwi wchodowych. W sieni pan Majewski ujął malca za ramię i otworzywszy drzwi na lewo wskazał mu duży pokój, prawie pusty, z ogromnym sosnowym stołem na środku.

— Przychodź na lekcje od dziś codziennie punkt o piątej... i od razu wchodź do tego pokoju... — rzekł głaszcząc chłopcu czuprynę.

IV

Tylko trzy razy pani Borowiczowa zaprowadziła jedynaka z hotelu na popołudniowe lekcje do profesora, już bowiem czwartego dnia odbył się pierwszy egzamin z języka rosyjskiego. Na korytarzu gimnazjalnym panował tego dnia istny stan oblężenia. Publiczność tłoczyła się tak zapamiętale w celu podpatrywania i podsłuchiwania tego, co się odbywało w sali egzaminacyjnej, że władza zmuszona była wydelegować aż trzech asystentów gospodarzy klas i pana Pazura do wypowiadania grubiańskich uwag pod adresem rodziców, a nawet do forsownego rozpychania ich łokciami.

Komisja egzaminacyjna składała się z trzech osób: z inspektora gimnazjum, pana Majewskiego i jednego z nauczycieli. Ten ostatni zresztą niewielką do całej sprawy zdawał się przywiązywać wagę, gdyż zajęty był wyłącznie grzebaniem w uchu za pomocą bardzo cienkich patyczków brzozowych uciętych z miotły. Cały pęk tego rodzaju instrumentów wychylał się z bocznej kieszeni jego fraka. Inspektor był mężczyzną ogromnego wzrostu, z głową porosłą istnym wygrabkiem rudawych włosów. Jego wielkie niebieskie oczy spoglądały tak posępnie i złowrogo, że dreszcz trwogi przejmował nie tylko uczniów, ale i rodziców. Stos papierów leżący przed inspektorem służył mu za rodzaj listy przystępujących do egzaminu. Były to prośby i dokumenty kandydatów. Papiery te, w miarę jak nauczyciel Majewski egzaminował malca, inspektor odczytywał z uwagą i dawał swoją notę. Przesłuchiwanie trwało krótko: dwa, trzy zdania chłopiec czytał, później opowiadał, wygłaszał jakiś wiersz rosyjski, jeśli go umiał na pamięć, następnie rzucano mu pytanie z gramatyki i polecano wykonać rozbiór. Rozbiór i pytania zadawane chłopcom znienacka, pospolite pytania konwersacyjne, ogłupiały większość niewielkich Polaczków.

Co chwilę jakiś *zerżnięty* wychodził na korytarz, gdzie go witała zrozpaczona, częstokroć zalana łzami twarz matki lub ojca. Malcy, którzy dali odpowiedzi zadowalające, na rozkaz inspektora powracali na swe miejsca. Gdy tak przebrano kandydatów, setka ich z górą zredukowała się do ilości pięćdziesięciu paru. Wtedy pan Majewski rozsadził ich w ten sposób, żeby między jednym a drugim była znaczna przestrzeń ławy, i rozkazał pisać dyktando. Gdy odebrano zapisane kartki, miał miejsce drugi egzamin, bardziej szczegółowy i głównie zahaczający o pisownię. Indagował teraz sam inspektor, a pan Majewski powtarzał wszystko, co zwierzchnik jego wykonywał. Kiedy inspektor Sieldiew marszczył swe niskie czoło i mrużył oczy — pan Majewski przybierał minę surową; kiedy się natrząsał szyderczo z głupich mniemań małych „przywiślańców" na punkcie arkanów etymologii i syntaksy — pan Majewski chichotał do rozpuku; kiedy inspektor spoglądał na drzwi ze złością i podglądającym rodzicom dawał znaki, aby się usunęli i zachowywali cicho — pan Majewski trzepał rękami i wykrzywiał się spazmatycznie. Krzesło jego stało nieco w tyle za krzesłem inspektora, a ta pozycja dozwalała nauczycielowi klasy wstępnej obserwować każdej chwili spod oka wyraz twarzy potentata gimnazjalnego. Zdarzyło się jednak, że inspektor w sposób rdzennie rosyjski wydłubywał sobie z zęba paznokciem jakieś dokuczliwe włókienko i wyszczerzył przy tej czynności lewą połowę swej paszczęki. Majewski dostrzegłszy spróchniałe zęby wybuchnął zaraz głośnym śmiechem, na którego odgłos nie tylko

Sieldiew przyjrzał mu się z podziwem, ale nawet Ilarion Stiepanycz Ozierski, zwany przez wszystkich uczniów, mieszkańców miasta Klerykowa, kolegów nauczycieli i członków własnej familii „Kałmukiem", cofnął patyk z ucha, wytrzeszczył swe białe oczy, uderzył pięścią w stół i mruknął:

— Da-s, eto toczno!

Marcin Borowicz należał do liczby zostawionych w klasie. Utrzymał się nawet po drugim egzaminie i zasłużył na przychylną decyzję inspektora. Ogromna większość chłopców zebranych na korytarzu mogła już opuścić gimnazjum, gdyż jasną było rzeczą, że przyjętych będzie trzydziestu kilku, którzy siedzieli w klasie. Ci ostatni, z wyjątkiem kilku prawosławnych i synów ludzi zamożnych albo wysoko postawionych, byli dziwnym zbiegiem okoliczności uczniami pana Majewskiego. Tak chlubnym złożeniem egzaminu wystawili oni najlepsze świadectwo jego zdolnościom pedagogicznym i wykazali, co znaczy przed wstąpieniem do gimnazjum chociażby tylko parę lekcji konwersacji z dobrym akcentem.

Niepodobna opisać radości pani Borowiczowej. Spoglądając przez szybę, kiedy Marcinka wołano na środek, wytrzymała ona prawdziwy paroksyzm wszelakich cierpień. Dokoła siebie widziała rozpacz osób, których najsłodsze nieraz nadzieje już się rozwiały; czuła tę rozpacz ich wszystkich, ale tak ją czując deptała nogami cudze nieszczęście i wdzierała się jakby po trupach, pędzona przez swoją miłość i swoją nadzieję.

Kiedy pan Majewski uśmiechał się do jej syna i kiedy po odpowiedzi wskazywał mu miejsce w ławie — uwielbiała tego profesora wszystkimi władzami serca matki, których niczym wymierzyć nie można; ale wkrótce potem, gdy tenże pedagog wyszedł z klasy i ze zgniłym uśmiechem spoglądał na zastęp rodziców i dzieci odrzuconych z jego woli, uczuła, że i w niej, pomimo wszystko, szarpie się serce wzburzone i że się z niego wyrywa głucha i śmiertelna nienawiść. Pan Majewski szedł wśród tłumu rozdzielając ukłony na prawo i lewo osobom, które się do niego zwracały z błaganiem, płaczem i zapytaniami.

Wkrótce po nim wyszedł z klasy inspektor. Ten na nikogo uwagi nie zwracał, a gdy go zaczepił jakiś chudy jegomość pytaniem, jak też zdał jego młodszy synek, odpowiedział po rosyjsku głośno i zwracając się do wszystkich:

— Nie może być dobrych rezultatów, bo złe jest przygotowanie. Dzieci nie mówią po rosyjsku, więc jakże się mają uczyć w tej szkole, gdzie wykład nauk odbywa się w tym języku. Należy zrzucić pychę z serca i zabrać się do reformy. Wtedy dopiero dziecko może być przyjęte...

— Do jakiejże reformy, panie inspektorze, zabrać się należy? — spytał ów jegomość. — Niechże wiem przynajmniej, czego ci moi chłopcy nie umieją i czego się mają jeszcze uczyć, ażeby mogli zdać do klasy wstępnej. Trzymałem do nich nauczyciela przez półtora roku...

Głuchy szmer poparcia rozszedł się w tłumie.

— Należy jeszcze — zaczął wrzeszczeć inspektor — należy jeszcze mówić z nimi w domu po rosyjsku. Oto, jaka reforma przeprowadzona być musi! Pan wymagasz, żebyśmy przyjmowali pańskich synów do szkoły rosyjskiej, a sam nie umiesz czy nie chcesz mówić po rosyjsku, i do mnie, zwierzchnika tej szkoły, w murach jej ośmielasz się mówić jakimś obcym językiem! Pomyśl pan, czy to nie jest skandal?

— To nie jest bynajmniej skandal, jeżeli ja, nie posiadając żadnego obcego języka, przemawiam do pana inspektora tym, jaki umiem...

— Język rosyjski tu, w tym kraju, nie jest językiem obcym, jak się panu wyrażać podoba... Za pozwoleniem... pańskie nazwisko?

Chudy pan cofnął się i ukrył za plecami kobiet, które zwartym kołem otoczyły inspektora, poczęły przedkładać mu swe prośby, słuchać jego maksym i pogróżek.

Tegoż jeszcze dnia odbył się egzamin z religii. Słuchano z tego przedmiotu już tylko wybrańców losu.

Wskroś tłumu przecisnął się ksiądz prefekt Wargulski i wszedł do klasy.

Ksiądz Wargulski pochodził z *gulonów* i miał wszystkie ich fizyczne i moralne przymioty. Był wielki, zgarbiony, o bardzo szerokich ramionach, rękach długich, żylastych i ogromnie muskularnych. Siwizna dobrze już przyprószyła jego krótkie włosy, jak szczotka stojące nad kwadratowym czołem.

Ksiądz Wargulski patrzył zawsze spod oka i stulał wielkie swe wargi w taki sposób, że usta znać było na tej wygolonej twarzy tylko jako prostą linijkę. Mówił strasznie prędko, niezrozumiale i rzadko kiedy.

Wszedłszy do klasy, gdzie malcy siedzieli w dużych ławach nieruchomo jak sztachety w przęsłach, ksiądz zbliżył się zaraz do pierwszego z brzegu, wyciągnął w kierunku jego nosa najdłuższy ze swych ogromnych palców i szybko wymamrotał:

— Jak się nazywasz? Przeżegnaj się, zmów *Ojcze nasz* i *Zdrowaś*

Maria...

Zanim chłopiec zdobył się na trzecią część odpowiedzi, już prefekt wyciągał palec do drugiego:

— Jak się nazywasz? Przeżegnaj się, zmów *Ojcze nasz...*

Po upływie kwadransa wszyscy kandydaci dostali *piątki* i wychodzili z klasy.

Następnego dnia odbył się egzamin z arytmetyki. Była to już prosta formalność. Uczniowie pana Majewskiego i na tym polu odznaczyli się wybornie. O godzinie dwunastej inspektor przeczytał publiczności listę chłopców przyjętych do klasy wstępnej. Usłyszawszy wymienione imię i nazwisko swego syna, pani Borowiczowa krótko westchnęła. W owej chwili dopiero mogła zmierzyć smutną dolę, w której pogrążone zostały dzieci rodziców niezamożnych, do szkół nieprzyjęte.

Po obiedzie, spożytym wesoło i z apetytem, wyruszono do „starej Przepiórzycy". Pani Przepiórkowska, zwana w całym Wygwizdowie i przyległych do tego przedmieścia okolicach miasta „starą Przepiórzycą", była dawną znajomą pani Borowiczowej z owych jeszcze czasów, kiedy mieszkała w sąsiedztwie Gawronek na leśnictwie w Grabowym Smugu u syna, podleśnego lasów rządowych. Pani Przepiórkowska trzymała uczniów na stancji, toteż matka wstępniaka uznała za rzecz najstosowniejszą pod opiekę starej i dobrej znajomej go oddać. „Stara Przepiórzyca" miała onego czasu trzech synów i dwie córki. Z taką przynajmniej gromadką została po śmierci męża, oficjalisty fabryk żelaznych, na bruku, a raczej na błocie miasteczka Bełchatowa. Nie wiadomo nikomu, jakim sposobem z owego błota wybrnęła i dała dzieciom jaką taką edukację, dość że najstarszy i najukochańszy jej syn Teofil dostał miejsce podleśnego i zabrał całą rodzinę do siebie; młodszy otrzymał urząd na poczcie, a najmłodszy był kancelistą w Towarzystwie Kredytowym Ziemskim. Życie uśmiechnęło się wtedy do starej, ale krótko trwał jego uśmiech. Wybuchło powstanie, młodszy syn zniknął z domu i więcej nie wrócił. Nie odnalazła nawet jego ciała, pomimo że zjeździła całą okolicę wzdłuż i w poprzek. W osiem lat później najstarszy syn Teofil, dobrodziej i opiekun całej rodziny, zmarł nagle w lesie ukąszony przez żmiję. Wtedy matka i dwie siostry sprowadziły się do najmłodszego, Karola, i zamieszkały u niego, czyli, jak w tamtych okolicach miasta bez żadnej złośliwości, przenośni, a z zupełną ścisłością mówiono, usiadły mu wszystkie trzy na karku. Panny Przepiórkowskie nie powychodziły za mąż, zestarzały się i

53

uczyniły ze swych nawyknień, usposobień i humorów prawdziwy ocet siedmiu złodziei. Starsza z nich była osobą około lat czterdziestu i zachowała do tak późnego wieku zdolność uśmiechania się w niektórych momentach życia; młodsza z niewiadomych przyczyn tak skandalicznie zbrzydła, że według relacji uczniów z klasy siódmej i ósmej najspokojniejsze psy miejskie, których głosu nikt nigdy nie słyszał, szczekały zajadle, gdy przechodziła.

Pan Karol Przepiórkowski pobierał 50 rubli srebrem miesięcznej pensji. Codziennie rano, z wyjątkiem niedziel i świąt uroczystych, był w biurze; codziennie po południu, nie wyłączając niedziel i świąt uroczystych, grał w preferansa z dwoma przyjaciółmi i *dziadkiem*.

Przedmieście Wygwizdów leży w kotlince, ku której miasto Kleryków zsuwa się nieznacznie i w której się zwęża, formując jedną długą i powykrzywianą ulicę. Domy tam są bardzo stare i okropnie wilgotne, podwórza cuchnące, mieszkania ciemne i brudne. „Stara Przepiórzyca" mieszkała w domostwie z dawien dawna noszącym przezwisko Cegielszczyzny. Gdy matka Marcinka otworzyła z cicha drzwi z sieni na lewo i stanęła na progu, z głębokiego fotelu podniosła się na jej spotkanie staruszka wysoka, czerstwa, okazała i bardzo jeszcze żwawa. Była ubrana czysto w szare odzienie i duży biały czepiec z ogromnymi falbanami, które piętrzyły się na jej skroniach i na ciemieniu. Spod tego czepka wysuwały się pasma włosów bielutkich jak mleko, a połyskujących jak czyste srebro. Duża twarz babci była poprzecinana masą zmarszczek tworzących istne sieci komunikacyjne między oczyma i ustami, między brodą i środkiem dolnej wargi. Skóra tej twarzy była biała, a raczej popielata, białoszara. Wpośród zmarszczek nadających obliczu pani Przepiórkowskiej cechę martwoty świeciły się żywo jej oczy duże, ruchliwe, ale już zupełnie wyblakłe i prawie zbielałe.

— Paniusia, moja sąsiadeczka! — zawołała staruszka z niekłamaną radością rozwierając ramiona. — Oto mi dobry dzień nastał! Oto mi gość! Nastka! — krzyknęła głośniej w kierunku sionki, za którą była kuchnia — przystawiaj mi zaraz *jembryk* do ognia, duży, odrutowany. Jeśli wygasło, to napal, tylko przecie patyczkami... A cóż was tu do Klerykowa zagnało, moje złotko, a któż was też natchnął?...

— Ten oto kawaler! — odrzekła pani Borowiczowa ukazując kawalera, który na ogół w takich razach chętnie przebywać lubił za kotarą matczynej spódnicy.

— Prawda! Jedynak, *syngielton*! — krzyknęła stara, przyciskając głowę Marcinka do swej piersi i wygniatając mu na policzkach kształt trzech dużych rogowych guzików swego kaftana.

— To już uczeń gimnazjum, moja pani, uczeń rzeczywisty... — wyszeptała przez łzy radości pani Borowiczowa.

— Masz, diable, fartuszek! Taka historia! — zawołała stara, zwijając język w trąbkę i pogwizdując.

Za chwilę wyciągnęła rękę na stół i głębokim, stanowczym głosem, ze zmarszczonymi brwiami spytała:

— Oddajesz go pani do mnie na stancję?

— Właśnie przyszłam...

Teraz staruszka upuściła z oczu kilka łez, które potoczyły się kanałami zmarszczek i zaświeciły dopiero koło ust.

— Zobaczysz, że mu u mnie będzie dobrze. Już on u mnie zmarnować się nie zmarnuje, już ja jego zrobię człowiekiem. Kiedy mój Teofil był taki oto smarkaty...

Zza kotary dzielącej izbę na dwie części wyszły jedna za drugą panny Przepiórkowskie i z oznakami mniemanej radości rzuciły się do pani Borowiczowej.

Wiedziały doskonale, kto przyszedł, słyszały całą rozmowę, a jednak robiły miny zdziwione. Dowiadując się niby to w owej chwili o pomyślnym egzaminie Marcinka, jak na komendę zwróciły się do niego i rzekły:

— Aa... powinszować!...

Obiedwie zresztą zaraz umilkły i przybrały zwyczajne wyrazy twarzy ziejące kwaskowatym chłodem jak dwie piwnice.

— Pewno, że powinszować — rzekła głośno „stara Przepiórzyca" — na takie facecje, jakie oni tam wyprawiają, te...

Tu schyliła się i szepnęła do ucha pani Borowiczowej:

— Te łajdaki!

Drzwi do sąsiedniego pokoju otwarły się i wszedł pan Karol Przepiórkowski.

Był to kawaler lat około czterdziestu, łysawy już, mizerny i równie jak siostry wiekuiście niekontent.

— A!... — rzekł, całując rękę pani Borowiczowej.

Potem odsunął się w kąt i usiadł. Na twarzy jego malowała się prawdziwa radość, słyszał bowiem z sąsiedniego pokoju, że pani Borowiczowa sama przyprowadziła ucznia na jego stancję.

To go uwalniało od biegania po zajazdach, zaczepiania szlachciców, błagania profesorów. Żadna męczarnia nie może być przyrównana do tej, jaką znosił ten człowiek nieśmiały, małomówny, nieposiadający za grosz ani inicjatywy, ani sprytu, gdy mu przyszło kaptować rodziców, narzucać im się po faktorsku, zachwalać swoją stancję.

Toteż matka Marcinka sprawiła mu ulgę głęboką, zwaliła jeden z kamieni przygniatających jego plecy.

Stara nie porzuciła tematu, który właśnie jej przerwano:

— Moja pani Borowiczowa, to ci sumiennie mówię, że tu chłopcu będzie jak w domu. Ja tam dobra nie jestem, ale i nie kąsam. Do nauki i dobrego zawsze go napędzę i cała rzecz. Głodny u nas nie będzie, tego możesz być pewna, a jak mu będzie strasznie źle, to niech zadrze ogona i rwie do Gawronek... Co? Może mu pozwolisz, jedynaczkowi, gagatkowi... Kiedy mój Teofil był taki oto...

— Niechże też matka da pokój! — syknęła przez zęby starsza córka i babcia zaraz umilkła. Wszelako nie dała za wygraną i po chwili znowu mówiła:

— Porządek u mnie grunt, a co do nauki, to go będzie pilnował korepetytor, a my znowu wszyscy korepetytora. Oto, jak jest... Nastka!... — zawołała przerywając sobie — postaw drugi, bo pewno zaraz starzy nadejdą, tylko ich patrzeć. Widzisz, moja pani Borowisiu, co do *gieldów*, to cię nie będziemy obdzierać, nic się nie lękaj... Dacie nam — mówiła w sposób uroczysty — 150 rubli i może tam jaką fureczkę drzewa na miesiąc, w zimie, na saniach, to się wam nawet koniska nie ściągną; parę skrzyń ziemniaków w jesieni, no i tej mąki z waszego młyna... U was ją tam dobrze Wojciech robi, nie można powiedzieć... Mój Boże, jak Teofil żył, częstośmy na Gawronki posyłali do waszego...

— Dajże też matka pokój! — mruknęła znowu panna Konstancja.

— Dużo uczniów macie państwo u siebie? — zapytała pani Borowiczowa, pragnąc zyskać chwilę czasu do rozważenia postawionych warunków.

— Pięciu było w zeszłym roku, moja pani. Trzech Daleszowskich, obywatelscy synowie spod Grzymałowa, jeden tam Szwarc, mały, z pierwszej klasy, to chłopak sztygara, wnuczek dawnego znajomego, i jeden także z pierwszej, Soraczek, to znowu rządcy z Dzięciołowa, a korepetytor szósty. Pójdźże pani, pokażę ci stancję!

Staruszka ruszyła się żwawo, roztwarła drzwi do sieni, a później na prawo do sporej stancji, gdzie o tej porze stał tylko na środku długi stół sosnowy, zalany atramentem, a dokoła niego krzesła i długie ławy drewniane. W jednym kącie sterczało żelazne łóżko bez pościeli, z tak okropnie zgiętymi prętami, jakby je pozwijał jakiś straszliwy reumatyzm. Okna były niezamknięte i żelazne haczyki tych okien monotonnie stukały. Marcinka, który tam wszedł za matką, ścisnął dziwny żal na widok tego pokoju.

— Widzisz... Tu będziesz sypiał z kolegami... — szepnęła do niego matka — wybierz sobie kącik, gdzie ci będzie najlepiej.

Potem, zwracając się do „starej Przepiórzycy", rzekła:

— Droga babciu, nic taniej nie można?

— Moja pani Borowiczowa, ty wiesz, że ja cię skrzywdzić nie chcę! Wbij zęby w ścianę, nie można! Ani grosz!

— Ha, cóż robić, co robić? — szepnęła matka. — Trzeba się rujnować dla tego huncwota, to trudno. Muszę mu jeszcze łóżko kupić. Żelazne chyba? Siennik — to w domu się wypcha, pościel przyślę w tych dniach.

— Żelazne łóżko kup, z gałkami, za osiem rubli, u Siapsiowicza! — doradzała staruszka, zawsze w sposób uroczysty. — Dziś już by mógł spać tutaj...

— A nie, nie... Jeszcze dziś razem przenocujemy w hotelu, a jutro koło południa to się już wprowadzi.

— Zaraz pewno i tamci chłopcy zjadą, ale czy też wszyscy staną znowu u nas, Bogu Wszechmogącemu wiadomo... Od Soraczka jakoś żadnej wieści nie ma...

Długo jeszcze pani Borowiczowa roztrząsała ze „starą Przepiórzycą" różne drobne sprawy tyczące się urządzenia Marcinka na stancji. Kiedy wyszły z izby uczniów i wracając mijały sień, w pokoju staruszki słychać było głośną rozmowę.

— Oho! już są radcy! — rzekła pani Przepiórkowska.

— Któż to tam jest? — spytała matka Marcina.

— A, to dawni znajomi: Somonowicz i Grzebicki. Co dzień tu dziadygi przyłażą do mnie na kawę. Z nieboszczykiem mężem znali się jeszcze przed rewolucją.

Otworzyła drzwi i wprowadziwszy panią Borowiczową, przedstawiła jej emerytów.

Pierwszy z brzegu, starzec zgarbiony, siwy, z brodą krótko ostrzyżoną, która mu zarastała całe prawie policzki, ubrany w surdut długi do kolan, kiwnął przybyłej głową i kontynuował swoją przechadzkę po stancji.

Drugi, pan Grzebicki, był to jegomość malutki, ale ogromnie czupurny i elegancki. Skórę na czole, nosie, policzkach, na łysinie i szyi miał czerwonawą, koloru wypalonej cegły. Nad uszami zaczesywał w kierunku czoła dwie kępy białych włosów. Dokoła jego wygolonej brody srebrzył się na czarnej chustce półksiężyc siwiuteńkiego zarostu.

Radca Grzebicki trzymał swą małą głowę sztywno, do czego przyczyniały się dwa kołnierzyki obwiązane czarną chustką z dużym węzłem pod brodą.

Radca Somonowicz żuł coś nieustannie i cmokał bezzębnymi ustami. Wlokąc swe pantofle defilował z kąta w kąt i stękał. Naraz spostrzegł Marcinka, który lokował się właśnie za krzesłem matki — wstrzymał się i przestając mlaskać, spytał:

— A to znowu co za jeden?

— No, cóż ma być za jeden! — zawołała opryskliwie „stara Przepiórzyca" — syn pani Borowiczowej. Pochwaliłbyś go radca oto, bo zdał do szkół, do wstępnej klasy...

— Co znowu? Ja? Chcesz jejmość, żebym ja chwalił takie postępowanie? Ja mam chwalić za to, że się najniepotrzebniej pcha dzieci do szkół... Paradne!

— Jak to... najniepotrzebniej, łaskawy panie? — wtrąciła pani Borowiczowa dotknięta do żywego.

— Najniepotrzebniej! — zawyrokował stary radca i urwał rozmowę. Wyjął potem z papierowej torebki cukierek landryna i zaczął go ssać przymykając oczy.

— Facecja! słowo uczciwości!... — zaśmiał się drugi radca.

— Znowu coś nowego wymyślił? — zapytała pani Przepiórkowska radcę Grzebickiego.

— Wcale nic nowego i nie wymyślił, jeśli jejmość chcesz wiedzieć... — rzekł Somonowicz. — Wszystko idzie do szkół, wszystko się pcha do fraka. Jest nadmiar tego wszystkiego, oto co mówię od lat tylu. Byle szewczyna, krawczyna, już pędraczka do terminu nie oddaje, tylko na mędrca, na mędrca! A na mędrca nie każdego Pan Bóg powołał, toteż naokoło siebie widzisz jejmość jakichś rozgrymaszonych, rozlazłych, rozkisłych półmędrców, ćwierćmędrców albo i całkiem głupich mazgajów. A ja już widziałem, moja jejmość, jaki to z takiej mąki chleb bywa. Oto, co ja mówię...

— Przesada, jak zawsze... — wyszeptał piskliwym głosem pan Grzebicki, rozczesując palcami lewej ręki swe faworyty.

— To samo słyszałem i *wtedy*, akurat to samo słowo: przesada... — odrzekł Somonowicz głosem gardłowym, patrząc nie na radcę Grzebickiego, lecz na Marcinka.

— Wtedy rząd nie stawiał tych dzikich wymagań...

— Rząd zawsze wie, co robi, i teraz wie również, a nadto czyni, co do niego należy w takim porządku rzeczy. Nie trzeba było...

— Przecie ja, mój radco, nie zarzucam rządowi złych intencji i daleki jestem w ogóle od myślenia o tym. Nie należy jednak, zdaje mi się, pałać pożądaniem tłumienia oświaty, che-che... — szydził mały radca.

— Powtarzam jeszcze raz, że nie wszyscy możemy być filozofami, bo któż by świnie pasał? — rzekł radca grubianin, zabierając się do wydobycia z torebki trzeciego cukierka.

— Nigdy, zdaje mi się, nie brakowało jeszcze urzędników do spełniania, zaszczytnego zresztą jak każdy inny, obowiązku pastuchów trzody chlewnej. Obawiać by się raczej trzeba ich nadmiaru.

— Wolę ja nadmiar świniopasów niż nadmiar mądralów.

— Co kto lubi.

— Nie o to chodzi, co kto lubi, tylko o to, gdzie jest rozum, *ergo* racja. Czy powiesz mi waćpan, że może nie od półmędrków wychodziła ta inicjatywa, ów tak zwany *duch*? Czy nie w tych łbach, z błota podniesionych, lęgła się anarchia? O to właśnie pytam się waćpana po raz tysiączny!

— Ależ na miłość boską, przecie z tych głów, jak radca mówisz, z błota podniesionych, wypływało również, że się tak wyrażę, światło.

— Co mi tam z pańskiego światła! — wołał Somonowicz, wytrząsając ręką. — Gdzie było światło, kiedy błaźniska budowały awantury? Co zwyciężyło: skandal czy jakieś tam światło? Pytam! Zwyciężył, mości dobrodzieju, skandal. Owo światło — mówił dalej, wytrzeszczając oczy i miażdżąc wzrokiem Grzebickiego — częstokroć, a nawet prawie zawsze wspierało skandal. Oto co mówię od dawien dawna!...

— Ja nie jestem zwolennikiem skandalów, owszem, jestem ich zajadłym wrogiem — mówił Grzebicki, wydymając groźnie swe czerwone policzki i wznosząc brwi wysoko — byłem i jestem wrogiem zdecydowanym, powiadam, o tym radca wiesz najlepiej, ale...

— Co za *ale*? Nie ma żadnego *ale*! Jest na świecie jedna tylko logika i ta mówi, co następuje: Kiedy my z waćpanem wstępowaliśmy na drogę życia, nikt nam nie bronił patrzeć na własne znaki narodowe, nikt nam nie rozkazywał pojmować tamtego języka. A dziś co? Na własne moje stare oczy widziałem w tamtym pokoju gramatykę języka polskiego napisaną po rosyjsku, w ręce żaka z pierwszej klasy, który się w mojej obecności uczył tej gramatyki polskiej po rosyjsku, tu, w tym domu, w mieście

Klerykowie, o którym kronikarz Mateusz, herbu Cholewa, pisze, że „gród ten polski, od niepamiętnych czasów bogactwy słynący, na płaszczyźnie pochyłej jest rozłożony"... Któż to sprawił, że na taki szary koniec przyszło onemu grodowi polskiemu, rozłożonemu na płaszczyźnie pochyłej? Sprawiła to owa mania demokratyczna, owo pożądanie fraka, owa ambicja hołoty, domaganie się praw bez żadnych zasług...

Kiedy radca Somonowicz to mówił, pan Karol Przepiórkowski zaczął głośniej pociągać nosem i przybrał tak dziwną minę, jakby miał zamiar coś mówić.

Radca spojrzał na niego kilka razy i rzekł porywczo:

— Ależ, mówże pan u licha! Czekamy, słuchamy!

Pan Karol jeszcze raz pociągnął nosem i nic nie powiedziawszy, usiadł na swoim miejscu.

Wtedy radca wpadł w istną ekstazę.

— Chcąc wytępić w sobie wroga, który w nas siedzi, musimy zacząć od gruntu, od rdzenia, od takiego pędraka — wołał chwytając Marcinka za ucho i wyciągając go na środek pokoju.

— Daj no dobrodziej chłopcu święty spokój! — wstawiła się za Marcinkiem „stara Przepiórzyca". — Polityka polityką, a co do uszu, to nie ma racji wyciągać ich po próżnicy.

Radca wpakował sobie do ust trzy cukierki, zadarł głowę do góry, ręce w tył założył i jął szybko dreptać po izbie.

— O! tak, tak... — rzekł Grzebicki. — Kiedy my wchodziliśmy do urzędowania... Bagatela! Uwierzy też pani dobrodziejka, że do tej chwili tkwi mi w uchu, ale jak tkwi!... marsz powitalny na wjazd Najjaśniejszego Pana, kiedy przybyć raczył do Warszawy na koronację w roku pańskim 1829...

Mały radca zerwał się, wyprostował, oparł mocno ręce na stole i wpatrując się bystro w panią Borowiczową, zaczął głośno gwizdać owego marsza.

Somonowicz, defilując, wtórował mu gwizdaniem, a raczej dmuchaniem do taktu.

Marcinek, którego ta produkcja daleko bardziej interesowała niż poprzednie wywody, zauważył po chwili z głębokim zdumieniem, że z oczu radcy gwiżdżącego pierwszym głosem kapią duże krople łez i z hałasem spadają na ceratę stołu.

— Co to marsz?! — zawołał Somonowicz. — Pamiętam... zresztą mówię wam to już od dawien dawna, co do mnie rzekł książę pan...

— Lubecki... — szepnął pani Borowiczowej w kształcie objaśnienia radca Grzebicki, wycierając swe zapłakane oczy.

— Co do mnie rzekł książę pan... rozumie się, Lubecki, Drucki-Lubecki, kiedy to błaźnisko, Morusek Mochnacki, znalazło się w przedpokoju, błagając o ukrycie go przed tłuszczą, którą nieustannie od samego początku awantury podbechtywał, a która w końcu ścigała go po ulicach, żeby go jak psa podłego na szubienicy obwiesić. Książę pan zapłakał i kładąc mi rękę na ramieniu powiedział te słowa: „Somonowicz, młodzieńcem jesteś i wchodzisz w życie. Nie mówię do waćpana jak do kancelisty, lecz jak do męża, do obywatela. Oto przyjąłem do domu i ukryłem przed motłochem wroga narodu, Mochnackiego. Czy wiesz, mówił mi książę, że ten nędznik szedł na czele żołnierzy, aby mię rozstrzelać. I patrzże, jak Pan Bóg zmiażdżył jego zamiary: przed chwilą ten sam Mochnacki klęczał przede mną, przypędzony do mojego progu przez palec boży. Weź waćpan do serca tę naukę i wszystkimi siłami zwalczaj szatana, którego sługami są tacy Mochnaccy..."

— Kiedy bo radca wpadasz, u diabła, w przesadę! — wypaliła naraz „stara Przepiórzyca". — Pewno, że tacy ludzie... kto ich tam zresztą wie... no juści pewno, że wy to lepiej rozumiecie ode mnie. Ale przecież są inni wrogowie, u kaduka! Kiedy mój Ignacy...

— Taki Murawiew! — syknęła panna Konstancja.

— Zostaw no waćpanna tę sprawę, zostaw... — rzekł pontyfikalnie Somonowicz. — Nie do ludzi ta sprawa należy i nie do ludzkiego sądu. Człowieka, którego nazwisko waćpanna wymówiłaś, Pan Bóg wziął w swoją rękę. Jeżeli dusza ludzka jest nieśmiertelna, a nie masz waćpanna najmniejszego powodu wątpić o tej prawdzie, bo wszystko za nią przemawia, to dusza tego człowieka cierpi już męki takiego potępienia, jakich nie obejmie rozum śmiertelny, za te łzy rozlane po ziemi, za tę krew niewinną, za krzywdy wyrządzone nie dla mocy prawa, nie dla władzy miecza, ale dla samych krzywd i dla samego płaczu. Zresztą, ja nie chcę o tym mówić, ja nie chcę o tym myśleć za żadne skarby. Dajcie mi święty pokój! Nie chcę o tym słyszeć. Oto, co wam mówię i powtarzam od początku świata...

— Chryste ukrzyżowany! — zawołał Grzebicki — radca Somonowicz chce w nas utwierdzić mniemanie, że on naprawia społeczność od początku świata!

Kiedy tak radcowie roztrząsali sprawy wielkiej polityki, pani Borowiczowa, słuchając na pozór uważnie ich twierdzeń, daleko odbiegła myślami. Jakieś kształty i zjawienia, jakieś cienie i widma bezcielesne ukazywały się przed nią, tworząc ze siebie jakby sceny i wypadki z przyszłego życia Marcinka. Kiedy je chciała złapać wzrokiem i myślami — znikały... Mochnacki, którego tłuszcza ściga dla powieszenia jak psa na szubienicy... „Któż to jest Mochnacki, co to za jeden? Ach, to ten, to to znaczy... — myślała rzucając się duszą w jakiś widok pełen ludzi i wrzasku. — Murawiew? kto to Murawiew?" I nagle serce jej przestawało uderzać i umierało jak żywa istota, którą przebiło zabójcze żelazo.

V

Niski mur, tu i ówdzie rozwalony, zarośnięty trawą i mchem, stanowił granicę podwórza. Za murem płynął kanał w obmurowanym niegdyś łożysku. Z czasem wiele kamieni wysunęło się, wpadło do wody i ugrzęzło w cuchnącym ile dna tej strugi, a bujne krzaki i błotne zielska obsiadły jej brzegi.

Dalej, za rowem, ciągnął się czyjś park rosnący na błotnistym gruncie, zaniedbany tak dalece, że mógł przedstawiać małą puszczę, której nigdy stopa ludzka nie przebyła i gdzie tylko ptaki mieszkają.

Z tej strony muru stała szopa i drwalnie wybudowane w sposób nadzwyczaj lekkomyślny. Tuż przy szopie, pod samym murem, leżało kilka starych, opalonych i na pół zgniłych belek, o których istnieniu ani właściciel, ani żaden złodziej zapewne nie pamiętał. Pokrzywy i osty usiłowały do cna je zakryć.

Na tych balach, po otwarciu roku szkolnego, Marcinek przesiadywał całe odwieczerza, *wykuwając* swoje *uroki*. Wielkie drzewa zarośli, stare wierzby o niezliczonej ilości gałązek, wiszących nad ziemią, przypominały mu wieś, dom i matkę.

Uczył się pilnie, ze wzniosłą bezwzględnością, do której nie znalazło jeszcze dostępu ani zwątpienie, ani nieufność, ani żadne wyrachowanie, ani szacherka.

Z historii świętej, czyli „Zakonu Bożego", tłoczył sobie w pamięć wszystko — poczynając od nazwy danego rozdziału aż do ostatniego w nim słowa. Siadał na belce, ujmował głowę w dłonie i powtarzał głośno *zadane* — aż do skutku, aż do takiego stopnia doskonałości, że mu zasychało w gardle i mąciło się w głowie. Inna rzecz była z arytmetyką i rosyjskim. W obudwu tych gałęziach nauk trzeba było odbywać *urok* z korepetytorem, który mówił i objaśniał po rosyjsku, równie jak pan Majewski w klasie.

Z tych wykładów Marcinek nie osiągał nie tylko żadnego zrozumienia rzeczy, ale owszem głupiał coraz okropniej i męczył się coraz bardziej. Prawiono mu ciągle w domu i w szkole o liczbach z nieskończoną ilością zer, polecano wykonywać z tymi wielkimi liczbami jakieś manipulacje, a wykładano, jak to mówią, niby łopatą rzeczy tak łatwe i objaśniano to wszystko najlepiej, najpoprawniej, czysto i wzorowo stawiając akcenty, a tymczasem Marcinek truchlał przychodząc do niejasnej refleksji, że nie rozumie, co do niego mówią.

Wszelkie czytanie lekcji zadanych z rosyjskiego musiało się również odbywać w obecności korepetytora, z uwagi na doskonałość akcentów.

Właściwie tedy na belkach wyuczał się Marcinek „Zakonu Bożego", gdyż czwarty przedmiot, język polski, nie nastręczał żadnych utrapień wskutek tego, że nic z tej dziedziny nie zadawano do uczenia się w domu.

Korepetytor na stancji „Przepiórzycy", pan Wiktor Alfons Pigwański, był uczniem klasy siódmej, a zarazem gimnazjalnym i poniekąd, dzięki nieobecności innego, miejskim, ogólnoklerykowskim poetą. Był to młodzieniec szczupły, mizerny, krostowaty, zawsze niedbale odziany i usiłujący zapuścić długie włosy, bez względu na surowe kary szkolne. Wypalał niezmierną ilość papierosów i wskutek tego zapewne przezywano go „Pytią" (dlaczego jednak zwano go także „żydówką" — trudno dociec). „Pytia" uczył się dobrze, nie tak wszakże, jakby się tego można było spodziewać po jego rzeczywistych zdolnościach.

— Pigwański... — mawiała do przyjaciółek „stara Przepiórzyca" — to głowa otwarta jak wielka stodoła, ale cóż pani poczniesz, kiedy mu akurat poezyjka w łeb wjechała jak fura siana. Nic, tylko, pani, siedzi i smaruje *wirsze*!

Poeta częstokroć zaniedbywał się umyślnie, zapominał o rzeczach, kajetach, książkach, ażeby pozyskać przydomek roztargnionego, który mu niesłychanie przypadał do smaku. Bardzo często umyślnie zostawiał w domu kajet z zadaniami trygonometrycznymi, wypracowaniem rosyjskim czy łacińskim albo greckim *extemporale* — byleby tylko ujawniać roztargnienie poetyckie. Wiersze pisał prawie bez przerwy i w sposób piorunujący. We wszelkich zaś utworach, jakiekolwiek dźwigały nazwy i dewizy, za pomocą niezmiernej ilości rusycyzmów i przy współudziale sporej kolekcji błędów ortograficznych szczerze polskich, opłakiwał śmierć swoją, opiewał swój pogrzeb albo malował pejzaż posępny ze swym grobem w głębi i księżycem ukrytym za czarnymi chmurami. Myśli i uczucia, tło i akcesoria, porównania i rytm tych utworów były zapożyczone, częstokroć żywcem wzięte, z Puszkina i Lermontowa. Nie licząc rozpaczy z powodu własnej przedwczesnej śmierci, znajdował jeszcze poeta czasami podnietę do pisania jakiejś elegii czy idylli w uczuciu miłości. Kto był przedmiotem tego namiętnego uczucia, niepodobna odgadnąć rozpatrując sprawę w świetle utworów. Raz bowiem były tam uwielbienia przyłączone do gwałtownego pragnienia zgonu z racji jakichś „złotych kędziorów", a już o stronicę dalej — z powodu „czarnobrewej, czarnookiej, ozdobionej kaskadą czarnych pierścieni".

Stare panny Przepiórkowskie, które podczas bytności autora w klasie wyciągały z jego kuferka olbrzymiej grubości bruliony i zanosiły się od śmiechu deklamując najbardziej rzewne elegie, zachodziły w głowę, kto przecież mógłby być bohaterką tylu dramatów, eposów i liryk. Gdy jednak żadna z postaci niewieścich, w tych dziełach przedstawionych, ani wiekiem, ani pięknością cielesną nie przypominała z nich żadnej, powzięły wniosek zdecydowany, że owe bohaterki są to po prostu osoby nieistniejące w Klerykowie i z palca wyssane.

Najstarszy z trzech braci Daleszowskich, uczeń klasy czwartej, odznaczał się w ogóle — posiadaniem srebrnego zegarka z wielką tombakową dewizką, a w stosunku do Marcinka — pogardą tak przygniatającą, że mały wstępniak nie był w możności wyrobić sobie pojęcia o różnicy zachodzącej między samym korepetytorem a „panem" Daleszowskim. Był prawie pewny, że ci obadwaj „panowie" są czymś w rodzaju profesorów, istotami, które, krótko mówiąc, umieją więcej od pana Wiechowskiego, bo uczą się po grecku i po łacinie, o czym tamten „pan" z Owczar wcale nie miał wyobrażenia. Nie więcej życzliwości okazywali Marcinkowi dwaj młodsi bracia Daleszowscy z drugiej klasy. Rozmawiali z nim wprawdzie, ale za to wydrwiwali go niemiłosiernie, *brali go na kawały*, wysyłali do apteki po *Verstand*, puszczali mu w nos *finfy*, gdy zasypiał itd.

Ci obadwaj drugoklasiści byli namiętnymi graczami w *obrazki*. Mieli w kuferkach pełne pudła kolorowanych żołnierzy, oficerów na koniach oraz innych malowanek — i stosy zużytych stalówek. Gra polegała na tym, że między karty książki wkładało się tu i ówdzie obrazek i podawało ją koledze do odnalezienia malowanek za pomocą wsuwania między kartki stalówki — na chybił trafił. Jeżeli stalówka trafiała w miejsce puste, przechodziła w posiadanie proponującego grę, w razie przeciwnym obrazek stawał się własnością posiadacza piór.

Marcinek Borowicz nie tylko był ogrywany przez Daleszowskich, bo umieli oni w potrzebie *naciągać frajera* w sposób tak zgrabny, że żadną miarą dostrzec tego nie mógł, ale jeszcze dostawał od nich szturchańca, jeżeli z bekiem upominał się o stalówki przywłaszczone przez graczy z pogwałceniem kardynalnych zasad wymiany.

Nieco odmienny stosunek zachodził między Marcinem i Szwarcem, drugorocznym uczniem klasy pierwszej, znanym z tego, że mu wszyscy, nie bez wyraźnych a nawet umotywowanych pozorów słuszności, udowadniali, że jest dardanelskim osłem.

Ale i ten nieszczęsny *pierwszak*, któremu nigdy zadania *nie wypadały*, ale za to słówka łacińskie nie tylko wypadały, ale wylatywały jak wiatr z pamięci — przy każdej sposobności starał się nękać Marcinka dowodzeniem, że, właściwie mówiąc, *wstępniaki* nie są jeszcze uczniami i chociaż z łaski pozwala się im nosić mundur i czapkę z palmami, to jednak każdy uczeń klasy już rzeczywistej pierwszej ma zupełne prawo pierwszemu lepszemu *kapcanowi* z wstępnej dać w zęby, kiedy mu się tylko żywnie spodoba.

Marcinek nie znał, rzecz naturalna, praw gimnazjalnych do tego stopnia, żeby mógł Szwarcowi kłam zadać ustnie lub na piśmie, toteż najczęściej odpierał podobne twierdzenia pięściami i obcasami.

Pomimo jednak nierówności sił i różnicy zapatrywań — między Szwarcem i Borowiczem istniał *de facto* pewien rodzaj naturalnej koalicji, która stanowiła jaką taką przeciwwagę względem przemożnej potęgi zjednoczonej Daleszowszczyzny oraz jej jawnych i skrytych zamachów.

Swoją drogą mały Borowicz czuł się na stancji samotnym jak palec. Jego troski, okropne trwogi, wyrastające szczególniej na glebie arytmetyki, nikogo nie interesowały.

Jeżeli próbował kiedykolwiek zwierzyć się Szwarcowi ze swym niepojmowaniem zadanej lekcji lub ze swym strachem — „Buła" (taki przydomek Szwarc nosił) odpowiadał mu z wrzaskiem i pogardą, że tylko taki, co przyjechał do Klerykowa z Gawronek, może podobne głupstwa nazywać trudnymi. Cóż może być trudnego w „owczarni", gdzie nie ma łaciny ani geografii? Niechby kto — (Marcinek czuł, że owo kto do niego jednego było wycelowane) — spróbował trzeciej deklinacji z wyjątkami albo niechby na wielkiej mapie spróbował „przejechać wodą" z Morza Białego do Czarnego...

A przecie Marcinek nie mógł sobie dać rady z przedmiotami tak łatwymi. Nieraz budził się w nocy, o zimnych rankach jesiennych, i w smutnym drzemaniu widział klasę, nauczyciela i siebie przy tablicy... Zimno wstrząsało jego ciałem i bojaźń niewymowna ssała jego krew jak zmora.

Na stancji okazywała mu dużo serca i troskliwości „stara Przepiórzyca", ale ta jej przyjaźń wyrażała się przeważnie w zachęcaniu go do częstych zmian bielizny i w sekretnych darach kilku śliwek, dwu jabłek, garści suszonych gruszek albo spodeczka kwaśnych powideł. W klasie miał na niego pewien wzgląd wszechwładny nauczyciel pan Majewski, chociaż ten wzgląd, manifestujący się w mdłym uśmiechu, z biegiem czasu nicestwiał coraz bardziej. Pan Majewski w rozmaitych porach dnia i wieczora odwiedzał stancję „Przepiórzycy", gdyż wizytowanie stancji uczniowskich należało do zakresu jego obowiązków, łatwo tedy spostrzegł, że Borowicz nie jest synem rodziców zamożnych — i coraz szczuplejszą miareczką sympatię swoją mu wymierzał.

Sala klasy wstępnej mieściła się na dole gmachu gimnazjalnego. Prowadziły do niej drzwi z korytarza, dobrze Marcinkowi znanego od czasu egzaminów. Oprócz wstępnej znajdowały się jeszcze przy tym samym korytarzu dwa równoległe oddziały klasy pierwszej, dwa drugiej oraz pojedyncze sale trzeciej i czwartej. Klasy wyższe — aż do ósmej — mieściły się na piętrze. Rzecz prosta, że dół nieskończenie weselszy był od piętra. Całe to piętro mieszkańcy dołu mieli w głębokiej pogardzie, a przezywali je, nie wiedzieć dlaczego, „cukiernią". Na dolnym korytarzu pracowało usilnie kilku pomocników gospodarzy klasowych i zwyczajnych pedagogów pilnujących porządku, kiedy na górze nudził się jeden tylko; na dole zazwyczaj pewna ilość frantów za zbyt wesoły nastrój ducha odsiadywała popołudniową kozę, kiedy coś podobnego na górze uchodziłoby za skandal. Nigdy też „cukiernia" nie witała tak piekielnym hałasem żadnej pauzy, jak to stale czynił „korytarz". Skoro tylko zadrżał w powietrzu cienki a przenikliwy krzyk dzwonka targanego wprawną ręką „pana Pazura", wybuchał tam w głębokiej ciszy istny huragan. Przez każde odemknięte drzwi wyskakiwał nowy hufiec i wnosił do kolosalnego chóru daninę swego wrzasku, płaczu i śmiechu. W mgnieniu oka korytarz napełniał się kurzem, a cały ten wielki dom drżał, zdawało się, od fundamentów do szczytu, jakby wewnątrz niego grasowała trąba powietrzna.

Stary pedel patrząc ze swego posterunku przy końcu dolnego

korytarza widział w nikłym pyle te setki głów ostrzyżonych, zawsze mnóstwo wzniesionych pięści, a nieraz tu i ówdzie zadarte nad głowami — nogi. Lubił ten widok, te walne facecje, których żadna mowa nie wyliczy i żadne pióro nie opisze, te szczytne dowcipy i błazeństwa pobudzające go nieraz do takiego śmiechu, że z miną urzędowo posępną i zagryzionymi wargami starowina trząsł się na swym stołku jak galareta z cielęcych nóżek.

W jesieni, w pogodne przedpołudnia, gdy jeszcze świetlne promienie słońca wpadały do korytarza, stary pedel miał chwilę wesołości prawie dziecięcej.

— Nuże! — wołał na drapichrustów znanych mu bliżej — jazda, *poka* czas. Za *szest'* sekund *zwonok*! Stawajta, chłopcy, na łbach — nu! *Prawoje pleczo wpierod* — marsz!

Gdy znowu rozlegał się dzwonek, hałas wielkimi falami szybko i raptownie opadał, zamieniał się w gwar, w szmer przyciszonych rozmów, w szmer przedziwny, którego brzmienie człowiek do starości pamięta... Olbrzymie interesy, kolosalne sprawy, marzenia niespokojne jak woda górskiego potoku, natężone ambicje i gwałtowne niby grom boleści serc małych wyrażały się w szeptach urwanych a tworzących tę wzruszoną mowę szkoły. Przed każdą klasą czatowała niewielka postać ukryta za odrzwiami w ten sposób, że na zewnątrz widzialny był tylko kontur jej twarzy i oko zwrócone w kierunku kancelarii. Gdy drzwi pokoju nauczycielskiego uchylały się, jedna z postaci znikała i nad jakąś salą rozciągało się nieme milczenie.

W czasie półgodzinnej, czyli tak zwanej dużej *przemiany*, prawie cały dolny korytarz wypadał na dziedziniec i w mgnieniu oka rozpoczynał wojnę.

Był to właśnie czas kasztanów. Podwórze było wielkie, nierówne, obfitujące w pewien rodzaj łańcuchów górskich, formacji dawno-śmietnikowej, w doły po wapnie i gruz zwalonego muru.

Całe to rozległe podwórze było otoczone wysokimi i grubymi murami, za którymi z jednej strony był park publiczny, z drugiej pusta uliczka, a z trzeciej ogrody księże.

Z parku i ogrodu wznosiły się i zwisały nad gimnazjalnym dziedzińcem stare drzewa kasztanowe, rodzące niezliczoną ilość owoców, kapitalnie nadających się do podbijania oczu i wywabiania na czaszkach guzów wielkości indyczego jaja.

Przebiegła klasa trzecia prawie zawsze potrafiła zaraz po dzwonku owładnąć „Himalajami" i przeciągnąć na swą stronę jeden z oddziałów klasy drugiej, wskutek czego cały ogół pierwszaków i wstępniaków, aczkolwiek osłonięty mężnymi piersiami oddziału klasy drugiej, wiernego sprawie tłumu — zajmował pozycję nad wszelki wyraz niedogodną w szczerym polu, pod murem.

Już gdy pierwsze kasztany zaczynały przeraźliwie gwizdać, odbijać się od muru, dawać piekielne *kapry* — wstępniactwo zazwyczaj podawało tył w sposób obrzydliwy, szeregi pierwszoklasistów przerzedzały się do takiego stopnia, że „Grecy" zaczynali wyłazić zza „Himalajów" i z furią nacierać.

Wtedy wywiązywała się rzetelna batalia. Ogłuszające „hura!" rozlegało się ze stron obu, kasztany cięły jak grad najsroższy, ranni zmiatali z głośnym bekiem, wodzowie darli się wniebogłosy, zagrzewając do boju szeregowców, zwykle plecami do nieprzyjaciela zwróconych... Biada pomocnikowi gospodarzy klas, wysłanemu przez inspektora dla zażegnania awantury, który by wtedy zbliżył się do placu boju! Zarówno z obozu „Greków" jak „Persów" odzywały się niezwłocznie głosy dziko pozmieniane a zachęcające do czynów wprost zbrodniczych.

— *Grajcarek*! — wołano po polsku — celujemy w twój cylinder. Chodźże bliżej, kłapouchu!...

I rzeczywiście — cylinder powalony licznymi naraz ciosami spadał z głowy pana Gałuszewskiego.

Jeżeli zjawiał się pan Sieczenskij, wzywano go również po polsku:

— Chodź, chodź, *Perispomenon*, zbliż się, ananasie z pestką, wyjmij notesik i zapisuj! Panowie, celnie w notesik!

„Perispomenon" cofał się zaraz do sieni i ukryty za drzwiami obserwował przez szparę dalszy bieg wypadków.

Pan Majewski nie ukazywał się w takich razach na podwórzu z zasady, gdyż nie mógł znieść przezwisk wykrzykiwanych tak głośno i tak bezkarnie.

Tym sposobem bitwa, której władza nie była w stanie przerwać, trwała zazwyczaj w ciągu całej „dużej" pauzy. Dopiero na odgłos dzwonka zwycięzcy i zwyciężeni wracali do klasy, okryci chlubnymi sińcami, na dwie ostatnie godziny lekcyj.

Marcinek był dzielnym „Persem" i dostał pewnego razu taki postrzał w okolicy piątego żebra, że blisko przez dwa tygodnie nie mógł leżeć na prawym boku.

Po jednej z takich kampanii wrócił do klasy zmęczony i nie przypominał sobie nawet dokładnie, jaka lekcja ma nastąpić. Siedział w czwartej ławie pod oknem, przy Gumowiczu, niedużym chłopcu, z włosami tak czarnymi, że miały odcień fioletowy.

Ten Gumowicz był synem akuszerki, kobiety bardzo biednej, ogromnie energicznej i krzykliwej. Mama Gumowiczowa zjawiała się czasami na dolnym korytarzu, rozmawiała z księdzem Wargulskim i panem Majewskim, wypytywała się o stopnie i sprawowanie swego Romcia, który już drugi rok siedział w klasie wstępnej, a nieraz wobec wszystkiego tłumu groziła mu pięścią. Jak wieść niosła, po każdej takiej bytności pani Gumowiczowej w gmachu szkolnym Romcio brał w domu ciężkie *lanie*, czyli *wały*.

Pan Majewski wzywał go często do katedry, wytykał mu jego wady, próżniactwo, niedołęstwo, osłostwo, wspominał o biedzie i procederze starej matki, o niskim jego pochodzeniu i wystawiał go na urągowisko. Wszyscy w klasie, nie wyłączając nauczyciela, chichotali, gdy pucołowaty Romcio stawał przy tablicy. Miał on zawsze kajety w porządku, wiedział najlepiej, jaki rozdział przeznaczony jest do opowiadania, i umiał doskonale *zadane*, ale czytał tak gdaczącym głosem, tak paradnie syczał, dmuchał i jęczał, namyślając się przy dodawaniu, że koniec końców dostawał zazwyczaj dwójkę.

Tego dnia pan Majewski *wyrwał* Gumowicza do arytmetyki i podyktował mu dużą liczbę. „Czarny" drżał na całym ciele. Kilkakrotnie upuścił kredę i widocznie trudno mu było zebrać myśli, gdyż pisał zupełnie inne cyfry. Po klasie przelatywał śmiech tłumiony. Zdolni chłopcy z pierwszych ławek, umiejący zawsze z pochlebstwem patrzeć w oczy nauczyciela i zgadywać jego intencję, umyślnie zatykali sobie usta, żeby głośno nie parsknąć. Pan Majewski jeszcze dwa razy powtórzył długą liczbę, a gdy Gumowicz znowu napisał co innego, kazał mu iść na miejsce.

— Ty, Gumowicz, akurat tyle umiesz z arytmetyki, co pachciarska kobyła... — rzucił mu na pożegnanie.

Te dwa ostatnie wyrazy pan Majewski wygłosił w brzmieniu polskim. Sprawiło to szalony efekt. Malcy wszczęli okropny krzyk radości.

— Pachciarska kobyła. Oho-ho... — Gumowicz — pachciarska kobyła!...

Gumowicz usiadł na miejscu i po swojemu zwiesił głowę. Gdy się wesołość ogólna z rozkazu nauczyciela uciszyła nieco — spojrzał na Marcinka bawiącego się nim również doskonale i zapytał go nieśmiało, cichym szeptem:

— Co mi postawił?

Borowicz wysunął głowę i śledził uważnym okiem ruch dłoni nauczyciela. Dostrzegłszy znamienne pochylenie pióra szepnął z okrucieństwem:

— *Pałę!*

Mały Gumowicz skurczył się dziwnie i tak został bez ruchu, zapatrzony w kajet z arytmetyką. Marcinek przyglądał mu się i pokazywał go sąsiadom. Po chwili na długiej czarnej rzęsie „pachciarskiej kobyły" ukazała się jedna wielka łza, samotna łza, sygnał bezdennej rozpaczy. Borowicz przestał się śmiać i ze zmarszczonym czołem wciąż patrzał na tę łzę błyszczącą. Pochłonęła ona jego uwagę, pamięć i jakby całą duszę. Pierwsze w życiu współczucie drgnęło w jego piersi.

VI

Z twardej szosy bryczka skręciła na uboczny gościniec, z gościńca na dróżkę, zajmującą między działkami chłopskimi szerokość nie większą od pospolitego wygonu. Słońce już się skryło za grzbietem wzgórz, zostawiając po sobie tylko przecudną zorzę, w której kierunku bryczka zdążała i na którą zwrócone były oczy Marcinka i jego matki. Konie biegły miernego kłusa, wózek toczył się z wolna w głębokich koleinach drożyny. Po obudwu jej stronach stały niwki żyta, na którym nie widać było jeszcze kłosów, stajonka wczesnych kartofli, mocno zielone smugi owsa i zagony lnu. W pobliżu czerniła się biedna wioska. Dalej, na tle przejrzystego firmamentu, widać było ciemne kształty łańcucha wzgórz porosłych jałowcem i brzeziną.

Zdarzyło się, że w przeddzień uroczystości Zielonych Świątek wypadł pani Borowiczowej jakiś pilny interes w Klerykowie. Zawarta na początku roku szkolnego znajomość z panem Majewskim ułatwiła jej pozyskanie dla Marcinka na dwa dni świąteczne urlopu, wypisanego na urzędowym blankiecie z ogromną pieczęcią. I oto wiozła do Gawronek jedynaka jako niespodziankę dla ojca i całego folwarku. Radość obojga była tym większa, że ani matka, ani syn nie spodziewali się tak pomyślnego załatwienia sprawy, gdyż rzadko kiedy dawano na te święta urlopy. Gdy wózek polnymi dróżkami zjeżdżał z pochyłego przestworza i znalazł się u wejścia do rozdołu między dwoma wielkimi wzgórzami, noc już zapadała. Zbocza gór wznosiły się stromo po prawej i lewej ręce, a wielkie ich garby niby kolana i stopy wysuwały się z mroku i rosły w oczach, gdy się ku nim zbliżano.

Dolina była dość długa, a nie szeroka — w niektórych miejscach tak nawet wąska, że na dnie jej ledwo mogły zmieścić się obok siebie: strumień i droga. Na wiosnę i około św. Jana potok przemieniał się w rzekę, w wielką, oszalałą rzekę, której wody dosięgały wysoko rosnących brzóz na zboczach pagórków i zostawiały na jałowcach pokosy zmulonego siana, garście lnu i całe nieraz krzewy, z korzeniami wydarte na odległych górach. Toteż droga sąsiadująca z tą burzliwą rzeczułką była, ściśle mówiąc, suchym łożyskiem potoku. Nikt jej tam nigdy nie naprawiał ani nie przeinaczał; była sama sobą, zmieniała się i kształtowała swobodnie, posłuszna tylko prawom przyrody, zupełnie tak jak drzewa okoliczne, jak osypiska i wyrwy. Były w niej kawałki z natury dobre, zupełnie gładkie, były inne, zawalone sporymi bryłami na dość znacznej przestrzeni, a były też i tak zwane dołki, istniejące tam od czasów jeżeli nie piastowskich, to na pewno zygmuntowskich.

Kto nie umiał przez te dołki przejechać, ten nie przejechał. Łamał tam dyszel, oś, rozworę, wlatywał w błoto z głową i czapką albo zostawał w dołku z półkoszkami, a konie szły dalej z przodkiem wozu. Na szczęście nie było w całej okolicy człowieka, który by nie miał „sposobu" na szczęśliwe przebycie tych wyrw zdradliwych. W pewnym miejscu jechało się dość długo tym porządkiem, że przednie i poślednie koło z prawej strony szło blisko o jaki łokieć wyżej niż koła z lewej, ale ludzie tamtejsi nawykli do tego przymiotu drogi i nikt go tam nawet nie spostrzegał. Nad wodą rosły zwarte olszyny i przysłaniały zakręty rzeczne. Gdzieniegdzie stały kępami duże, smutne wierzby o długich gałązkach i wąskich liściach. Konie wlokły się noga za nogą po kamienistym szlaku i były w pierwszym dopiero skręcie doliny, gdy na górę wszedł księżyc. Białe światło z wolna rozpadło się w dole, na zboczach gór i po wąwozach. Widać było spiczaste jałowce pod samymi szczytami i brzózki o listkach srebrzyście lśniących, kołyszące się od wietrzyków. Na dalekiej przestrzeni bieliły się kamienie rzecznego łożyska. Tu i ówdzie poza cieniem krzewów lśniły się między kamieniami ruchliwe, maleńkie fale i wodospady płytkiego w tej porze strumienia, który jak żywa istota coś szeptał w głębokiej ciszy.

Ten szept opowiadał Marcinkowi cudowne rzeczy o wszystkim, co zaszło w wodach, odkąd pewien uczeń klasy wstępnej przestał taplać się na bosaka w rzece, łapać sakiem płotki, okonie i małe szczupaki podobne do ciemnych kawałków drzewa...

Osoba wychowańca gimnazjum została gdzieś na uboczu i Marcinek zapatrzony w blask wody począł na szum jej odpowiadać jakiejś innej osobie, która była na poły nim samym, na poły kimś zupełnie nieznajomym.

Tak siedząc cicho przy matce, zabrnął w niezmiernie daleki świat marzeń.

— Paniczek to nawet nie wie, że nam gniadą ukradli! — zawołał nagle Jędrek, służący za fornala.

— Gniadą ukradli? — rzekł Marcinek jak zbudzony ze snu. — Przecie gniada idzie przed twoim nosem u dyszla...

— E!... i cóż ta z tego, kiedy ją ukradli...

— Czy on prawdę mówi, mamusiu?

— Opowiedzże paniczowi, jak to było!... — rzekła matka Marcinka.

Gniada klacz była ulubienicą całego folwarku. Pochodziła z rodziny tak dalece arystokratycznej, że rozpowiadano istne o niej legendy. Jedno z takich wierzeń głosiło, że gniada w prostej linii pochodzi z dziada araba i matki spolszczonej angielki — inne, że jest wnuczką jakiejś Hatfy, importowanej wprost z Arabii — i tam dalej.

W istocie klacz miała główkę małą, oczy mądre, łopatki wydatne, piersi bogate i skórę cienką, ale wszystkie te przymioty od ciężkiej pracy w roli, przy zwózce drzewa, zboża i nawozu, od długich podróży w bryczce straciły na wartości i nikomu obcemu nie wpadały już w oko, gdy szlachetnie urodzonej boki zapadły i grzbiet jak piła sterczeć zaczął.

Jednakże zimową porą, gdy roboty było mniej, a obrok wymierzano regularnie, gniada odzyskiwała cechy swej rasy. Wówczas, zbliżając się w niedzielę do kościoła, niejednokrotnie musiał pan Borowicz strofować Jędrka furmana:

— Trzymaj no konie, cymbale, nie gap się! Jeszcze poniosą i w rów gdzie wywalą...

Klacz była zła, nikomu do siebie przystępu nie pozwalająca; nawet swego furmana nie wahała się przy okazji chwycić zębami albo trzepnąć kopytem.

Pomimo to lubiono ją. Lubiono ją przez chełpliwość za przymioty, dzięki którym klacz odrabiająca najcięższe fornalskie powinności, istną końską pańszczyznę, mogła w potrzebie obstać za najlepszą cugową. Miała zresztą kilka pięknych źrebiąt, a te wyratowały pana Borowicza z niejednego ciężkiego kłopotu, gdy je w kwiecie lat końskich na jarmark wyprowadzono.

— A to tak było... — zaczął Jędrek. — Z soboty na niedzielę, będzie ze cztery tygodnie temu, poszlimy z Wincentym spać... zwyczajnie w stajni. Spać duszno z koniami, to my otwarli drzwi, tylko my *śtangę* założyli. Sam-em śrubę zakręcił *na fest*, klucz-em pod żłób cisnął i ułkadłem się. Oni ta tylko głowę przytkną do słomy, juž ci po nich...

— A ty, toś znowu czujny nadzwyczajnie! — wtrąciła pani Borowiczowa.

— E... bo mnie, proszę pani, jedna baba urzekła w Trzebicach, żebym niby do spania był taki chytry... A no i pospalimy się. Ledwie świt, jak ci mię ten Wincenty wyrżną w łeb trepem! — „Gdzie kobyła?" — powiadają. Ja spojrzę: *śtanga* wisi, gniadej nie ma. Pod progiem my spali — jakże on ta wyszedł, mój Jezus kochany? Dopiero to jest machenik! *Łabas* my za *śtangę*, a tu przerżnięta jak mydło. Powiadają, że ma taką piłeczkę cienką, ale to głupiemu powiedzieć, żeby kto żelazo piłką urżnął. Musi *para* mieć włos z żydowskiego trupa i tym tak rznie. Wylecieliśmy na świat... Przed stajnią widać było ślad do stawu. Skoczyli my do stawu. Poszedł we wodę! My na drugi brzeg ku Cieplakom — nie ma nigdzie! Rosa bielusienieczka stała na łąkach, a śladu ani — ani! Dopiero oni powiadają, że może brzegiem stawu się wziął, a potem wjechał w rzekę. Polecieliśmy i tam, ale nie było nic, i pokój. Pan wstał, ludzie się zeszli, gwar, krzyk, ale śladu nikt wypatrzeć nie mógł. Jak słońce przygrzało, rosa zginęła, to tam już nie było o czym gadać. Sobieraj powiadali, że był gdzieś ślad na smugu, ale kto ich wie. Oni zawsze muszą wszystko gębą rozpowiedzieć, co im do łba przyjdzie. Poszli ludzie do kościoła, dobrodziej opublikował z ambony, że tak i tak: kobyłę ukradli u pana na Gawronkach, a kto by zaś wiedział, żeby zaraz znać dawał; ale gwaru tylko z tego było dosyć przed kościołem po sumie, a nikt nie mógł nawet wziąć na rozum, w którą stronę złodziej pojechał. Pan to się tak zafrasował, co o kęs... Mnie pan wyprał, ale co ja krzyw, kiedy my spali? Obiadu pan nie jadł, tylko chodził po polach, pani to samo poszła — i tak do wieczora. Ja pojechałem na siwym pod Wybrankową, Wincenty poszli ze Stasińskim do Dolnej, ale my z niczym wrócili na wieczór. Po kolacji siedzieliśmy tak wszyscy przede drzwiami. Cicho się stało, tylko żabska rechotały jak muzyka. Wtem jakoś mi się zdało, że kobyła rży... Zerwałem się, aże mię ognie przeszły. Słyszę, a tu daleko, daleko spod lasu — drugi raz. Jak ja pójdę z nogi za staw! Miesiąc wszedł, nie przymierzając jak teraz, widno było na rosie het, het... Stanąłem pod krzyżem, na góreczce. Słucham, słucham, a tu znowu rży... Patrzę niedługo, a tu rwie łąkami z tamtej strony stawu galop, ale tak, co ino-ino... Bez płot na pastewniku to wraz *trzunęła* jak bez próg. Przyleciała pode wrota. Mój Jezus kochany! Jak wzięła rżeć raz za razem, to jakby ten człowiek na człowieka wołał. Sam pan poleciał otworzyć jej wrota. To my tak zaczęli hurtem beczeć z radości!... Miała na szyi postronek grubaśny, a na nogach koło pęcin poprzywiązywane jakiesi gałgany, żeby, widać, śladu nie było. W lesie ją pewno przywiązał i układł się spać, a ona sobie tam już poradziła... Albo go może trzepnęła gdzie o ziemię — i poszła. Boki to miała zapadnięte jak wściekła suka. Kazał jej pan dać tę resztkę owsa, co była w spichlerzu, chleba jej pytlowego trzy kromki pani dała, cukru słodziuśkiego chyba ze cztery kawałki... Aż mi dziwno, bo kobylisko nikomu tego wieczora nic nie mówiło, ani razu nikogo nie chwyciło zębcami, nikogo nie wierzgnęło, a co je kto poklepał, to ino se zarżało po cichu...

Marcinek słuchał tej opowieści w głębokim wzruszeniu. Oczy jego z miłością i pieszczotą obejmowały kleszczyny chomąt i łeb gniadej, widoczne dobrze na tle srebrnej wody.

Po małych nadrzecznych łąkach rozpościerała się już rosa jak lśniący obrus, utkany z włókienek mgły i światła.

Na niebie rozprysły się gwiazdy w niewysłowionym ich mnóstwie i przepychu. Zdawało się, że od nich urywają się niezmiernie małe świecące cząsteczki i powoli, nikłymi warstwami, zsypują się ku ziemi.

Stały tam w przeźroczystym lazurze jakieś smugi dziwnie oświetlone, śpiące w niebiesiech ciałka obłoków, drogi i znaki, kształty blasku niepojęte, nęcące oczy i duszę. Z traw szerzyły się zapachy dojrzewających kwiatów, od rzeki pociągał wilgotny, mocny i miły odór rokit i wikliny.

A wody wciąż szeptały...

Cichą ich melodię przerywało tylko ostrożne stąpanie koni po głazach i dźwięk żelaznych obręczy, gdy trafiały na kamienie, wspinały się na nie ze zgrzytem i opadając stukały. Rozmowa ucichła.

Pani Borowiczowa miała wzrok skierowany na roziskrzone niebo. Dawne wspomnienia ciągnęły ku niej z dalekich przestworów cudownej nocy, młode nadzieje wypływały z serca przeczuwającego już schyłek swych snów, kres marzeń i jakieś wielkie znużenie.

Teraz to serce roztwierało się na oścież dla przyjęcia wszystkiego, co człowiek uczciwy pielęgnuje i kocha.

Ziemskie troski, codzienne znoje, interesy i małostki ustąpiły na chwilę i matka Marcinka o wielu rzeczach i sprawach niemal zapomnianych myślała, myślała...

W pewnym miejscu przejeżdżało się w bród rzeczułkę. Wkroczywszy do wody konie natychmiast zatrzymały się, schyliły łby i jęły głośno żłopać wodę.

Marcinek położył głowę na kolanach matki i przycisnąwszy usta do jej rąk spracowanych szepnął:

— Mamusiu, jak to dobrze, że mama po mnie przyjechała... Tak sobie jedziemy razem... To dopiero dobrze...

Gładziła pieszczotliwie jego włosy i schylając się, w sekrecie nie wiedzieć przed kim, szepnęła mu do ucha:

— Będziesz zawsze kochał swoją matkę, zawsze a zawsze?...

Słodkie łzy padające wielkimi kroplami z oczu chłopca zastąpiły jej wyrazy odpowiedzi.

Tuż za rzeką droga wieszała się po urwistym zboczu góry zarosłym tarniną i lasem dzikich głogów.

Gdy te zarośla zrzedły i rozsunęły się, widać już było w pobliżu migające światełka wioski, a dalej za nią w nizinie wielką, białą od księżyca szybę stawu i światła w gawronkowskim dworze.

Konie szły z wolna pod górę. Marcin wyskoczył z wózka i oczyma pełnymi łez spoglądał na te dalekie, duże okna świecące w ciemności.

Przede wsią, w pustce na wzgórzu stała drewniana kapliczka, spróchniała już zupełnie od przyciesi aż do żelaznego kogutka na szczycie dachu.

Dokoła tej staruszki rosły bujne bzy z ogromnymi kiściami pachnących kwiatów.

Marcinek szybko skoczył ku kapliczce, wspiął się na płot i ułamał ogromny pęk kwitnących gałęzi. Wózek oddalił się i zbliżał już do wioski. Chłopiec rzucił się pędem po równej już tam drodze, strząsając rosę z kwiatów i zziajany cały ten pęk rozkwitły rzucił matce na kolana.

Nie miała serca wymawiać mu, że obrabował biedną, starą kapliczkę.

Mokre kwiateczki odrywały się, spadały wraz z kroplami rosy i lgnęły do jej palców, a duszny zapach tak dziwnie ją upajał...

VII

Otrzymawszy promocję do klasy pierwszej Marcinek się zaniedbał, a z dawnej jego pracowitości niewiele pozostało. W jesieni uczył się jeszcze jako tako, ale około Bożego Narodzenia uprawiał *wykpiwankę* zarówno przed korepetytorem, jak i w klasie.

Wszyscy mniej teraz uwagi na niego zwracali i on czuł na sobie mniej obowiązków.

Pani Borowiczowa zmarła była w lecie owego roku. Marcinek początkowo nie odczuł tej straty. Na pogrzebie zmuszał się do płaczu i przybierał miny efektowne, wrzeszczał i usiłował rzucić się za trumną do jamy mogilnej, wiedząc ze słuchu, że to pasuje, i przeczuwając, że to jeszcze go bardziej w tym dniu wyróżni. Z pogrzebu zabrał go ojciec do Gawronek. Dom był w nieładzie. Największy pokój, gdzie jeszcze tak niedawno stała trumna, cuchnął zgnilizną i kopciem świec. Pan Borowicz pociągnął Marcinka do sąsiedniego, który był sypialnią nieboszczki. Panował tam jeszcze większy nieład. Łóżko było nieprzykryte, prześcieradło i kołdra leżały na ziemi, w drewnianej kraszuarce więcej było plwocin niż piasku. Pan Borowicz usiadł pod oknem i, zdawało się, słuchał, jak haczyki okna monotonnie stukają w ramę, jak wiatr dzwoni po szybach... Marcinek wpatrzył się w opustoszałe łóżko i wtedy poczuł, że mu matka umarła.

Był to koniec wakacji. Zaraz potem życie szkolne całkowicie go pochłonęło. Czasami, w chwilach nieszczęść i katastrof, budziło się w nim owo zdumienie, jakiego doznał w pustym pokoju matczynym — i wtedy czuł w sercu wielką i nieopisaną sierocą boleść. Kiedy w trwogach i rozpaczach biegł do matki, do jedynej swojej ucieczki, stawał mu w oczach tamten pokój głuchy i oniemiały... Ojciec, zapracowany na swym folwarku z podwójną teraz energią, bo sam musiał doglądać gospodarstwa kobiecego, mało się chłopcem zajmował. Dbał o to przede wszystkim, żeby wyciągnąć grosz na wpis, na stancję i książki. Marcin nie miał już teraz ani wykwintniejszej bielizny, ani przysmaków. Nikt już teraz nie dzielił tak namiętnie jego tryumfów szkolnych ani opłakiwał niepowodzeń, ani zachęcał do nowych wysiłków. Ojciec dowiadywał się o to jedynie, czy nie ma *dwójek* i *pałek*, a reszta mało go interesowała. Toteż chłopcu świat opustoszał, zagasło nad nim słońce i nastał jakby po dniu promiennym wieczór zimny i nielitościwy.

W owym czasie Marcinek zawarł ścisłe pobratymstwo z pewnym „Wilczkiem". Był to drugoroczny pierwszak, syn bogatej lichwiarki, pani Wilczkowickiej, jedynak, pieszczoch i łobuz niesłychany. Umiał on wszelkie przeszpiegi, znał na pamięć usposobienie każdego z profesorów i na tej znajomości psychologicznej fundował swe *nabieranie belfrów*, *ściągania* wszelkiego rodzaju, podpowiadanie i sposoby wydaleń z klasy na *wagary*. Nigdy nie odrabiał żadnej lekcji, okpiwał korepetytorów, a mnóstwo czasu i sprytu tracił na wyprowadzanie w pole nauczycieli w szkole. Zawsze wychodził do tablicy z cudzym kajetem, owiniętym w arkusz papieru ze swym nazwiskiem, umiał do tłumaczeń łacińskich kłaść jakieś karteczki w taki sposób, że ich nawet sam pan Leim znaleźć nie był w stanie, wszystkie lekcje ustne wydawał z podpowiadania lub genialnie *ściągał*. Do stałych zwyczajów Wilczka należało uciekanie z kościoła w niedzielę i dni galowe. Wymykał się prawie z rąk księdzu prefektowi, jakby mu się przed nosem w ziemię zapadał, potem uciekał na dwór jakimiś dziurami pod chórem i gnał na parę godzin w pola. Jesienią wykradał rzepę z ogrodów. Zaznajomiwszy się bliżej z Marcinem Borowiczem dzięki temu, że ich posadzono w jednej ławie, Wilczek jął edukować Symplicjusza. Marcinek uległ jego wpływom, za punkt honoru teraz uważał praktykowanie różnych sztuk i sposobów zamiast mozolnej nauki — i dawał się wodzić na *wagary*.

Pewnej galówki w grudniu obadwaj bryknęli za miasto przed nabożeństwem, które w miejscowym kościele miało się odbyć o godzinie dziesiątej. Na rzeczce lód był jaki taki, więc używali do syta, później włóczyli się obok plantu kolejowego, brnęli po śniegu i z satysfakcją taplali się w wodzie. Marcin zmarzł i powiedział do Wilczka:

— Ty, ja idę do kościoła.

— E, widzisz, ośle... Takiś stary kolega! Już się boisz księdza...

— Nie boję się, tylko mi zimno.

— O bydlę! zimno mu. Mnie wcale nie zimno.

— Ja już idę. Chodź, Wilczek! Co tu będziesz robił!

— To idź sobie, ośle! Widzisz go. Jeszcze ty pożałujesz... Niby to udaje... stary kolega, a fagasuje księdzu...

Marcinek pędem ruszył ku miastu. Wilczek cisnął za nim bryłą grudy i pokazał mu język, a sam znowu zaczął się ślizgać. Borowicz rozpiął szynel i biegł prędko. Mijał ulice, jakich o tej porze nigdy jeszcze nie widział, gdyż był to czas, kiedy codziennie siedział na lekcjach. Zdawało mu się, że robotnicy, emeryci, stare panie, a nawet kucharki, z koszykami wracające do domów, niewątpliwie widzą jego łotrostwa. Zmęczony przybiegł nareszcie do kościoła, pchnął wielkie drzwi wchodowe i wsunął się do zimnych przedsionków prowadzących na chór. Marcinek należał do grona śpiewaków, którzy po ukończeniu sumy wykonywali hymn państwowy.

W przedsionkach, korytarzach i krużgankach nie było nikogo,

szedł tedy na palcach, skradając się do małych drzwiczek, które prowadziły na schody i do chóru. Uroczyste nabożeństwo galowe jeszcze trwało. Organy huczały, toteż nikt nie słyszał, jak drzwi skrzypnęły.

Marcinek wszedł na kręcone schody kamienne i stąpał cicho, pragnąc niepostrzeżenie wejść na chór i uniknąć noty w dzienniku nauczyciela śpiewu grającego na organach.

W wieży było ciemno, tylko w pewnych miejscach padał na kamienne stopnie blask światła z wąskich okienek, które na zewnątrz były tylko szparami, a ze strony wewnętrznej tworzyły dosyć szerokie framugi.

Marcinek przebył już był prawie cały komin i zbliżał się do drzwiczek chóru, kiedy nagle ścierpł ze strachu.

Oto pod samymi drzwiami klęczał prefekt ks. Wargulski.

Z okienka padała na jego głowę i płaszcz granatowy z dużym kołnierzem biała plama i dozwalała widzieć całe podługowate czoło i twarz surową.

Prefekt miał oczy zamknięte, ręce złożone i gorąco się modlił. Wargi jego poruszały się z wolna, a głowa czasami drgała niespokojnie.

Marcinek stał bez ruchu, nie śmiejąc oddychać z przerażenia.

Ksiądz był surowy i trzymał całą szkołę w trwodze panicznej.

Powoli Borowicz zaczął cofać się, trafił na framugę okienka, wlazł w nią, przytulił się do muru i nie spuszczając oka z głowy księdza, drżał na całym ciele.

Tymczasem gdzieś nisko rozlegał się głos kanonika śpiewającego modlitwy za cara:

Panie, zachowaj imperatora i króla naszego Aleksandra...
Niech będzie pokój w mocy Twojej...

Z chóru odpowiadano na te modlitwy. Później nastąpiła krótka przerwa, w ciszy rozległa się przygrywka do hymnu carskiego i dał się słyszeć czysty i równy śpiew młodzieży.

Zaledwie przebrzmiała pierwsza strofa pieśni, kiedy dolne drzwi schodów otworzyły się, Marcina przejął zimny ciąg powietrza i dały się słyszeć kroki osoby biegnącej na górę.

Marcinek skurczył się i czekał. Włosy zjeżyły mu się na głowie, kiedy tuż obok niego przesunął się — inspektor gimnazjum.

Potentat gimnazjalny przebył schody i zdążając do drzwi chóru, wlazł w ciemnym przejściu na klęczącego prefekta.

— Kto to idzie? — zapytał ksiądz.

— Ach, *eto wy, otiec...* — rzekł inspektor. — Kazałem wyraźnie, żeby hymn po nabożeństwie śpiewano w języku rosyjskim. Zalecałem to dwa razy nauczycielowi śpiewu...

— Nauczyciel śpiewu wcale nie jest temu winien — rzekł ksiądz ze spokojem, chowając w zanadrze swą książeczkę do nabożeństwa.

— Więc któż zawinił?

— Ja!

— Co takiego? — głośniej zawołał inspektor. — Kazałem śpiewać...

— Panie inspektorze — rzekł ksiądz spokojnie i z zimną uprzejmością — uczniowie będą śpiewali tutaj, w kościele, hymn po polsku, i to nie tylko dziś, ale zawsze.

— Co takiego? — krzyknął Rosjanin. — Tak będą śpiewali, jak rozkazałem! Ja tu nie zniosę żadnych jezuickich fanaberii. A toż co nowego? Proszę mi wskazać drzwi na ten wasz chór...

— Mogę panu inspektorowi wskazać jedne tylko drzwi... na dole...

— powiedział ksiądz kładąc ogromną dłoń swoją na klamce.

Właśnie potężnie brzmiała druga strofa hymnu:

Wrogów zamiary złam,

Władco wspaniały,

Panuj na sławę nam...

kiedy Marcinek spostrzegł, że ręka księdza Wargulskiego z klamki przeniosła się na ramię przybysza, inspektor rzucił się do drzwi i szarpnął księdza. Wtedy prefekt jednym ruchem drugiej ręki odwrócił inspektora i trzymając go mocno prawicą za futrzany kołnierz, począł znosić tę dużą osobę ze schodów, inspektor szarpał się i krzyczał donośnie, ale cały ten hałas ginął w huku organów.

Marcinek uszczęśliwiony tak paradnym widowiskiem wyszedł z kryjówki i zatykając sobie usta rękami, żeby nie parsknąć śmiechem, szedł krok w krok za prefektem.

Gdy ksiądz Wargulski sprowadził inspektora na sam dół — otworzył drzwi i silnie wypchnął go na korytarz. Inspektor uderzył się wyciągniętymi rękami o przeciwległą ścianę, potem stanął, poprawił na sobie futerko, namyślił się i ruszył na dół po schodach.

Tymczasem ksiądz wyjrzawszy na korytarz i obaczywszy, że nikt tej sceny nie spostrzegł, zawrócił się, postawił wielki krok w ciemności i utknął na Marcinku. Z niepokojem otwarł zaraz drzwi i pociągnął malca do światła.

Borowicz zadarł głowę z rozpaczliwą odwagą, pewny, że teraz nic go już nie uratuje, że wypędzą go z gimnazjum na cztery wiatry albo mu zerżną skórę na kwaśne jabłko.

— Co tu robisz, błaźnie jeden? — zawołał prefekt.

— Nic nie robię, proszę księdza.

— Dlaczego nie siedzisz na chórze?

— Musiałem wyjść na dwór, proszę księdza... — zełgał na poczekaniu.

Ksiądz chrząknął, zakaszlał i spytał go cicho:

— Widziałeś?

— Widziałem! — rzekł Marcin z determinacją, choć nie wiedział, czy to dobrze, czy źle.

— Słuchajże, ty ośle, jeżeli mi piśniesz jedno słowo o tym, coś tu widział, to ja ci sprawię! Będziesz gadał?

— Nie będę gadał, proszę księdza.

— Ani matce nie będziesz gadał?

— Ani matce nie będę gadał. Ja nie mam matki.

— Wszystko jedno! Ani ojcu?

— Ani ojcu.

— Ani żadnemu koledze, nikomu a nikomu?

— Ani żadnemu, ani nikomu.

— No, pamiętaj se, ośle zatracony!

VIII

Gospodarzem klasy pierwszej oddziału A był pan Rudolf Leim, nauczyciel łaciny w klasach niższych. Należał on do grupy starszych profesorów i weteranów szkoły. Pochodził z rodziny niemieckiej, która dawno przywędrowała do kraju i na poły się spolszczyła. Profesor Leim skończył onego czasu nauki uniwersyteckie w Lipsku i od niepamiętnych czasów wykładał w szkołach jeszcze wojewódzkich historię powszechną, języki starożytne i niemiecki. Z usposobienia i fachu niejako był zajadłym, zakamieniałym historykiem. Przez całe życie układał jakieś niesłychanie szczegółowe i dowcipne tablice synchronistyczne. Po zamianie szkół wojewódzkich w Klerykowie na gimnazjum rosyjskie Leim utrzymał się na posadzie, ale zepchnięty został do ostatnich szeregów. Po rosyjsku źle mówił, wykład historii powszechnej (a właściwie „rosyjskiej w związku z powszechną") mógł być prowadzony tylko przez Rosjanina, więc Leim z najcelniejszego ongi nauczyciela zjechał do klasy pierwszej.

Z łaski dawano mu jeszcze gospodarstwo w jakiejś paralelce, co nabawiało go mnóstwa kłopotu, ale czyniło kilkaset rubli.

Pan Leim był to starzec wysoki, bardzo chudy i wiecznie pokaszlujący. Twarz golił starym obyczajem, czaszkę łysą jak kolano nakrywał pewnego rodzaju wiekiem z włosów wyhodowanych w okolicy ucha. Idąc wydymał policzki zawsze różowe i wyszczerzał raz za razem szeregi zębów jak ser białych. Nie było wypadku, żeby profesor Leim opuścił kiedykolwiek lekcję. Zakatarzony, kaszlący, z ustami osłoniętymi szalem, przyłaził w najcięższe mrozy i gwałtowne wichry regularnie o godzinie ósmej, pozdrawiał skinieniem głowy pana Pazura, drugiego z rzędu, a jednak znacznie młodszego weterana gimnazjum, i rozpoczynał swój monotonny spacer po górnym korytarzu. Był nadzwyczajnie starannym służbistą i lojalistą gorliwym.

Od chwili wprowadzenia zakazu mowy polskiej w murach gimnazjum karał ostro wykroczenia tej kategorii, ilekroć któryś z gospodarzy klas wskazał mu winowajcę. Sam mówił w domu po polsku, był ożeniony z Polką i miał córki, które w całym mieście czyniły rejwach patriotyczny za pomocą zgromadzeń, prelekcyj i zwykłego odczytywania zakazanych przez cenzurę utworów literatury polskiej, utworów potajemnie wydobytych z własnej pana Leima biblioteki albo nawet własną jego ręką niesłychanie kaligraficznie ongi przepisanych.

W dni galowe dworskie pan Leim maszerował przez miasto ustrojony w mundur z haftowanym kołnierzem, z orderami, wśród których wisiał miedziak „za usmirenje polskawo miatieża", ze szpadą u boku i w pierogu.

Ten pieróg znany był z dawna całemu miastu. Ilekroć profesor zjawiał się w paradnym stroju na ulicy Warszawskiej, szewc Kwiatkowski, którego warsztat znajdował się na rogu tegoż zaułka, stawał we drzwiach, wtykał ręce pod fartuch i trzymając się za wpadniętą i wiecznie bolącą brzuszynę, raz na jakiś kwartał wybuchał szczerym i głośnym śmiechem.

Na rynku przekupki wnet sygnalizowały ukazanie się profesora w gali.

— Pani Jacentowa! — wołała zaraz spostrzegawcza Połóweczka — spójrz no pani z łaski swojej! Przecie to, widzi mi się, profesor idzie w swoim kapelusiku.

— Tak ci, moja kochana pani, tak... — wołała Jacentowa — on sam. Musi toto być ciężkie, choć i taki cudacki pieróg, bo jak to profesorzyna nadyma się, a dmucha, a chucha, jakby furę drzewa dźwigał na głowie.

Wszystkie te nieprzyjemności były niczym w porównaniu z wrzaskami powstającymi w gimnazjum.

Już z daleka, gdy profesor Leim zbliżał się do szkoły, słyszał on wtedy wołania:

— Panowie! Uwaga! Stary Klej nadciąga w swojej kanapie na głowie i z bronią u boku...

Nie odwracał głowy, kiedy go ścigały głosy uczniów pochowanych między sągami drzewa na podwórzu:

— Panie Klej, może byśmy byli w stanie ulżyć cokolwieczek! Wzięlibyśmy pierożek widłami, jeden z przodu, drugi z tyłu. Nawet byś pan profesor nie czuł, że niesiesz tak wielki statek...

Profesor szedł wówczas prędzej niż zwykle, szybko wydymał policzki, na których kwitły iście pensjonarskie rumieńce. Nie patrzył ani na prawo, ani na lewo i miał taki wyraz oblicza, jakby w zupełności podzielał zdanie uczniaków wyśmiewających się z jego starożytnego pieroga.

Koledzy młodsi, ustrojeni w kapelusze lśniące, niskie, płaskie, ostatniego pokroju — niejednokrotnie doradzali mu, ażeby nabył modny pieróg i zamknął tym sposobem usta gawiedzi żakowskiej, ale pan Leim machał tylko ręką i wydymał policzki:

— Do śmierci może doba — mawiał — a ja będę się zabawiał w nabywanie galowych strojów. Prawie wam o tym myśleć, wiercipiętom. Mój pieróg pamięta lepsze czasy. Taki sam on emeryt jak i ja — i taki sam go też los na starość jak mnie spotkał... Obadwaj wyglądamy wpośród współczesnych jak szczątki mastodonta...

Na lekcji profesor Leim nie znosił szelestu i za najlżejszym zakłóceniem ciszy wykrzywiał się i niecierpliwie sykał. Do pomocy w przestrzeganiu porządku w klasie delegował zawsze kolejno tak zwanego dyżurnego. Dygnitarz taki przynosił kredę, dbał o atrament i pióro na katedrze oraz wypisywał wielkimi literami nazwiska kolegów sprawujących się hałaśliwie.

Chłopcy w klasie pierwszej mówili w czasie pauz po polsku i nie było sposobu zmuszenia ich do konwersacji rosyjskiej wprost dlatego, że ani jeden z malców swobodnie w języku urzędowym wyrażać się nie był w stanie.

Pewnego razu pan Leim wchodząc do klasy ujrzał na tablicy wypisane nazwisko Borowicza i obok niego zaskarżenie: „ciągle głośno mówi po polsku".

Pan Leim uważnie i dość długo czytał ten napis, który zdarzyło mu się widzieć po raz pierwszy, następnie zwrócił się do klasy i zapytał:

— Kto jest dyżurnym?

— Ja — rzekł pucołowaty chłopiec, nazwiskiem Makowicz.

— To ty napisałeś, że Borowicz ciągle głośno mówi po polsku?

— Tak, ja. On, panie profesorze, ciągle wrzeszczy po polsku i bije się.

— I bije się z tobą?

— Ja z nim nie zaczynam! Niech wszyscy powiedzą! On przyszedł pierwszy i powiada: oddawaj mi zieloną okładkę... Ja mu nie dałem, bo to już nie jego okładka, tylko moja, i za to kopnął mię w brzuch...

— Borowicz za gadanie po polsku zostaje na dwie godziny w kozie... — donośnie i surowo rzekł profesor Leim i wstąpił na katedrę. Zasiadłszy na krześle, roztwarł duży dziennik i wlepił oczy w jakąś niezapisaną jego stronicę.

W klasie zaległa trwoga i taka cisza, że nie było słychać ani jednego oddechu. Wszyscy widzieli, że „stary" jest „wściekły". Każdy powtarzał w myśli wyjątki, uprzytomniał sobie końcówki deklinacyjne i przepowiadał drewniane sentencje tłumaczenia. Nauczyciel z wolna podniósł oczy i rzekł:

— Borowicz!

Marcinek porwał książkę z tłumaczeniami łacińskimi Szulca, mały kajecik „wybranych" słówek i na drżących nogach udał się do katedry. Stanąwszy tuż przy jej stopniu wykonał szybko ukłon korpusem i nogą, otworzył książkę i zaczął czytać rosyjskie zdania i tłumaczyć je na łacinę. Gdy tak w mowie Rosjan i Rzymian zawiadomił zgromadzonych, że pod cieniem wysokiego dębu przyjemnie jest latem odpoczywać, że sztuka jest długa, a życie krótkie itd., pan Leim przerwał ten jego wykład mówiąc:

— Za to, że głośno rozprawiasz w klasie po polsku, zostajesz na dwie godziny w kozie — słyszysz?

— Słyszę, panie profesorze... — rzekł ze skruchą Borowicz.

— Dlaczego bijesz się z Makowiczem?

Marcinek spuścił oczy i zrobił pobożną minę. Na wspomnienie dwu godzin kozy łzy go ścisnęły za gardło. Wtem dostrzegł, że jeden z guzików przy ineksprymablach profesora jest niezapięty, i doznał zaraz wielkiej ulgi.

— Nigdy nie bij się z Makowiczem — mówił tymczasem pan Leim surowo i głośno — nie zbliżaj się do niego, nie proś go nigdy o jakieś tam jego parszywe okładki!...

Usłyszawszy wyraz *parszywe*, niezwykły w ustach pana Leima, Marcinek spojrzał i wtedy doznał dziwnego wrażenia. Profesor patrzył na niego ostrym, zagadkowym wzrokiem. Wydało się Marcinkowi, że to spojrzenie wstydzi się jego małej osoby i że zarazem bezlitośnie się z niej natrząsa...

O ile profesor Leim umiał sztubę trzymać w czasie swej lekcji na wodzy i ukazaniem się swoim rozsiewać w tłumie łobuzów śmiertelną ciszę, o tyle Iłarion Stiepanycz Ozierskij, nauczyciel języka rosyjskiego, nie posiadał władzy takiej ani za szeląg. Był to tłusty basałyk z czaszką nagą jak kolano, z policzkami obwisłymi, zadartym nosem i oczyma śledzia. Wielki brzuch dźwigał na krótkich nogach, które w sposób najzabawniejszy plątały się pod tym ciężarem. Iłarion Stiepanycz nigdy nie omijał żadnej kałuży i zawsze chadzał unurzany w błocie do kostek. Jego frak wiecznie był wysmarowany kredą, a guziki pomalowane atramentem przez wdzięcznych wychowańców. Kiedy wstępował do klasy, witała go piekielna salwa wrzasków i, co najgorsza, witały go wrzaski polskie, jego, nauczyciela i siewcę mowy rosyjskiej. Gwizdano, tupano, przesuwano ławki, grano na drumlach, dzwoniono małym dzwoneczkiem, co mogło doprowadzić człowieka najmniej nerwowego do ostatniej pasji; głośno wyuczano się następnych lekcji i prowadzono ożywione rozmowy o tematach najzupełniej dowolnych. Iłarion Stiepanycz nie próbował chwytać grających na drumlach albo poszukiwać dzwonników, gdyż z doświadczenia wiedział, jak złe skutki tego rodzaju gorliwość pociąga za sobą. Zdarzyło mu się skoczyć z katedry między ławki, gdy dokładnie wystudiował punkt, skąd dzwonek słychać było bez przerwy. Któż mógł przypuścić, że dzwonienie w jednym miejscu jest pewnego rodzaju wabikiem? Pędząc do winowajcy między ławkami, Iłarion runął nagle jak podcięty cedr, nie spostrzegłszy, że od ławki do ławki przeciągnięty był mocny sznur od cukru. Nazywało się to „łapaniem lwa w sieci — z przynętą".

Awantury w klasie pierwszej nie przekraczały zresztą pewnego, tradycyjnego poniekąd, szablonu. Istotne wyrafinowanie w dręczeniu kałmuka zdradzały dopiero klasy nieco wyższe: druga, trzecia i czwarta. Osobliwie do klasy trzeciej Iłarion wchodził pobladły; zbliżając się do katedry ważył i badał krok każdy. Zanim usiadł na krześle, oglądał je, czy nogi nie są czasem wykręcone, badał tablicę, czy podczas lekcji na głowę mu się nie zwali — sufit, czy stamtąd woda mu na łysinę kapać nie zacznie — szufladki stolika, czy stamtąd szczury na niego nie wyskoczą — itd. Podczas bytności w klasie Ozierskiego — nie było żadnej lekcji. Coś on tam mówił, wykładał gramatykę rosyjską czy rozdział historii powszechnej, ale tego żywa dusza nie słyszała. Sprawiało to wrażenie, że nauczyciel dostał pomieszania zmysłów i gada do siebie.

Jeżeli z dziennika wyrywał kogokolwiek do lekcji, to zawsze stawała na środku jedna i ta sama osobistość i wypowiadała we wszystkich porach roku jeden i ten sam ustęp. W klasie trzeciej np. uczeń Białek był „specjalisią od kałmuka" i opowiadał przez rok cały jakąś brednię o tym, jak księżniczka ruska Olga powiązała wróblom ogony i spaliła jakieś miasto „Iskorostień". Czasami Iłarion zaczynał spazmatycznie wrzeszczeć:

— Ja ci się, bałwanie, pytam, co wiesz o Karolu Wielkim. O księżniczce Oldze słyszałem już sześćset razy od ciebie!

Wówczas przewracano ławki, rozpoczynały się bitwy między gromadami uczniów — i w rezultacie wpadał do klasy brutal inspektor, ażeby któregoś tam z *zaczinszczików* wsadzić do kozy, ale i samego Iłariona ostro zwymyślać. Ozierskij był człowiekiem wykształconym. Władał kilkoma językami, a w klasie ósmej pięknie objaśniał utwory Puszkina i Gogola. Był jednak tak dalece rozlazły, że z miasta nigdy nie mógł trafić do swego domu. Codziennie prawie zdarzała się historia, że spotykał na ulicy jakiegoś ucznia i wołał na niego:

— Ty — jak ci tam?... Gdzie mieszka nauczyciel Ozierskij?

— No, a przecież pan jesteś nauczyciel Ozierskij.

— To niczego nie dowodzi, o to ci się nie pytają. Prowadź mię do mojego mieszkania!...

W klasie pierwszej wykładano również język polski. Był to przedmiot nieobowiązkowy. Nauczycielem tego „miejscowego języka" był niejaki pan Sztetter, człowiek światły, ale tak wiekuiście wylękły o swoją posadę, że właściwie niczego nie uczył. Obarczony był liczną rodziną; kilku chłopców jego uczęszczało do męskiego, a kilka córek do żeńskiego gimnazjum i zapewne niepokój o los ich przeszkadzał panu Sztetterowi uczyć przynajmniej pisać ortograficznie. W klasach wyższych zdobywał się biedny belfer czasami na jakąś wzmiankę o literaturze polskiej, a mówił to z miną tak przerażoną, że tylko śmiech budził.

W klasie pierwszej lekcje języka polskiego odbywały się cztery razy tygodniowo w porze bardzo niewygodnej, bo między godziną ósmą i dziewiątą z rana. W zimie bywało wtedy szaro i chłodno.

Chłopcy siedzieli skuleni i senni. Nauczyciel przychodził w swoim futrze szopowym, tulił się w nie i drzemał z otwartymi oczami, podczas gdy wzywani do katedry tłumaczyli z wypisów Dubrowskiego urywki nudne jak odwar z lukrecji. Po odczytaniu i przełożeniu na rosyjskie danego kawałka następował rozbiór, dokonywany po rosyjsku i na modłę rosyjską. W ciągu całej lekcji nauczyciel nie mówił ani słowa po polsku i z niechęcią prostował faktyczne błędy. Uczniowie odrabiali ten „przedmiot" jak wstrętną katorgę. „Polskie" była to godzina stokroć nudniejsza od kaligrafii i „Zakonu Bożego", gdyż nadto małe próżniaki czuły w powietrzu woń wzgardy unoszącą się nad tą nieszczęsną lekcją. Stopnie z polskiego nikogo nie obchodziły, nauczyciel Sztetter nie był wcale w umysłach malców ceniony na równi z wykładającym arytmetykę albo łacinę. Traktowano go pobłażliwie, jak piąte koło u wozu, jako rzecz w istocie niepotrzebną i bez wartości.

Nauczyciel Sztetter sam, jeżeli nie uważał, to czuł poniekąd, że jest intruzem w tej szkole i na stanowisku profesora tak źle widzianego przedmiotu. W porze wiosennej, kiedy co najmniej połowa uczniów brykała mu z lekcji, przedkładając *ekstrę* nad tłumaczenia z Dubrowskiego i ustępy dzieła pt. *Grammatika polskawo jazyka sostawlennaja po Iwanowu Michaiłom Grubieckim* — nie protestował przeciwko bezczelnym ucieczkom. Jego senne oczy widziały dobrze wymykających się cichaczem, ale patrzały i wówczas obojętnie, apatycznie, niedbale. Czasami błyskała w nich iskra dziwnie bolesnego szyderstwa... Skoro jednak dawały się słyszeć na korytarzu kroki, pan Sztetter tracił nawet wyraz ospałości i nie był w stanie ukryć obawy. Nieraz zdawało się, że z przestrachu wobec dyrektora wlepi się w szczery mur i zniknie w ścianie.

Niegdyś bywał i on farysem. Pisywał do gazet. Chodziła głucha fama, którą sam, jak mógł, dusił, że na pewno drukował duże artykuły z zakresu jakiejś socjologii. Dziś, gdy z pana Sztettera nie ma w gimnazjum klerykowskim ani dymu, ani popiołu, możemy na tym miejscu, nie szkodząc mu, wspomnieć o drugiej jego tajemnicy. Przez długi szereg lat tłumaczył przecudnym, niepokalanym wierszem poezje ulubionego melancholika Shelleya i miał zamiar wydać ów przekład bezimiennie. Widocznie jednak ubezwładniła natchnienie *Grammatika polskawo jazyka*, bo przekład nie ukazuje się w druku...

Jeżeli Sztetter nie cieszył się w klasie pierwszej poważaniem, za to nauczyciel arytmetyki, pan Nogacki, miał go nadmiar. Był to urzędnik surowy, nauczający dobrze, profesor zimny, sumienny i sprawiedliwy. Nikt nie wiedział, co on myśli, a nikomu do głowy nie przychodziło mniemanie, że on co czuje. Prawdopodobnie pan Nogacki nie myślał nic nadzwyczajnego, aczkolwiek matematyka jest „jako góra winnym krzewem" itd. Jeżeliby przyrównać system szkoły rosyjskiej w Klerykowie do maszyny, to profesora Nogackiego trzeba by nazwać jednym z najgłówniejszych jej kół zębatych. Ani mu się śniło rusyfikować kogokolwiek, oburzyłby się prawdopodobnie, gdyby go kto nazwał złym Polakiem, a jednak...

Po upływie dziesiątka lat, kiedy z forsownego wysiłku najbardziej utalentowanych rusyfikatorów nie zostało w głowie byłego ucznia klerykowskiego jednej szczypty czegokolwiek, co by za rosyjskie uchodzić mogło, to na pytanie, zadane znienacka, ile jest pięć razy osiem — tenże uczeń nie odpowie we własnej myśli: — czterdzieści, lecz *sorok*. Było coś w wykładzie pana Nogackiego, co zmuszało chłopców do myślenia po rosyjsku. Wymagał szybkiej, natychmiastowej, piorunującej kombinacji, prędkich odpowiedzi, sprężystych a ukutych przezeń frazesów, formuł mówienia, którymi się lubował i które wdrażał, wtłaczał, wciskał w umysły i w pamięć jemu tylko znanymi środkami moralnego postrachu. Miał swój własny stalowy system, dopasowany do szkolnego, i przeprowadzał go z konsekwencją niezmordowaną. Gdyby go kto był zapytał, na co mu to wszystko jest potrzebne — z pewnością wytrzeszczyłby oczy i nie umiał odpowiedzieć.

IX

Marcinek stale mieszkał na stancji pani Przepiórkowskiej, uczęszczając do klasy drugiej i trzeciej. Postępy w naukach czynił jakie takie, ale nienadzwyczajne.

Dopiero w drugim półroczu za pobytu w klasie trzeciej wziął się szczerzej do nauki. Wpłynęły na to rozmaite okoliczności.

Na wiosnę, kiedy drzewa w starym parku za kanałem okryły się liśćmi, pensjonarze pani Przepiórkowskiej udawali się tam w sekrecie przed korepetytorem i ukryci w gęstwinie strzelali z pistoletu.

Ta stara broń, prawdopodobnie zabytek archeologiczny, była przywieziona z domu przez dardanelskiego Szwarca. Posiadała niezmierny kurek, lufę cokolwiek pękniętą i starą rzeźbioną kolbę.

Prochu dostawali za grube pieniądze bracia Daleszowscy, podówczas już drugoletni czwartoklasiści, od jakiegoś feldfebla z rezerwy konsystującej w mieście; kapiszony i śrut kupowano z funduszów składkowych.

Każdy z Daleszowskich strzelał codziennie po razu, Szwarc i Borowicz na przemiany. Strzały te były głuche, tępo rozlegały się między murami i nikt na nie uwagi nie zwracał. Stowarzyszeni dali sobie zresztą najuroczystsze słowo honoru, że za nic na świecie sekretu przed nikim nie zdradzą.

Pistolet i materiały wybuchowe ukrywano w pniu spróchniałej wierzby.

Pewnej niedzieli wszyscy czterej myśliwi zebrali się w parku po nabożeństwie.

Starszy Daleszowski ostentacyjnie, z zachowaniem przyjętego rytuału, nabijał pistolet (Szwarc trzymał worek ze śrutem, Borowicz kapiszony, a młodszy Daleszowski pakuły do przybicia naboju), kiedy za parkanem oddzielającym to miejsce od sąsiednich ogrodów dał się słyszeć pewien szelest.

Szwarc spojrzał w tę stronę i zobaczył w szparze między deskami parkanu dwie źrenice. Natychmiast dał znak towarzyszom.

Zanim jednak Daleszowski zrozumiał, o co chodzi, nad parkanem ukazała się czapka z daszkiem i gwiazdą, twarz z wąsami, granatowy mundur — mignęły szlify, brzękły ostrogi i ogromny żandarm jednym susem płot przesadził. Borowicz natychmiast rzucił w krzaki kapiszony, Szwarc śrut, a Daleszowscy bez namysłu dali nogę.

Żandarm pochwycił zgłupiałych trzecioklasistów i odprowadził ich do gimnazjum.

Nazajutrz w pewnych sferach miasta krążyła pogłoska, że na przedmieściu złapano uzbrojony oddział konspiratorów, w innych twierdzono, że owi konspiratorzy są to socjaliści, czyli komuniści — jeszcze w innych sferach utrzymywano na „pe", że schwytani zostali czterej zbójcy, obładowani rewolwerami, dynamitem oraz kindżałami — i wymieniano nazwiska: Łukasik, Banasik, Wątroba i Józef Zapieralski.

Tymczasem Marcinek Borowicz i jego towarzysz niedoli Szwarc po nocy spędzonej w klasie, którą zamieniono na więzienie, gotowali się do rzeczy najstraszniejszych i jakby ostatecznych.

Marcinek przez całą noc ani oka nie zmrużył. Siedział w ostatniej ławie i gubił się w bezdennej rozpaczy. Myśli jego porywał i unosił jakiś wicher straszliwy, a trwoga przywaliła go jak młyński kamień drobne ziarenko. Raz za razem rzucał oczyma na zamknięte drzwi wyczekując lada chwila czyjegoś wejścia. Kto ma wejść, co z nim dalej uczynią — nie wiedział wcale.

Przychodziły mu na myśl maksymy „starej Przepiórzycy", tajemnicze wzmianki o jakichś Sybirach, cytadelach, szubienicach — i dreszcz zimny krew mu w żyłach ścinał. Stawał mu w oczach wczorajszy żandarm, to znowu ojciec załamujący ręce nad synem tak wyrodnym, dyrektor wypędzający go z gimnazjum i stary Leim z zimnym uśmiechem.

Żal głęboki i nieznany jak wnętrze nocy ogarniał jego serce, przejmowała je skrucha tak zupełna, że kamień byłby nią wzruszony. Czasami wśród okropnych przewidywań migała się prędko sekunda nadziei. Wtedy Borowicz zaprzysięgał w duszy śluby i patrząc na kawałeczek błękitu widzialny za murem sąsiedniej kamienicy szukał ratunku u Boga.

Szwarc wyspał się doskonale na gołej ławie, zjadł wszystek chleb przyniesiony przez pana Pazura dla obydwu więźniów, a od samego rana siedział na wierzchu pierwszej ławki i walił obcasami w jej boczną deskę. Mniej więcej około godziny siódmej spojrzał na kolegę i powiedział:

– Ty, jak ci się zdaje, będą nas rznęli *na gółkę* czy przez spodnie?

— Daj mi święty spokój!... — rzekł Borowicz.

— No, jak ja strzelę w zęby Pazura, to jemu się zaraz odechce. Akurat mu się dam... Jeszcze czego... na gółkę...

— Cicho bądź, bo usłyszą i dopiero!...

— Kto usłyszy, *kapcanie*? A zresztą — to niech słyszą. Myślisz, żebym nie chciał się stąd wydostać? Daj Boże, żeby nas *wytrynili*! Już mam tej sztuby po dziury w nosie.

— Szwarc, stul gębę!

— Skaranie boskie... — rzekł Szwarc plując nadzwyczaj daleko. — Jeśli mnie *wytrynią* bez lania, to znowu ojciec będzie na mnie używał, co się zmieści, póki paska starczy. Ja to, wiesz, zawsze mam *pecha*... Choćby i z tą Franią. Chodzę ci za kozą cztery miesiące, odprowadzam ci ją do samych drzwi tej ich pensji — żeby raz na mnie spojrzała! Sanikowski się do niej dwa tygodnie zapalał wszystkiego — i na galówce w kościele przez całe nabożeństwo patrzała na niego...

Borowicz nie podtrzymywał rozmowy, więc się urwała. Około godziny ósmej za szklanymi drzwiami ukazał się pan Majewski, otworzył je, wywołał więźniów na korytarz majestatycznymi gestami i kazał udać się na piętro. Borowicz szedł jak błędny. Nogi plątały się pod nim, myśli niby iskry wśród wichru błyskały i gasły. Martwymi oczyma ujrzał roztwierające się przed nim drzwi głównej kancelarii i wszystkich nauczycieli zgromadzonych przy długim stole okrytym kapą z zielonego sukna. Wskroś mózgu jego przerżnęła się myśl rozdzierająca jak ostrze noża:

„Sesja na nas..."

Pan Majewski ustawił winowajców w pobliżu stołu i sam zasiadł. Nastała chwila ciszy, w której ciągu Marcinek słyszał wolne i głuche uderzenia swego serca.

— Borowicz, Szwarc... — rzekł dyrektor głosem zimnym i uroczystym — wiecie dobrze, coście wczoraj zrobili. Nie będę długo z wami rozprawiał. Rada Pedagogiczna wezwała waszych rodziców. Będziecie obadwaj wydaleni z gimnazjum, zarówno jak dwaj inni wasi wspólnicy, ale Rada musi nadto wiedzieć, czy rzeczywiście strzelaliście z pistoletu nabitego prochem, gdyż takie jest co do waszych zeznań wymaganie władzy policyjnej. Szwarc, czy strzelałeś z pistoletu nabitego prochem strzelniczym?

— Jak Boga szczerze kocham, wcale nie strzelałem z żadnego pistoletu! — rzekł Szwarc krótko i węzłowato.

Marcinek zmiarkował, że system obrony przyjęty przez Szwarca jest wariacki i zgubny. Było rzeczą oczywistą, że wypieranie się w żywe oczy nie prowadzi do niczego, a z drugiej strony pod karą infamii nie mógł przecie przyznać się do wszystkiego. Czuł, że należy powiedzieć inaczej, ale że jednocześnie należy zaprzeć się, ile tylko można, przynajmniej w połowie.

— A ty, Borowicz — zwrócił się do niego dyrektor — przyznajesz się do winy? Czy strzelałeś?

— Tak, panie dyrektorze... — rzekł cicho i głosem pełnym boleści — strzelałem, ale bez prochu...

Marcinek, wypowiedziawszy te słowa, spojrzał na zgromadzonych pedagogów i osłupiał. Wydało mu się, że ci sprawiedliwi sędziowie zdjęli z twarzy swych surowe maski. Zjadliwy nauczyciel Wielkiewicz, który miał opinię ateusza i prawdopodobnie wskutek tego zdegradowany był aż do poziomu profesora geografii, zadarł głowę, wsadził na nos binokle, przypatrzył się Borowiczowi i rzekł, gwałtownie machając ręką:

— Słyszane rzeczy... strzelał bez prochu. Co za bezczelny i niebezpieczny konspirator!

Nagle cała belferia wybuchła głośnym, niepowstrzymanym śmiechem.

Dyrektor usiłował zachować godność, ale i on trząść się zaczął.

Obudwu podsądnych wyrzucono za drzwi i wręczono Pazurowi, który ich znowu do kozy zamknął.

Gdy rozpoczęły się lekcje, polecono im iść do klasy. Tam usłyszeli wyrok, że skazani są w drodze wielkiej łaski jeszcze na długą kozę o chlebie i wodzie.

Wszystkie te kataklizmy i przejścia strasznie przygnębiająco oddziaływały na Marcinka. To, że go nie wydalono z gimnazjum, przypisał w głębi swego serca wstawiennictwu matki.

Zaraz też po zupełnym opuszczeniu kozy poszedł do kościoła.

Odwieczna katedra była pusta zupełnie. Zimny mrok zaścielał jej całą nawę i kąty, a Marcinek szukał jeszcze bardziej skrytego miejsca. Znalazł je w ciemnym przejściu pod chórem.

Był tam rodzaj krypty, w której głębi znajdowały się drzwi prowadzące do wielkiego organu wprost z kościoła.

Stały w tym miejscu skrzynie ze świecami, chowano tam schodki, drabinki, jakieś stare ornamenty i inne rupiecie kruchciane.

Marcinek upadł na kolana w tym mroku, przytulił twarz do zimnych kamieni i począł żarliwie się modlić.

Dopiero pan Rozwora, główny kościelny i najgłówniejszy w całym mieście tabaczarz, dzwoniąc kluczami na znak, że się kościół pod wieczór zamyka, wystraszył go z kryjówki.

Nazajutrz wczesnym rankiem znowu Borowicz klęczał w tym samym miejscu. Odtąd wstawał wcześniej i przed lekcjami zawsze zmierzał na swe miejsce pod chórem. Pewnego razu klęcząc tam, wysłuchał kazania, jakie do wiernych miał jeden z wikariuszów, księżyna stary i wielki prostaczek. Nauczał on dnia tego przeważnie służące i motłoch rzemieślniczy, jak należy przymuszać się do modlitwy. Prostymi i niemal śmiesznymi zwrotami mowy zapewniał, że modlitwa na początku człowieka nudzi i mierzi, potem wchodzi w nałóg, a wreszcie zacznie być przyjemną jak czysta i cała koszula dla nędzarza, który chodził w zgnojonym łachmanie i którego wszy jadły. Marcinek wziął do serca tę naukę i począł zaprawiać się do modlitwy. Zrazu odmawiał jeden tylko pacierz, później szeptał ich kilka na różne intencje; z czasem dobre i złe stopnie, dobre lub złe rozwiązanie zadań, wreszcie wszelkie zjawiska życia, wszystkie wypadki stały się w jego umyśle zależnymi od modłów porannych.

Taki był zewnętrzny kształt tego stanu ducha. W gruncie rzeczy religijność była jakby zbudzeniem się do życia istoty martwej. Jak na wiosnę z nagiego gruntu wyrasta niespodziewanie, na oko z niczego, pęd kwiatu, idzie za słońcem i otwiera ku niemu swój kielich, tak w duszy Marcinka z niczego wyrosło uczucie nieznane, cudowny kwiat wieku dziecięcego: ufność. Roztoczyła ona dokoła chłopca jak gdyby nadziemski zapach. Wszystko było zrozumiałe i wytłumaczone w tej zaczarowanej krainie, wszelkie zjawiska i rzeczy objęte były przedziwnym systematem filozoficznym, którego punktem wyjścia był — pacierz. Nic się tam nie działo bez przyczyny, każdy wypadek był rezultatem jakichś dobrych lub złych uczynków, czasami był karą albo nagrodą za dobre albo złe myśli, nieraz za marzenia, czyste jak pierwszy śnieg, które w tamtym kraju nazywały się zbrodniami... Jezus Chrystus, którego skroń skrwawiona zwieszała się w stronę krypty w najbliższym od niej ołtarzu — zdawał się nakłaniać ucha i słuchać nieskończonych modłów. Im więcej wypowiadały ich usta dziecięce, tym więcej było ich w sercu. Za pacierzami szły pospolite prośby o rzeczy małej wagi, przedziwne umowy i ślubowania, nieraz bardzo pokorne wyrzuty i skargi. Dziwna siła ciągnęła wszystkie myśli chłopca coraz dalej i dalej, wywierała na jego postępowanie wpływ bezwarunkowy, zmuszała go np. do forsownego wyuczania się lekcji nie dla nauki ani dobrych stopni, ale dla jakichś zaziemskich potrzeb serca.

Nade wszystko — ta pobożność słodziła sieroctwo Marcinka. Nie był wówczas sam jak dawniej, nie czuł żadnego opuszczenia. Jego zmarła matka — żyła, wiedziała o wszystkich troskach, smutkach i radościach. Nieraz odzywał się w głębi jego duszy jej głos jako dobre postanowienie albo trzymał go niby ręka. Marcinek nie miał wówczas dawniej odczuwanych niepokojów i żalów. Wpośród trwóg, w jakie obfituje szkoła rosyjska, w głębi nocy sierocych wiedział dobrze, że mu włos z głowy nie spadnie. Był to cudowny sen na łonie Boga.

Codziennie o tej samej porze do tejże kruchty przychodziło pewne „indywiduum". Indywiduum pobierało w rządzie gubernialnym 20 rubli srebrem miesięcznej pensji, miało całą kohortę „drugorocznych" synów w rozmaitych klasach gimnazjum, miało nadto surducinę wytartą do ostatniej nitki, krótkie spodnie z drelichu wypchnięte na kolanach, buty obciążone tak wielką ilością przyszczypków, że pod nimi istotna postać tych butów zginęła — rzadko kiedy goloną brodą i siwe oczy, smutne aż do śmierci. Indywiduum nie klękało, lecz zająwszy miejsca jak najmniej na rożku skrzyni ze świecami, opierało głowę na rękach i modliło się aż do godziny ósmej. Nikłe promyki wczesnego słońca, które przebiwszy kolorowe szyby wysoko umieszczonych okien wchodziły do ciemnego przejścia, oświetlały łysą czaszkę i uwiędłą szyję starego człowieka. Jego suknia znoszona ginęła w mroku, jego ciężkie ubóstwo znikało i Marcinek, niezdolny jeszcze do pojmowania niedoli ludzkiej, widział obok siebie tylko współtowarzysza w modlitwie.

Nigdy do siebie nie mówili słowa, nie mieliby zresztą o czym mówić ze sobą.

Raz tylko, idąc ze szkoły, Marcinek spotkał na ulicy swego znajomego z kruchty. W świetle dziennym twarz starego pana wydała mu się daleko mizerniejszą i odzież jeszcze bardziej zniszczoną. Krok jego był bardziej ociężały, głowa na piersi zwieszona. Dźwigał pod pachą jakieś zawiniątko w starej serwecie i przesuwał się obok murów ulicy. Wymijając Marcinka podniósł oczy i wtedy bezgranicznie smutna twarz jego rozjaśniła się przedziwnym uśmiechem.

Marcinkowi zaćmiły się oczy łzami szczególnego wzruszenia. W ciągu przelotnej minuty miał jakby zachwycenie. Uczuł, że kiedy dusze cnotliwych ludzi po życiu wśród cierpień opuszczają tę ziemię i u tronu Przedwiecznego spotykają się ze sobą, to takimi anielskimi uśmiechami muszą się witać i pozdrawiać nawzajem.

X

Po ukończeniu egzaminów i otrzymaniu przejścia z klasy czwartej do piątej Marcinek spędzał wakacje, jak zwykle, w Gawronkach. Stary pan Borowicz już był wówczas znacznie posunął się w lata, gospodarstwo na folwarku szło gorzej, a w domu widać było z wolna idącą ruinę. Jedzenie gotowała stara kucharka, która onego czasu niańczyła Marcinka, a gotowała, jak jej się żywnie podobało. Talerze były wyszczerbione, łyżki, noże i widelce ginęły, a pozostałe były karykaturami zaginionych. Starszy pan prowadził nieustanną walkę z Małgorzatą, ale irytował się na próżno. W domu coraz bardziej widzieć się dawał brak bielizny, odzieży, najprostszych wygód. Nawet same sprzęty w mieszkaniu przybrały wyraz dziwnego zaniedbania i opuszczenia.

W pokoju najobszerniejszym, który ze względu na obecność w nim garnituru starych mebli z wyprawy nieboszczki matki Marcinka nazywany był bawialnym, portrety sztychowane marszałków francuskich, Kościuszki, księcia Józefa — okrył kurz nieprzenikniony; na krzesłach wisiały pokrowce zbrudzone do szczętu przez ogary i jamniki, które obrały sobie tutaj legowiska i zajmowały je ze stanowczością bezwzględną. W „serwantce" pełnej niegdyś różnych cacek pamiątkowych, szyby „ktoś" powybijał, a ze sprzęcików nie zostawił ani jednego. Nie lepiej było przed domem. Obok ganku, gdzie za życia nieboszczki było mnóstwo klombów z kwiatami tak pięknymi, że o nich mówiono w całej okolicy — nie było nie tylko kwiatów, ale nawet klombów. Prosięta rozkopały cały ogród kwiatowy, krowy i źrebięta porozwalały tu i owdzie sztachety... Tylko bujna rezeda zasiewająca się sama naokół pachniała mocno jak dawniej i ten jej zapach przywitał Marcina niby wspomnienie matki, kiedy przybywszy na wakacje stanął w oknie wieczorem.

Był to koniec czerwca, czas sianokosu. Zaraz nazajutrz o świcie starszy pan zbudził Marcinka i kazał mu iść na łąki do „pilnowania" kosiarzy. Kiedy zaś panicz, przybrany w buty z długimi cholewami i stary „cywilny" kapelusz, miał wyjść z domu, ojciec założył mu na ramię dubeltówkę i torbę myśliwską pełną śrutu, prochu, kapiszonów i pakuł. Marcinek rzucił się do rąk ojcowskich: dotychczas wolno mu było nosić tę dubeltówkę, ale tylko wtedy, gdy nie była nabita — i czasami trafiać do celu.

— A przecie nie wystrzelaj mi wszystkich kaczek, niechże choć z jedna pozostanie na mój strzał... — rzekł starszy pan, kiedy już Marcinek zbiegł ze wzgórza ogrodowego dążąc na groblę.

Tuż za ogrodem rozciągał się duży staw zarosły grzybieniem, tatarakiem, wysokimi sitami i rokiciną. Do stawu wpływała rzeka jak długi wąż, licznymi zakrętami wijąca się przez łąki. Ze wzgórz otaczających płynęły do niej potoki, a obok każdego z nich kwitły rozkoszne dolinki, pełne bujnych brzóz, malin, tarniny, jeżyn, traw sięgających do pasa i kwiatów najcudniejszych na ziemi. W pewnych miejscach strumień ginął zupełnie w głębi krzewów i słychać było tylko cichy szmer jego, podobny do wesołego śmiechu istoty żywej i pełnej szczęścia. Trzeba było rozgarnąć mokre gałęzie, ażeby dojrzeć czystą strugę, po której dnie pełzały duże, czarne raki.

Gdy Marcinek biegł nad stawem, dopiero wstawały z wody mgły nocne. Po prawej ręce snuła się polna droga pod górę i widać ją było daleko między jałowcami. Obok zieleniły się młode owsy, upstrzone kępami o bujniejszych, prawie czarnych źdźbłach, które wystrzeliły z miejsc ugnojonych sowiciej — w oddali stała duża, złota niwa pszenicy. Na łąkach lśniła się biała rosa. Słychać już było stamtąd poklepywania kos i echa rozmów. We mgle nakrywającej wodę plusnęły nagle i zerwały się cztery dzikie kaczki, jak duże plamy czarne ukazały się na różowym niebie i szybowały w przestrzeni, podobne do rozciągniętych krzyżów. Marcinowi serce bić zaczęło i namiętność myśliwska ogarnęła całą jego duszę. Pragnąc wywdzięczyć się ojcu za pozwolenie korzystania z broni usiłował sumiennie wypełniać obowiązki dozorcy nad kosiarzami. Za najbliższym zakrętem rzeki ukazał się szereg chłopów w koszulach, idących jeden za drugim. Każdy z nich przychylał się z lekka i zabierał kosą spory plac bujnej trawy. Grube mokre pokosy leżały na podobieństwo zoranych zagonów wzdłuż obnażonego gruntu łąki. Kiedy niekiedy któryś z kosiarzy zatrzymywał się, wydobywał osełkę z drewnianego kubła przyczepionego z tyłu do paska i obtarłszy kosę trawą, ostrzył ją zgrabnie. Wszyscy robotnicy byli tyłem zwróceni do ścieżki, po której szedł Marcinek, i nie dostrzegli go wcale. Dopiero gdy ich pozdrowił głosem dosyć nieśmiałym, obejrzeli się i odpowiedzieli chórem:

— Na wieki... A dyć to paniczek Marcin...

Przez chwilę trwała uprzejma pogawędka o tym i o owym.

„Paniczek" przerwał ją wkrótce i oddalił się pod olszyny, a kosiarze zajęli się swoją pracą spod oka tylko obserwując tak niezwykłe zjawisko na łące gawronkowskiej.

Marcin tymczasem zabrał się do badania fuzji. Dla zamanifestowania poniekąd przed chłopami swej wyższości i dojrzewającego wieku wykręcił z luf śrut i powysypywał proch, następnie z wielkim impetem i zbyteczną starannością nabił obie lufy, zdejmował kapiszony i zakładał nowe, z wolna odwodził i spuszczał kurki, celował i pompatycznie wieszał broń na ramieniu.

Gdy słońce wyszło zza gór i ukazał się dalszy obszar łąki — nieprzeparta siła ciągnęła go ku oddaleniu. Śliczna dolina zdawała się otwierać przed nim ramiona swych wzgórz; pagórki okryte jałowcami wabiły go ku sobie, a las daleki wzywał.

Sumienny dozorca posunął się o kilka kroków tylko, brzegiem rzeki, ażeby zobaczyć, czy też wszędzie trawa jest równie duża jak w pierwszym zakręcie.

Zaledwie postawił kilka kroków, kiedy spod nóg zerwał mu się bekas, magnął pierwszego koziołka, drugiego... Marcin porwał za strzelbę i wypalił. Bekas doznał widocznie tak wielkiego przestrachu, że wyrzekł się rodzinnej łąki i odleciał w powietrze na niezmierną wysokość.

W Marcinku tymczasem zawrzało. Ruszył jeszcze dalej trzymając dubeltówkę na pogotowiu. Serce mu biło jak rozkołysany dzwon, w piersiach tchu brakowało.

Skradał się cicho po trawie, bacząc pilnie na zamki swej broni. Rzeka w tych miejscach była dosyć szeroka. Nad jej przejrzystą, ruchomą głębią tańczyło mnóstwo błękitnych łątek, pod słońce widzieć się dawały prawie u samej powierzchni wodnej okonie z czerwonymi pręgami na stalowej łusce i białe, srebrne, tańczące płotki.

Kiedy Marcinek spojrzał na jeden z bardziej oddalonych zakrętów, serce w nim zamarło.

Na samym środku płani wodnej widać było dwie duże dzikie kaczki. Myśliwiec rzucił się natychmiast w trawę i zaczął pełzać wspierając się na lewej ręce, podczas gdy w prawej ostrożnie i starannie niósł fuzję.

Niestety! — o jakie cztery kroki od krzaczków rokiciny, które tam rosły na brzegu, dał się słyszeć plusk złowieszczy i melodyjne dzwonienie skrzydeł.

Łzy stanęły w oczach myśliwego, ale oschły natychmiast, gdy kaczki zatoczywszy nad łąką szerokie koło zniżyły lot i zapadły o kilkaset kroków dalej. Od tej chwili Marcinek stracony był dla dozoru najemników gawronkowskich. Kiedy pan Borowicz około godziny siódmej sam przyszedł na łąkę, ledwie mógł już dojrzeć postać swego syna wałęsającego się *na bałyku* w wielkiej odległości.

Przebiegłe kaczki literalnie drwiły sobie z najstaranniej obmyślanych podejść strategicznych. W chwili, kiedy trzeba było tylko już podnieść broń do oka i oprzeć lufę na jakimś wygodnym sęczku, zrywały się hałaśliwie i uciekały coraz dalej w górę rzeki. Z ostatniego wreszcie, nieco szerszego dołka rzecznego zerwały się, nim Borowicz zbliżył się doń na odległość strzału, i poszybowały bezpowrotnie. O kilkaset kroków stamtąd był już las.

Promienie wczesnego słońca padały na zwartą ścianę długich gałęzi świerkowych i cały las mokry jeszcze od rosy mienił się ślicznymi barwami. Rzeka w jego głębi rozlewała się w płytkie smugi, pośród których na kępach rosły olbrzymie, stare olchy. Były tam miejsca prawie niedostępne, obrosłe zwartymi kępami drobnej olszyny i były dziwnie urocze, samotne jeziorka, nad których płytką wodą stały wielkie pnie czerwone. Marcinek znał te miejsca od dawna. Ruszył stamtąd na lewo ku niewielkiemu wzgórzu, gdzie wybujały młode zarośla po wyciętym lesie. Niektóre z drzewin witał z uśmiechem radości. Odsłaniały się tam pewne widoki, pewne wysmukłe brzózki, dla których żywił uczucia więcej niż przyjazne. Lubił je, nie wiedząc o tym, tak głęboko, jakby były cząstkami jego istoty, organami jego czującej natury. W kształtach niektórych drzew mieściły się długie historie smutków i radości, całe dzieje przywitań i pożegnań. Niektóre z

tych drzew widział z okien domu, będąc niemowlęciem, i postacie ich skojarzyły się na zawsze z owymi pierwszymi wrażeniami, których już pamięć dosięgnąć ani rozum objąć nie jest w stanie. Pewne miejsca i widoki w tych tak zwanych leśnych „odpadkach" były dla niego przejmująco smutne i, nie wiedzieć czemu, budziły jakiś bolesny żal i niepojętą obawę. Drzewa podrosły. Tu i owdzie ze zdumieniem spostrzegał tęgie pnie, gdzie były ledwo krzaki. Dokoła śpiewało mnóstwo ptaków. Natarczywe srokosze kuły swoje piosenki, w których powtarza się jeden ton pełny i dźwięczący. Ten ton rozbudzał w zaroślach tarniny i pięknych kalin przedziwne echa. Zdawało się, że to on strąca z liści poranną rosę i że ogromne krople dzwonią lecąc po prętach i po źdźbłach smółek pachnących. Na jałowcach trznadle zawodziły swe skargi żałosnym głosem wołających na puszczy. W pewnym miejscu zerwała się kraska. Jej błękitne skrzydła migające między drzewami zbudziły na nowo myśliwskie instynkta Marcinka. Ale kraska była jeszcze przezorniejsza niż kaczki i znikła w gęstwinie bez śladu. Na skraju lasu słyszeć się dawał nieustanny śpiew:
Oj-da da da-da dy na
Oj-da da da-da da da...

Marcin poszedł w tamtą stronę i zobaczył za krzakami małą dziewczynę, *pasturkę*. Było to chude, małe i spalone na słońcu. Miało na włosach nigdy nieczesanych usmoloną „szmatkę", na sobie brudną koszulinę, która się na prawym ramieniu rozlazła — i wystrzępiony *szorc* z grubej wełny. Dziewczynina ta siedziała na murawie z wyciągniętymi nogami, biła patykiem w ziemię i śpiewała sobie jednym głosem, monotonnie jak trznadel, tylko mniej pięknie od niego. Młody panicz postraszył ją wyskoczywszy znienacka na pastwisko. Zerwała się na równe nogi, obejrzała zbrojnego przybysza wytrzeszczonymi oczyma, a następnie z głośnym płaczem zaczęła uciekać, przeskakując jak sarna wysokie krzewy i pniaki.
Z poręb myśliwiec wkroczył w las i wałęsał się tam do zmierzchu, zapomniawszy o śniadaniu, obiedzie i podwieczorku. Wrócił dopiero nocą i nie dostał od ojca wielkiej nagany. Stara kucharka wyrzekała co prawda wniebogłosy, wspominała o zmarnowanym kurczęciu upieczonym na rożnie, które jakoby pies zjadł pod nieobecność Marcinka, o kawie zgotowanej na próżno, o dziwnej dobroci bułkach — itd. Winowajca słuchał w pokorze klątw starej, wzdychał szczerze i za kurczęciem, i za sałatą, za młodymi

kartoflami i garusem, poprzestał jednak na małym, zadowalając się bochenkiem żytniego chleba, niewielką faseczką masła i dzbankiem świeżego mleka.

Od tego dnia zbisurmanił się na dobre. Wstawał o świcie, brał swoją flintę, torbę — i znikał. Na folwarku prawie go nie widziano. Czasami tylko przesuwał się na horyzoncie, zazwyczaj przygarbiony, skradając się do jakiegoś zwierza z gatunku turkawki, kukułki, żołny, a nawet srokosza lub trznadla. Trafiały się takie dni, że zjawiał się dopiero przed północą, a nazajutrz znowu wyruszał o świcie. Tylko jakiś daleki strzał w lesie, rozlegając się po górach, dawał znać mieszkańcom Gawronek, w jakich stronach panicz się obraca.

Te strzały nie wywarły zbyt wielkiego wpływu na zmniejszenie się fauny tamtych okolic. Całe myślistwo polegało właściwie na chodzeniu za ptakami. Kraski i grzywacze, żołny i jastrzębie wodziły młodzieńca za nos po wszystkich górach, dokąd by już nawet kulawy pies nie zabłądził. Oprócz nich pędziła go z miejsca na miejsce wiecznie głodna ciekawość. Każde nieznane drzewo dalekie, strumień błyszczący na słońcu w odległości kilku wiorst, siniejące w przestrzeni lasy, góry pokryte jałowcem i smutne gąszcze świerkowe stanowiły dla niego zupełnie nowy, jakby nieodkryty dotąd świat zaczarowany. Było to dziwne zbratanie się z wszelkimi wertepami.

Szczególnie wszakże Marcinek polubił — noc. Nie było, zda się, rozkoszy, która by mu starczyła za włóczenie się w zmroku po miejscach odludnych, samotnych i ogarniętych przez ciszę tak wielką, że w niej słychać było, jak szeleszczą dojrzałe, nieskoszone trawy, jak szemrze woda. Były wówczas księżycowe noce... Ale po cóż silić się na opis nocy tych w tamtym kraju! Jakiż język zdoła je wysłowić...

Błądząc tak po okolicy, Marcinek zachodził częstokroć do wsi obszernych, tu i owdzie rozciągających się u podnóża wzgórz. Wsie te stały zazwyczaj jakby na ogromnych polanach, dokoła których ze wszystkich stron czerniał las jak świat stary. Ludność zamieszkująca te sioła odrabiała niegdyś pańszczyznę w odległych dworach, ale, ukryta w lasach, przechowała prastare obyczaje, wierzenia i prawa. Był to lud zdrowy, silny, żywy i po trosze dziki. Rzadko kiedy z takiego Bukowca, Poręb albo Leszczynowej Góry chodził kto do kościoła, a księża urządzali na te wsie istne obławy i postrachem tylko ściągali ludzi do spowiedzi wielkanocnej. Grunt na pochyłościach gór był lichy. Toteż chłopi tamtejsi uprawiali rozmaite kunszta. Wszyscy prawie byli kłusownikami, wielu z nich wyrabiało w lasach rządowych potajemnie gonty, inni trudnili się struganiem łyżek, solniczek, szaf, skrzynek, grabi, wideł, kluczy drewnianych do chat itd.

W pewnej wiosce robiono dość ładne krzesełka i ławki ozdobne. Istniał tam jak gdyby na niepisanej umowie ufundowany podział zarobków. Jeżeli np. ktoś zajmował się łowieniem kwiczołów w sidła, sprzedawał je w mieście i żył z tego, to nikt inny we wsi nie miał prawa z nim na tym polu do konkurencji stawać pod karą bicia. A bito srogo. Gdy wieś biła złodzieja albo winowajcę, to kołkami i na śmierć.

Prawo bicia i inne prawa publiczne tyczyły się jednak gminu pospolitego i nie obowiązywały wiejskich geniuszów.

W Bukowcu mieszkał chłop nazwiskiem Scubioła, który nie przeszkadzając nikomu w pracy zawodowej, wywłaszczył z siedzib bardzo wielu współobywateli, a innych ciężko ujarzmił. Miał kilkaset morgów gruntu, kilkadziesiąt sztuk bydła, duże, folwarczne budynki, dom mieszkalny z gankiem i wielkimi szybami w oknach, w izbie podłogę i zegar. Pożyczał każdemu, kto się tylko do niego zgłosił, a *precent* wybierał w postaci płodów naturalnych. Brał tedy owies, len, wyroby drewniane, płótno zgrzebne, zwierzynę, grzyby, jagody, żądał wreszcie w procencie roboty na swojej roli. Wielu z biedniejszych włościan było na własnym swym gruncie parobkami Scubioły. Zabierał on im z tego gruntu wszystko, cokolwiek na nim wyrosło zasiane i wypielęgnowane ich rękoma. Sam chodził w połatanej i brudnej koszuli, a nawet wybrawszy się do miasta nie kładł butów.

Bez wątpienia najuboższą wioską w okolicy były same Gawronki. Przysiółek ten liczył ogółem osiemnaście dymów. Żaden z gospodarzy nie miał tam więcej nad trzy morgi gruntu, najnędzniejszego pod słońcem. Na tym ich *ukaz* zastał i pozostawił własnemu przemysłowi. W całej wsi ani jeden gospodarz nie miał nie tylko szkapy, ale nawet źrebięcia; niektórzy posiadali krowy, jałówki i cielęta, a jeden z kolonistów, Lejba Koniecpolski, posiadał tylko dwie brodate kozy. Krowy, cielęta i kozy mieszkały zimową porą w izbach pospołu z ludźmi, toteż ludzie tamtejsi wyglądali niezbyt pociągająco. Gdyby się nieboszczyk Liwiusz zbudził pewnego pięknego poranku i znalazł w Gawronkach, zobaczyłby znowu na świecie to samo i musiałby powtórnie z niesmakiem napisać: „*obsita... squalore vestis, foedior corporis habitus pallore ac macie peremti...*" Grunta mieszkańców Gawronek leżały pod górą.

Wody pędzące z tej góry myły przez wieki glebę urodzajną i odkrywały opokę, składającą się z samych czerwonych kamyków, tak pracowicie, że kiedy cywilizacja po długim stękaniu i srogich bólach spłodziła *ukaz* i wolnym obywatelom gawronkowskim oddała nareszcie kamyki wraz z większymi kamieniami — nie było tam już właściwie w czym gmerać.

Gdy nadchodził czas orki, wszyscy gawrończanie udawali się w prośby do Scubioły. On chętnie użyczał pary koni, parobka — i z kolei obrabiał jedno pólko po drugim. W zamian za tę usługę brał znowu rozmaity *precent*. Lejba Koniecpolski nie korzystał z łask Scubioły, gdyż od niego mało co wziąć było można. Toteż skulony, chudy i biedny Lejba uprawiał grunt odziedziczony sam, literalnie: sam. Do orki pożyczał krowy od sąsiada Piątka, a do brony zaprzęgał sam siebie albo swą żonę. Źle oni jednak i orali, i bronowali swe dziedzictwo. Owies był nędzny, kilka zagonków żyta nigdy nie zwracało wsianego ziarna, tylko litościwy ziemniak żywił familię. A familia Koniecpolskich była bardzo liczna. W skrzywionej chacie, obok której nie było ani stodoły, ani chlewa, ani płotu, ani kołka, ani nawet wyższego badyla ostu, mieściła się jedna, jedyna izba pełna dzieci. Gdyby do tej izby przybyło jeszcze jedno dziecko albo jedna koza — już by zapewne czarna chałupa rozpękła się na dwoje.

Lejba był rzemieślnikiem. Wyrabiał trepy o drewnianej podeszwie z przyszwą ze starego rzemienia, okrywającą palce i część stopy. W zimie mały Lejba biegał po wsiach od chaty do chaty i skupywał stare chłopskie buciska. Czasami tu i owdzie dostał jaki stary but za darmo, kiedy niekiedy bowiem zlituje się dobry człowiek nad drugim człowiekiem, nawet nad Lejbą Koniecpolskim... Gdy zgromadził dosyć materiału, szedł do lasu rządowego i ścinał w nocy dużą osikę. Następnie zaprzęgał się z żoną do małego wózka i drzewo porąbane na kawałki przyciągał kryjomo nocami do chałupy. Z tego materiału strugał podeszwy. Na wiosnę zaczynali ludzie dowiadywać się u Lejby o trepy. I szedł handel, wpływało nieco grosza na życie przez kwiecień i maj. Jednakże gdy nadchodził czerwiec i tamtejszy, gawronkowski przednówek — z Lejbą bywało bardzo kiepsko. Współwyznawcy odczepiali się od niego byle jakim datkiem: dziesiątką, dwudziestoma groszami... Wtedy szedł do miasteczka i już to kupował, już brał, gdy się dało, na kredyt chleb tak zwany żydowski, przynosił do Gawronek kilkanaście bochenków i rozprzedawał sąsiadom zarabiając dwa grosze na funcie. Tym sposobem zyskiwał dla siebie i swej licznej familii dwa, czasami trzy bochenki. Nie ta wszakże pora roku była w życiu Lejby najgorszą. Straszny czas nastawał wówczas dopiero, gdy prawie wszyscy mieszkańcy wioski, kto tylko posiadał jakie takie siły, szli *na bandos*, „w pszenne kraje". Chałupy zamykano na klucz i zostawiano na boskiej opatrzności w nadziei, że nic im się złego nie stanie, a cały tłum wędrował na zarobki. Lejba nie mógł chodzić na bandos, gdyż nie umiał ani dobrze żąć, ani nie posiadał *dobre sziłe*. Zostawał tedy w pustej wsi i wraz z żoną i dziećmi — przymierał głodem. Gdy ludzie wesoło ruszali na roboty, Lejba omdlewał z boleści.

Wówczas to właśnie zdarzało się Marcinkowi spotykać często tego człowieka ze zgasłą twarzą i zapłakanymi oczyma wśród zbóż dojrzewających.

Najbardziej znaną osobistością nie tylko w Gawronkach, ale w całej okolicy był Szymon Noga. Znali go panowie w odległych dworach, urzędy leśne i kupcy w Klerykowie. Był to strzelec niezrównany, w sztuce łowieckiej mistrz istotny. Za swych lat młodszych chodził na polowaniach o zakład ze szlachtą, że pięcioma strzałami zrzuci w locie pięć z rzędu jaskółek — i wygrywał. Gdyby go nie strzeżono jak oka w głowie, wybiłby był co do jednego bekasy, kszyki, kuropatwy, przepiórki tak zupełnie, jak wyniszczył w lasach jarząbki. Dawniejszymi czasy znikał na całe miesiące, szedł lasami, wabił jarząbki i wybijał je co do sztuki. Pokazywał się dopiero w Klerykowie u znajomych kupców z workami ptactwa. Jeżeli gdziekolwiek zjawiła się para sarn wędrownych, już im Noga życia nie darował. Szedł za nimi póty, aż je zgładził ze świata. Nikt nie znał lepiej od niego wszelkiego rodzaju podkurzania borsuków i lisów, wykopywania z jam zajęcy, które by się tam przed pościgiem ogarów schroniły itd., nikt wreszcie nie znał tak świata zwierząt jak ten ich tępiciel. Był to chłop w latach, wysoki, chudy, z przymrużonymi oczyma i wiecznym, przyjemnym uśmiechem na wargach. Marcinek lubił go zawsze nad wyraz od wczesnego dzieciństwa. Noga umiał opowiadać przepyszne facecje z życia zwierzęcego, znał nie tylko naturę lisią, zajęczą itd., ale nadto w całej okolicy umiał wskazać miejsce, gdzie należy stanąć, jeżeli się chce spotkać z „małym".

— No, stary zbóju — pytał pan Borowicz, spotkawszy Nogę na polu — jużeś wszystko wybił co do joty? Jest tam gdzie jeszcze jaka zajęczyna żywa?

— Dużo nie ma, bo teraz to już wszyscy paprzą, ale się jeszcze trafi, Bogu dziękować. Na Józefowej górce jest ten stary zając, co go to pan zeszłego roku postrzelił w wątrobę. Stary już, zdrowia wielkiego nie ma, pod górę na ostre, jak to dawniej umiał, już teraz z ledwością idzie, ale ta jeszcze łazi. Na smugu było ich dwu. Jeden to nawet był kotek *świarny*, ale teraz już go jakoś nie widuję. Czyby go zaś kto uszkodził? A może się i przeląkł młodego pana, bo gdzież *to tylośny* hałas jak w powstanie...

— A tobie w to graj! Teraz choćbyś dziesięć razy na dzień strzelił, to powiesz, że to młody z Gawronek tak proch psuje.

— E... czasem to pan wielmożny tak powie... — mówił z uśmiechem Noga mrugając powiekami. — Gdzieżby zaś stary myśliwiec na początku lipca do kotka strzelił? Nie bolałoby mię to serce! Przecie i tę fuzyjczynę mi zabrał Wasilew...

— Ty mnie okłamuj! Ludzie na przednówku, a ty, chwalić Boga, jakoś nie mizerniejesz. To te smaczne młode zajączki tak widać człowiekowi na zdrowie idą.

— Widzicież wy, moi ludzie... A i miałbym ja sumienie! Przecie ja tu mam koło dłoni taką dziureczkę. Jak mi się jeść zachce, to se tylko ssać pocznę godzinę czasu — i zgoda.

Noga nie chodził na roboty z bandosami, gdyż utrzymywał, że ma kość w ręce postrzeloną i wskutek tego nie może się schylać. Wysyłał żonę i córkę, a sam siedział w domu i nic nie robił. Czasami łowił sobie raki w rzece, a wieczorem nikt by go w chacie nie zastał.

Marcinek odwiedzał go codziennie i nieraz wyciągał do lasu albo na pola. Noga szedł bez strzelby i opowiadał przeróżne historie. Gdy nadchodziło południe, obadwaj szli do lasu, kładli się w głuchym cieniu, Marcinek wydobywał z torby chleb, masło, jakiś kawałek mięsa i dzielił się z towarzyszem. Pewnego razu, gdy tak leżeli na skraju lasu w pobliżu drogi przecinającej okolicę, Noga mówił:

— W tym miejscu to tak samo bywały różności...

— No? — zapytał Marcinek.

— Był w Marsławicach chłop, nazywał się Kostur. To samo myśliwiec był nie byle jaki. Już dawno umarł. Mieli ten Kostur fuzyjczynę lichą, powiązaną, z kurkiem jak kobylica, a swoim porządkiem, jak ta oni strzelili, to już się było po co schylić. Przyszło powstanie, Polaki stały w lesie. Szedł se raz ten Kostur drogą od Cieplaków, a swoją fuzyjczynę miał pod sukmaną, i przyszedł akurat w to miejsce. Patrzy: — jadą dwa Moskale na koniach i prowadzą między sobą powstańca, przywiązanego do obu koni postronkami. Zdarły z niego widać odzienie szlacheckie, bo był tylko w koszuli i boso. Jadą te rabusie, mówię paniczkowi, dobrym truchtem, a co ten nie może nadążyć, to go albo jeden, albo drugi zdzieli nahają bez łeb, bez gębę, gdzie popadnie. Plecy to mu tak przecie zerżnęły, że całą koszulę miał czerwoną, a krew aże mu nogawkami portek ciekła i zostawał po nim na piachu dobrze farbowany trop nikiej po trafionym rogaczu. Wzięli ten Kostur i pomyśleli se: „a i dokądże te psiekrwie będą prały takiego chudziaka? Widzieliście wy, moi ludzie!" Ckliwo im się zrobiło i tak se założyli: jak albo jeden, albo drugi go tknie, to wyrżnę do juchów! Ano i akurat rypnął go jeden nahają za to, że upadł gębą na ziemię. Kostur wzięli na oko i plunęli. Zaraz rabuś machnął kozła pod konia, a drugi w *try miga* odwiązał powstańca i uciekł w górę drogą co koń skoczy. Oni to samo poszli w gęstą knieję i dopiero nad wieczorkiem wrócili się w to miejsce. Kozuń leżał nieżywy, ale i powstaniec uświerkł niedaleko od niego. Tylko się dowlókł *na bałyku* do tamtego świerka. Tam go wzięli Kostur i pochowali wieczorem. Widzi paniczek onę pasyjkę na *rsioku*? Ona ta nad nim stoi...

W istocie — czarny, spróchniały krzyż czerniał wysoko na drzewie.

— Kostur opatrzyli rabusia — mówił dalej Noga — i znaleźli przy nim pieniądze. Zasmakowało im toto wszystko i od tego czasu chodzili często gęsto na rabusiów. Choćby cała sotnia szła razem, to jak oni z tamtego miejsca wygarnęli, zaraz uciekały co pary w szkapskach. Powiadali nama dużo potem na polowaniach, że przy każdym rabusiu, co został na placu, bywały pieniądze...

Marcinka niewiele obchodziły te historie. Jego „przekonania polityczne" były mdłym odgłosem nauk radcy Somonowicza i echem goryczy ojca, który w powstaniu stracił fortunę pradziadowską, nasiedział się w więzieniach i doznał krzywd od wodzów rewolucji.

Toteż mały Borowicz chętniej wolał rozprawiać z Nogą o polowaniu niż słuchać niewesołych historii. Gdy zaś stary raubszyc nie mógł dla jakichkolwiek przyczyn ruszyć się z domu, Marcinek wszystek czas wolny od włóczęgi po okolicy spędzał w swojej altanie.

Wkrótce po przyjeździe na wakacje wynalazł był znakomite miejsce i urządził z nakładem niemałego trudu samotne schronisko.

Zbocze najbliższego wąwozu, wysokie na kilkadziesiąt łokci,

porastały ogromnie gęste zarośla tarek, leszczyny, jeżyn, kaliny i jałowcu. Wszystkie te krzaki oplatał dziki chmiel tworząc z tego miejsca istną dziewiczą puszczę, żadna bowiem noga ludzka nie była w stanie przekroczyć tych zarośli.

U stóp urwiska biło w cieniu wielkich drzew źródło wody bardzo dobrej — i rozlewało się naokół w topiel błotnistą. Na brzegach stoku rosły wodne marki i wielkie, soczyste szczawie, o pustych wewnątrz słupach, których używano za cewki do ssania wody ze źródła, gdy kto spragniony tam zaszedł, a nie chciał kłaść się na brzegu błotnistym i pić wodę z chłopska, wprost ustami.

Do źródełka szło się po wielkich, płaskich kamieniach, rzuconych przez kogoś w czasie bardzo zamierzchłym.

Marcinek rozkochał się w tym miejscu dla jego dziwnego uroku i samotności. Od wody wprost pod górę, pracując rydlem, siekierą i motyką, wyprowadził ścieżeczkę tak wąską i zamaskowaną krzewami, że jej żadne oko wytropić nie mogło — a w odległości kilkudziesięciu kroków, pod szczytem, w największej gęstwinie sformował altanę. Wierzchołki krzaków, stokroć przeplecione nićmi chmielu, tworzyły istne wieko nieprzemakalne. W półokrągłej pieczarze z okrzesanej tarniny Marcin wykopał w ziemi zagłębienie i zbudował na poły z murawy, na poły z kamieni, przydźwiganych z daleka, szeroką ławę i skrytkę. W skrytce misternie zatatranej ziemią mieściły się romanse pornograficzne, które podówczas klasa czwarta namiętnie czytała, a oprócz tego scyzoryk z długim ostrzem, bokser, śrut, kapiszony, szpagaty i gwoździe... Do altanki Marcinek wchodził zawsze chyłkiem, czego wymagała zarówno ostrożność, jak natura ścieżki idącej pod krzakami tarniny. Znalazłszy się w kryjówce już to czytał po raz setny i tysiączny nieprzyzwoite ustępy zakreślone niebieskim ołówkiem przez kompetentnych poprzedników, już oddawał się bezczynności i marzeniom licho wie o czym. Śniły mu się na jawie to jakieś fantastyczne aż do absurdu sceny lubieżne, to znowu bitwy, podróże, wyprawy do Ameryki, awanturnicze przedsięwzięcia na jakichś stepach, burze morskie, kolosalne zwycięstwa, odnoszone nie tylko nad Czerwonoskórcami, ale także i nad Turkami.

Od pewnego czasu Noga ciągle napomykał o głuszcach, które według niego miały gnieździć się w pewnym smugu, znanym tylko jemu jednemu. Obiecał nawet, że gdy nadejdzie jakiś tajemniczy dzień na nowiu, zaprowadzi młodego myśliwego i nauczy go wabić owe głuszce, pod warunkiem, żeby nikomu, dla zachowania sprawy w tajemnicy przed urzędem leśnym, słowa o tym nie mówić.

Marcinek z najwyższą niecierpliwością czekał dnia oznaczonego, gdyż głuszce, według opowieści Nogi, miały to być ptaki ogromne, wielkości tuczonego indora i niesłychanie rzadkie w tamtejszych lasach. Nareszcie po długim oczekiwaniu zbliżył się termin wyprawy. Już na kilka dni przedtem Noga kazał Marcinkowi kupić wódki, wysmarować nią dubeltówkę, torbę i siebie samego, gdyż te ptaszyska miały nadzwyczajnie ciągnąć do zapachu gorzałki. Marcinek sumiennie, a nawet z niejaką przesadą spełnił polecenie swego mentora. W dniu oznaczonym skoro świt Noga już czekał na brzegu leśnym. Marcinek stosownie do jego polecenia kupił w karczmie, zachowując sekret przed ojcem, pół garnca mocnej wódki, wziął ze spiżarni całą kiełbasę, bochenek chleba, ser suchy i sporo masła, gdyż wyprawa miała trwać aż do wieczora.

Gdy to wszystko przyniósł, Noga odkorkował butelkę, powąchał gorzałczynę i zawyrokował, że „ma wiatr i będzie ciągnęła", później kazał Marcinkowi troszkę się napić, odejść w krzaki, rozebrać się do naga i wysmarować znowu gorzałką. Zaraz po nim uczynił to samo i nacierał się w zaroślach dosyć długo. Wkrótce potem weszli w las i żwawo ruszyli pod górę Józefowa. Szli długo różnymi przesmykami. Dopiero w pewnym miejscu prześlicznym, śród gąszczu sosen o pniach czerwonawych, Noga się zatrzymał, wybrał doskonale ocieniony zagajnik i tam usiadł na ziemi. Z wielkimi ceregielami i obrzędami wyjął następnie z zanadrza jakąś maszynkę, wziął w usta jej zakończenie z piórka i począł wydobywać dwa rodzaje dźwięków: monotonne pogwizdywanie z trzech taktów i bełkot chrapliwy. Trwało to dosyć długo. Noga miał minę kapłana sprawującego tajemniczy obrządek. Czasami przerywał, zsuwał brwi i słuchał, uważnie patrząc w głębinę leśną. Marcinkowi serce biło jak młotem. Siedział pod jałowcami, które go kłuły w szyję tysiącem swych igieł, miał dubeltówkę w pogotowiu i słuchał również. Las milczał. Czasami w jego tajemniczej odległości brzmiał jakiś głos niepojęty, zabłąkane echo z innej kniei, jak westchnienie latające po puszczy, niekiedy krzyk jakiegoś ptaka przerywał zupełną ciszę i drżący zamierał w oddali. Blask słoneczny sączył się na ziemię przez gęste zwały koron sosnowych i białymi plamami płynął po leśnych trawach i ziołach. Małe zięby pogwizdywały z cicha ponad głowami myśliwych, jakby były zupełnie spokojne, że o nie troszczyć się ani kusić nikt nie będzie. Dopiero koło południa Noga przestał wabić głuszce i rzekł ze smutkiem w głosie:

— Psiatreść! widać się dalej wyniosły. Daj mi paniczek przekąsić skibeczkę chleba, bo mię tak zeczczyło od tej gorzałki, że o kęs... Nie lubię ja tego gorzałczyska...

Marcinek uczęstował towarzysza wszystkim, co było, a sam zadowolił się małym kawałeczkiem chleba i kiełbasy. Posiliwszy się, Noga wstał i oświadczył, że trzeba się rozpatrzyć w okolicy. Poszli znowu nieco wyżej w górę. Chłop ciągle przystawał z tyłu za Marcinkiem i rozglądał się. W pewnym miejscu coś dostrzegł, kazał Marcinkowi niezwłocznie usiąść na ziemi, dał mu ową maszynkę do wabienia i polecił w nią dmuchać. Młody Borowicz spełnił jego rozkaz i z łatwością wydobywał owe dwa głosy wabiące. Noga tymczasem odszedł szepcąc mu na ucho:

— Niech panicz nie pyta nic, tylko ciągle gwiżdże, choćby najdłużej. *Ony* ta przyjdą na pewno, jużem ich słyszał.

Wskazał ręką kierunek i zniknął w zaroślach.

Marcinek z całym pietyzmem i zapałem oddał się wabieniu. Gwizdał godzinę, dwie, trzy, cztery, nie uczuwając wcale znużenia. Raz mu się wydało, że niezmiernie daleko słyszy dźwięk zupełnie podobny do głosu wabika, i wtedy dmuchał ze zdwojonym entuzjazmem. Dopiero gdy po lesie rozszedł się cień odwieczerza — począł tracić nadzieję. Szczęki mu ścierpły od nieustannego ich wytężania, więc odpoczywał przez chwilę. Już jednak wkrótce znowu się zabrał do dzieła i wabił aż do zmierzchu. Czerwony blask zachodu przedarł się do głębiny lasu. Była cisza naokół. Marcinek wstał, gdyż utracił był już wszelką nadzieję. Miał zamiar odnaleźć Szymona i wracać. Zaledwie jednak uszedł kilkanaście kroków, usłyszał jakiś głos zupełnie odmienny. Było to zarazem i mocne pogwizdywanie, i coś w rodzaju bełkotu. Marcinek chwycił broń oburącz i krok za krokiem szedł w kierunku tego głosu, pewny, że nareszcie zobaczy głuszca. Dziwny głos rozlegał się ciągle tuż za najbliższymi krzewami. Zachowując śmiertelną ciszę Marcinek obszedł jedną grubą sosnę, drugą i — wyjrzał za owe sośniaki. Zamiast głuszca ujrzał tam Nogę rozwalonego pod cienistym drzewkiem i chrapiącego z pogwizdywaniem i bełkotem. Obok śpiącego chłopa leżała pusta butla po wódce.

Znacznie później Marcinek dowiedział się, że maszynka służyła do wabienia słomek i że głuszców od wieku w tamtejszych lasach nie było.

XI

Po powrocie z wakacji Borowicz zastał w gimnazjum duże zmiany. Zniknął z horyzontu miasta Klerykowa dyrektor gimnazjum, przeszedłszy do emerytury; przeniesiony został do innej szkoły inspektor, ustąpił zupełnie stary Leim, jeden z pomocników gospodarzy klas i dwaj nauczyciele historii. Na ich miejscu figurował nowy zarząd: dyrektor Kriestoobriadnikow, inspektor Zabielskij, nowy nauczyciel łaciny Rosjanin Pietrow, pomocnik gospodarzy klasowych Mieszoczkin i nauczyciel historii Kostriulew.

Zarazem ogólny nastrój i zewnętrzna fizjonomia szkoły uległy zmianie radykalnej. Uczniowie starsi poczuli od razu, że teraz dopiero ujęto ich pod żeberka, pan Pazur umilkł i tylko minami oraz wytrzeszczaniem oczu pokazywał starym ulubieńcom, że za nic w świecie nie będzie gadał ani jednego słowa; — wreszcie nauczyciele Polacy nie odzywali się wcale do uczniów *extra muros* szkoły, ażeby nie mówić po rosyjsku, a jeżeli konieczność zmuszała ich do takiej rozmowy, to prowadzili ją nie inaczej jak w języku urzędowym.

Nowy zarząd wprowadził nowe obrzędy szkolne. Podczas uroczystości inauguracyjnej w głównej sali dyrektor wygłosił niesłychanie patriotyczną mowę, wzruszył się sam do łez, ale dla słuchaczów pozostał niezrozumiałym, gdyż ci istotnie wzruszać się tym, co zapewne on czuł żywo i szczerze, nie byli w możności.

Inspektor od razu rozwinął taką działalność, o jakiej uczniactwo klerykowskie nie miało nawet wyobrażenia.

Przede wszystkim zabrano się do stancyj i zaprowadzono różne nowatorstwa. Na każdej stancji wyznaczono „starszego", który miał obowiązek czuwania nad bracią z klas niższych, zaprowadzono książki wydaleń się z mieszkania, gdzie należało wpisywać każdy krok, każdą chwilę nieobecności oraz skargi na złe sprawowanie się współlokatorów.

Pomocnicy gospodarzy klas i cały ogół nauczycieli wciągnięty został w pewien rodzaj kohorty policyjno-śledczej. Wszyscy mieli obowiązek zwiedzania kolejno stancyj w pewnych odstępach czasu, dniem i nocą.

Inspektor i jego satelici chodzili po tych stancjach nieustannie, odbywali rewizję, zaglądali nie tylko do kuferków, ale nawet własnymi rękoma grzebali w siennikach, słuchali pod oknami, czaili się u drzwi, wbiegali do mieszkań uczniowskich z rana — itd.

Jaki to wszystko wpływ wywarło na rozwój moralności mas

uczniowskich w Klerykowie, trudno osądzić. W każdym razie, jeżeli moralność nie nazbyt wysoko podskoczyła w górę, jeżeli „starsi", „dyżurni", korepetytorzy i w ogóle siódmo- i ósmoklasiści starym obyczajem wymykali się o północy na miasto w celach im wiadomych, to jednak książki drukowanej polskimi literami rzeczywiście nie było sposobu mieć na stancji.

To wygnanie książek polskich z pewnych izb w mieście, podczas gdy innym książkom wolno było w tych samych izbach leżeć nawet bezużytecznymi stosami — stanowiło zjawisko nadzwyczaj komiczne.

Skazane na banicję do sąsiednich pokojów, upośledzone druki nadwiślańskie mogły sobie do nieskończoności zadawać pytanie jak obłąkany Gogola w szpitalu wariatów: „dlaczego ja nie jestem kamerjunkrem? dlaczego jestem tylko radcą tytularnym? dlaczegóż ja, i dlaczego mianowicie radcą tytularnym?"... Te jednak wołające na puszczy pytania nie doczekałyby się były w Klerykowie znikąd odpowiedzi.

Częste rewizje, a szczególniej nagłe a niespodziewane wizyty, trwoga oczekiwania, niepokój, że ktoś podsłuchuje, źle oddziaływały na umoralnianą młodzież pod rozmaitymi względami. Pobyt w szkole był dla wszystkich mieszkających na stancjach pobytem w więzieniu. Mały obywatel rzucając rano pierwsze spojrzenie mógł już się spotkać z badawczym okiem Mieszoczkina, pół dnia miał na sobie wzrok, a dokoła swej osoby słuch kilku naraz Mieszoczkinów, Majewskich, Zabielskich itd. Po południu czekał ciągle na ich zjawienie się, a nawet w nocy mógł być zbudzony z marzeń o polach, kwiatach, ptakach, rodzicach kochających, krewnych i znajomych, którzy jakby na złość Mieszoczkinowi wszyscy mówili zakazanym językiem polskim — i nagle znowu nad sobą ujrzeć oczy przeklęte, które zdawały się podpatrywać słodkie sny z zamiarem szczegółowego ich opisania we właściwej rubryce, pod odpowiednim numerem.

Cały arsenał sposobów i zaprowadzony system pilnowania do ostatecznych granic posunęły rozdział między nauczycielami i uczniami. Co prawda — to nigdy w Klerykowie zbyt wielkiej harmonii między „ciałem pedagogicznym" a gromadą uczniów nie było i zawsze te dwie gromady stanowiły dwa obozy, obozy wyraźnie walczące ze sobą, nieraz przy użyciu przebiegłości, podstępu, a nawet zupełnie łajdackiej zdrady. Areną tych zapasów do chwili przybycia dyrektora Kriestoobriadnikowa i jego pomocników była szkoła z jej klasami, korytarzami i dziedzińcem.

Przybysze rozszerzyli horyzont tak daleko, że wzrok dziecięcy nie widział literalnie miejsca, gdzie by tej walki nie było. W zaprowadzonym systemie strzeżenia uczniowie byli z natury rzeczy, z predestynacji niejako, istotami, które należało śledzić, podglądać, ścigać, łapać i badać. Ponieważ jednak patriotyczna gorliwość śledzących przede wszystkim zwracała uwagę na przestępstwa natury nie tyle moralnej, ile politycznej, więc też cała zwyczajna walka uczniów z nauczycielami przybierała stopniowo cechę głuchego politycznego sporu.

Nauczyciele Polacy w epoce przedkriestoobriadnikowskiej czasami, już to ulegając wrodzonemu temperamentowi, już kierując się poczuciem ukrytym w dziewięćdziesiątej dziewiątej komóreczce oportunistycznego serca, czynili pewne kroki, może nawet przedsiębrali pewne środki celem złagodzenia fatalnej wojny obozów. Trzeba wyznać, że te maleńkie uczynki i lękliwe półwyrazy wywierały wrażenie. Prawie każde z tych słów było jak biblijne ziarno upadające na bujną rolę. Z nastaniem nowej ery wszystkie mosty zostały spalone i znajomości zerwane. Miny nauczycieli oportunistów mówiły wyraźnie: liczcie, o młodzieńcy, na siebie tylko, róbcie, co wam się żywnie podoba, albowiem my strzec musimy naszych posad niby oka w głowie.

I tak się stało.

Dyrektor Kriestoobriadnikow wraz z inspektorem Zabielskim była to para polityków nietuzinkowych. Ani pierwszy, ani drugi nie wszczynał grubiańskich awantur z rodzicami i nie prześladował uczniów. Jeżeli tych ostatnich łapano za pomocą groźnego aparatu, to nie w tym jednak celu, ażeby wymierzać tyrańskie kary. Winę zawsze darowywano, a gdy trzeba było ukarać — czyniono to w sposób tak wyrozumiały, taką okazywano pobłażliwość, ażeby młodzian nie czuł na sobie tyrańskiego bicza, lecz miłującą rękę ojca. W razach kiedy zdarzał się spór między uczniem i nauczycielem Polakiem, dyrektor i inspektor stawali zawsze i bezwarunkowo po stronie ucznia, zmniejszali winę, a gdy niepodobna było inaczej, wypraszali u nauczyciela Polaka odpuszczenie kary.

Tego rodzaju taktyka wywarła na młodzież wpływ niejaki.

Uczniowie drżeli przed nowym zarządem, ale jednocześnie czuli za sobą mocne plecy w walce z Nogackimi, Wielkiewiczami itd. Kierownicy gimnazjum nie poprzestali zresztą na reformach w obrębie murów szkolnych. Byli to patrioci, jak się powiedziało, w szerszym stylu, toteż baczne oko zwrócone trzymali na miasto, na okolicę miasta, na gubernię i w ogóle na kraj. Praca ich miała dwa niejako łożyska. Po pierwsze mieli oni na celu wzmocnienie tętna życia *ludzi ruskich* w mieście Klerykowie, po wtóre mieli na celu odpolszczenie tak zwanych Polaków. W myśl zasady odpolszczania dyrektor i gospodarze klas nie udzielali prawie nigdy pozwolenia na bytność ucznia w teatrze, gdy dawano sztukę polską. Natomiast w jesieni, głównie z inicjatywy działaczów gimnazjalnych, poczęto forsownie urządzać teatry amatorskie rosyjskie. Ciągły, aczkolwiek niedostrzegalny, przyrost żywiołu rosyjskiego w Klerykowie umożebnił zgrupowanie sił celem stworzenia tego rodzaju widowisk. Masa napływowa, składająca się z urzędników, pedagogów, ich żon i córek, entuzjastycznie poparła inicjatywę dyrektora.

Z konieczności, a raczej dla kariery, musieli ją również wspomagać „Nadwiślanie" piastujący jakiekolwiek wyższe stanowiska. Żywioł miejscowy okazał wobec tego wszystkiego, jak zwykle, absolutną bierność. Ludzie tamtejsi przywykli do wszelkiego rodzaju dziwów tak dalece, że gdyby pewnego pięknego poranku skasowano zupełnie mowę polską, a zalecono mówić, pisać i myśleć po chińsku, nikogo by to nie zdziwiło. Mówiono by, rzecz naturalna, w dalszym ciągu swoim własnym językiem, ulegając prawu bezwładności, ale publicznie pisano by i mówiono po chińsku.

Miasto Kleryków przeżywało z wolna w owym czasie epokę imigracji rosyjskiej. Chrzczono tam na nowo stare ulice, kasowano rozmaite wiekowe instytucje i rzeczy, a zaprowadzano nie mniej zgrzybiałe, ale rosyjskie. Bruki, nieład, zaduchy, brudy i rudery zostały zresztą zupełnie te same. Kiedy afisze dały znać miastu i światu, że odbędzie się teatr amatorski, w gimnazjum powstało niejakie rozognienie umysłów. Władza nie proponowała uczniom kupna biletów, ale czyniła pewne znaki, które były jak gdyby zapachem ukrytego życzenia. W klasie piątej jeden z kolegów bąknął podczas przemiany, że warto by iść na ten teatr. Ktoś inny bąknął z głębi sali daleko głośniej, że tylko zupełny mandryl może chodzić na podobne *szopki*. Było to powiedziane nie wiedzieć z jakiej racji, jak to mówią, *od śliny*, i również nie wiedzieć czemu otrzymało wszelkie cechy rezolucji zaakceptowanej przez powszechne milczenie. Po prostu zrobił swoje ślepy, głuchy i nic niewiedzący *vox populi*: jest jakaś szopka na porządku dziennym, gadają, że tylko mandryl na nią iść może — więc się nie idzie, i cała parada.

Borowicz był osobistym przyjacielem sztubaka, który wyraził życzenie pójścia na ów teatr, toteż zarówno kategoryczny sąd jak ogólna aprobata przeciwnego mniemania bardzo mocno go dotknęły. W czasie lekcji rozmyślał o tej sprawie i zacinając się w uporze postanowił na przekór wszystkim iść na spektakl. Podczas następnej lekcji już obadwaj z niefortunnym projektodawcą, przez zemstę za obelżywy werdykt, uknuli spisek przeciw głosowi z głębi klasy. Zdarzyło się, że powróciwszy na stancję, Marcin trafił w pokoju „starej Przepiórzycy" na rozmowę o tym właśnie teatrze amatorskim. Radca Somonowicz łaził po stancji wykrzykując:

— Cóż mnie mogą obchodzić jakieś teatra, choćby też i najbardziej amatorskie? Pytam! Nigdy tego znieść nie mogłem i to ja, dziś, na stare lata...

— Ale któż radcy każe chodzić, kto tu proponuje, żebyś radca łaził na ruski teatr! — perswadowała mu staruszka.

— Ja za to pójdę, panie radco — wtrącił się do rozmowy Borowicz.

— Ty pójdziesz? A ty tam po co? Radzę ci jak ojciec: gryź lepiej Alwara...

— Jakiego Alwara?...

— O, on tam będzie niezbędny wśród Moskali jak pies w kręgielni! Rzeczywiście, niech idzie! — ozwała się zza portiery panna Konstancja, która do piątoklasistów miała zwyczaj przemawiać w trzeciej osobie.

— Za pozwoleniem... — przerwał radca, stając w pół drogi. — Jeżeli z tej beczki rozpoczynamy, to sprawa całkowicie inna. Czy teatr moskiewski, jak się waćpannie wyrażać podoba, czy teatr polski, to jest zupełnie ta sama strata pieniędzy. Wszakże gdy władza to urządza, gdy życzy sobie, ażebyś tam był, i na ten krok twój spoglądać będzie okiem życzliwym, a z drugiej strony gdy zastarzały szowinizm poduszcza cię do krnąbrnego uporu, do trwania w jakiejś paskudnej nienawiści, to radzę ci, a nawet rozkazuję — idź na tę hecę, chciałem powiedzieć — na to widowisko!

Staruszka Przepiórkowska, szybko robiąc skarpetkę na drutach, kilkakroć ruszyła dużymi wargami, uśmiechnęła się kwaśno, a wreszcie rzekła:

— Ja tam nie wiem... Pewno, że to tak... Ale po cóż ty, Marcinek, wydawać będziesz pieniądze? Co ci z takiego teatru przyjdzie?...

— Powinien iść, powinien! Ma święty obowiązek nie tylko względem własnej przyszłości, ale nadto względem nas wszystkich.

— Względem nas wszystkich... — szydziła demonicznie panna Konstancja schowana w tajemniczych głębiach za przepierzeniem.

— Tak mówię i powtarzam! Należy raz przecie wyrwać ze siebie korzenie odwiecznej...

Marcinek nie słuchał dalszego ciągu tyrad starego urzędnika, gdyż miał jakąś pilną robotę. Somonowicz trafił mu do przekonania i utwierdził go w powziętym zamiarze. Teraz piątoklasista miał w zapasie całą sumę wyrażeń, których mógłby użyć w razie jakiejś sprzeczki z kolegami na temat widowiska. W dniu przedstawienia udał się do sali teatralnej, starej jak miasto Kleryków i tak odrapanej, jak gdyby nie była dziełem rąk ludzkich, ale raczej utworem nawałnic, wichrów i kataklizmów. Zgromadzeni tam już byli *ludzie ruscy*. W brudnych lożach siedziały wystrojone damy, po większej części o tyle „ruskie", że były żonami twórców w Klerykowie *ruskiego dzieła*, na całym parterze połyskiwały szlify, dźwięczały ostrogi, stukały szable. W kilku głównych lożach siedzieli optymaci i familie optymatów, między innymi dyrektor, inspektor i ważniejsze figury gimnazjum. Zanim podniesiono kurtynę, w sali brzmiał gwar dosyć głośny.

Marcinek, znalazłszy się w towarzystwie kilku zaledwie współkolegów z różnych klas na „stojącym" parterze, doznał szczególnego uczucia. Był to niepokój cudzoziemca, który wysiada nagle z wagonu, mija ulice obcego miasta i nie może dokładnie wyróżnić tego, co widzi, od snu spłoszonego przed chwilą. Wrażenie to wzrosło, gdy podniesiono kurtynę. Niewielka scena klerykowskiego teatru była dla młodego chłopca jak gdyby otworem, przez który widać było daleki, obcy kraj, lud, zwyczaje, codzienne życie i zabawne w nim wydarzenia. Intryga farsy, odgrywanej z talentem, wcale go nie zajmowała i nie weseliła, lecz owszem pogrążała w jakiś smutek szczególny. Umiał dobrze mówić po rosyjsku: pisał w tym języku wypracowania, recytował lekcje, nawet o nich ukutymi frazesami myślał, ale nie formułując sobie tego, traktował ten „przedmiot" jako język szkoły, jako język martwy, jako rodzaj nowożytnej łaciny. Teraz ze sceny ta sama mowa narzucała mu się w postaci organu bieżącego życia, swobodnego ruchu, który wre i kipi. Z wrażenia tego tak dalece nie mógł się otrząsnąć, że trwał ciągle w stanie wahania się, czyby nie warto czmychnąć do domu. Tak rozmyślając, powiódł okiem wzdłuż miejsc paradnych i dostrzegł, że na osobę jego skierowane są aż cztery lornetki. Przypatrywał mu się dyrektor, jeden z nauczycieli, jakaś dama gruba i pękata niby dynia... W Borowiczu drgnęła natychmiast pod okiem profesorskim natura uczniowska: zląkł się, czyli *spietrał*. Już jednak po upływie chwili przyszedł do refleksji, że te obserwacje nie są bynajmniej zwiastunami gniewu. Rozmaite osoby z lóż sąsiadujących z dyrektorską, żywo mówiąc i gestykulując, spoglądały również przez szkła na gromadkę uczniów. Znaczną większość tej gromadki stanowili Rosjanie. Z Polaków oprócz Marcina było kilku synów urzędniczych. Wkrótce wszystko to sztubactwo skonstatowało, że jest przedmiotem adoracji i budzi ukontentowanie. Borowicz oceniał to także i na poły wiedząc, co robi, wysunął się nieznacznie naprzód, żeby go dyrektor mógł doskonale widzieć. Podczas pierwszego antraktu znalazł się na parterze pan Majewski, witał wszystkich nad wyraz grzecznym ukłonem, starszym uczniom podał nawet rękę, a kilku Polaków, między innymi Borowicza, grzecznie obligował, ażeby się za nim udali. Wstępując bez oporu w ślady tego przewodnika, Borowicz znalazł się na wąskich schodkach, potem na korytarzyku biegnącym w półokrąg i stanął przed jakimiś drzwiami. Majewski uchylił te drzwi delikatną dłonią i z lekka pchnął Marcina do loży dyrektorskiej. Kriestoobriadnikow wstał z krzesła, powitał przybyłych, wprowadził kilku do loży sąsiedniej i przedstawił gubernatorowi oraz jego damom.

— Oto Borowicz z klasy piątej, Michawski z siódmej, Biene z szóstej.

Gubernator, człowiek w latach, o miłej fizjonomii, witał wszystkich uściśnieniem ręki. Damy przyłożyły do oczu *pince-nez* i wywabiały na lica swe przyjemne uśmiechy. Jedna z nich zapytała Borowicza po rosyjsku:

— Jakże się panu podobała pierwsza *pijesa*?

Marcinek nie wiedział, co to jest *pijesa*, ale zrozumiał, że cokolwiek by to być mogło, winno mu się w tym miejscu podobać, rzekł tedy:

— Bardzo mi się podobała...

Dama uśmiechnęła się i zaszczyciła tym samym pytaniem przystojnego bruneta z klasy siódmej, na co tamten odparł z głębokim ukłonem:

— Ogromnie mi się podobała...

Inne damy poprzestały na obserwowaniu młodzieńców. Ta sama scena z bardzo małymi wariacjami powtórzyła się w innej loży, gdzie siedział prezes Izby Skarbowej. Gdy zadzwoniono raz drugi, Majewski delikatnie dał poznać reprezentantom, że należy wycofać się i wrócić na swe miejsca. Drugą komedyjkę grano z równą werwą. Pod koniec jej przybył na parter pan Mieszoczkin, niosąc dwa olbrzymie, istotnie olbrzymie, pudła najprzedniejszych cukrów. Obiedwie skrzynie z gracją wręczył najstarszemu z uczniów, prosząc go, aby rozczęstował ten dar panów i pań z lóż między kolegów obecnych w teatrze. Borowicz, zajadając wyborne cukierki, pozbył się nareszcie pierwszego niemiłego wrażenia, odczuł rozkosz przestawania z tak dostojnymi ludźmi, pierwszą satysfakcję zetknięcia się z tym światem nieznanego mu zbytku. Nazajutrz zjadliwy dowcipniś klasy, Nieradzki, w czasie pauzy, a tuż przed samym wejściem inspektora, zwrócił się nie wiedzieć do kogo, spieszczając wyraz orangutan:

— Podobno byłeś, Orciu, wczoraj w teatrze? Siedziałeś w loży? Czy ci smakowały cukierki?...

Borowicz wstał z ławki i zwróciwszy się do mówiącego, zajrzał mu w oczy dumnie i ponuro. W parę chwil później ukazał się inspektor wykładający język rosyjski. Witał on Borowicza tak przyjaznym uśmiechem, że wszyscy w klasie uczuli w sercach zazdrość i szczery żal z tego powodu, że bez wyraźnej racji nie byli na teatrze rosyjskim. Tegoż dnia po lekcjach Zabielskij prosił Marcinka o zaniesienie do jego inspektorskiego mieszkania kajetów z ćwiczeniami klasy piątej. W domu inspektor przyjął Borowicza bardzo gościnnie. Usadowił go w zacisznym gabinecie swoim na miękkiej sofie, pokazywał mu albumy ze ślicznymi fotografiami, kolekcję ładnych sztychów, ilustrowane wydawnictwa, książki swoje, a nawet zbiór bezkrytyczny rozmaitych monet. Jego rozmiłowanie się w Marcinku dosięgało takich granic, że częstował młodzieńca papierosem. Gdy ten, lękając się podstępu, w żywe oczy zaparł się palenia, inspektor kazał przynieść ciastek i uczęstował swego faworyta. Dużo przy tym mówił o nieufności, jaką mu okazują uczniowie klasy piątej, żalił się na to, że go ani jeden nie odwiedza, że nie zajdzie na otwartą, braterską pogawędkę o tym, czego młodzież chce, co jej dolega, jakie są jej pragnienia i cele. Pod koniec wizyty Borowicz był już niemal zakochany w inspektorze tym płomiennym i entuzjastycznym uczuciem, jakie pali się dla pierwszego mistrza w duszy młodzieńczej.

Dobroć zwierzchnika rozniecila w nim rzewną wdzięczność. Postanowił dołożyć wszelkich starań, ażeby klasa piąta przejęła się jego uczuciami. Snuły mu się po głowie projekty częstych, gremialnych odwiedzin inspektora i słyszał prawie rozmowy, jakie toczyć się będą.

Widok gabinetu wykwintnie urządzonego zniewalał go do jakiegoś rozczulenia, duma jego była połechtaną, w głowie burzył się rozkoszny zamęt. Wychodząc z wizyty, już za następną tęsknił. Z pychą spoglądał na przechodniów, jakby im chciał jednym spojrzeniem oznajmić, że jest za pan brat z osobą tak wszechpotężną na gruncie gimnazjalnym.

Odtąd Marcinek Borowicz był częstym i prawie stałym gościem inspektora Zabielskiego.

XII

Nieznośny upał jednego z ostatnich dni sierpnia żarzył się nad pagórkowatą okolicą. Spiekota ogarnęła pola, ssała mokre łąki i dosięgała najbardziej cienistych kryjówek lasu. Było już po żniwach i widzialny przestwór kraju spał w tym cieple snem kamiennym.

Naokół ciągnęły się żółtawoszare ścierniska, połyskujące szczeciną ździebeł równo uciętych. Tu i owdzie złociło się pólko lnu, czerniały stożki koniczyny albo niwka ziemniaków o więdnących badylach. Teraz wśród pól ogołoconych widniało dokładniej niż zwykle białe pasmo szosy. Ginąc za najbliższym pagórkiem, jakby się raptem urywało w zakresie szczerego pola, ukazywało się dalej niby równa i ostra linia dzieląca płaszczyznę na dwa obszary, kryło się w zaroślach i znowu jak wąż bielało w ogromnej dalekości, pod niebieskawą smużką leśną u samego krańca widnokręgu.

Brzegiem tej szosy wędrował równym krokiem Jędruś Radek. Miał na sobie uczniowski mundur, na głowie czapkę z palmami, na plecach tornister, w ręce patyk. Źle było iść w takie gorąco. Buty miał na wysokich obcasach z podkówkami, kupione swego czasu na rynku w postaci żółtej. Cholew nawet w ostatniej chwili nie było sposobu uczernić, toteż i zachowały swój juchtowy kolor. Za to przyszwy i obcasy Jędrek wyczyścił starannie szuwaksem własnego wyrobu, spreparowanym z odrobiny mleka i miałko utłuczonego węgla. Kiepski to był *szuwaks*; but nie miał *glancu* i okrutna żółcizna świeciła spod czernidła, osobliwie w szparach między podeszwą i przyszwą. Pragnąc nadać im jaką taką formę, musiał Jędrek wewnątrz kłaść duże wiechcie słomiane i zawijać nogę w spore onuce. Przyszwy dzięki temu na oko zdawały się węższymi, ale za to nogi bolały nad wyraz, osobliwie w drodze. Drelichowe spodnie kryły obrzydłe cholewy. Mundur Radka był kiepski, przerobiony z kapoty ufarbowanej na granatowo. Zamiast srebrnego galonka na kołnierzu przyszyta była najzwyczajniejsza bawełniana tasiemka po dwa grosze łokieć. Płaskie guziki tego uniformu były powycierane i nie miały srebrnego blasku. Tylko palmy i litery P.P. (Progimnazjum Pyrzogłowskie) błyszczały na słońcu. Tornister odparzał srodze plecy wędrowca, mieściły się w nim bowiem wszystkie gramatyki, podręczniki algebry i geometrii, dzieła Cezara i Ksenofonta, *Słowiesnost'* i *lezesztyki* niemieckie. Oprawa każdej z tych książek była starannie zawinięta w papier, a wszystkie kajety w porządku. Już tak drugi dzień Jędrek dymał spod samych Pyrzogłów w stronę Klerykowa. Noc go zaskoczyła w okolicy pustej, wsi naokół nigdzie widać nie było, przespał się tedy w stercie pod lasem, zmarzł dosyć dobrze nad ranem i szedł drugiego dnia ostro zaraz od świtu. Przed południem trafiła się przy drodze wielka, stara karczma, zaszedł tedy do niej dla wypoczynku. Na pytanie, co by zjeść można, odpowiedziano mu, że nie ma nic innego prócz bułek i piwa. Kazał sobie przynieść pięć bułek i kwartę piwa. Bułki były stare i twarde jak rzemień, a piwo nosiło pseudonim „drozdowskiego" prawdopodobnie dla tej racji, że miało smak kwaśnego soporu z ogórków, a temperaturę kałuży na gościńcu w dzień upalny. Jędrek wyjął z tornistra osełkę masła zawiniętą w czystą szmatę, krajał bułki nożykiem, smarował je masłem, zapijał „drozdowskim" i spoczywał w chłodzie izby. Naprzeciwko niego siedziała gospodyni. Zza balasów szynkwasu widać było tylko jej tłustą czy obrzękłą twarz, podwiązaną chustkami. Złe oczy tej baby świeciły się jak węgle i badawczo w podróżnego wpijały.

— Skądże to kawaler? — rzekła nareszcie — wolno spytać?...

— Z daleka, moja pani — rzekł Radek niekontent wcale z indagacji.

Szynkarka przysunęła sobie lepiej rynkę z duszoną kiełbasą, odetchnęła gniewnie i rzekła:

— Z daleka? *Uczyń* i sam idzie *piechtą*? Cóż to znowu za moda! Jędrek zaczerwienił się i zmieszał niepomału.

— Idę — rzekł — do Klerykowa. Skończyłem cztery klasy w Pyrzogłowach, a teraz chcę się dostać jako do piątej...

— Widzicie... A i cóż to rodzice nie mogli odesłać *kuniamy*, nie żeby zaś piechotą *rypać* tyli świat? Przecie od nas do Pyrzogłowów — a bo ja wiem — będzie pewnie osiem mil z *ogunem*. Cóż ta za rodzic, i taki musi być bez honoru, żeby zaś...

— Ja nie mam rodziców — skłamał Radek na poczekaniu i ze

złością krajał swoje sczerstwiałe bułki.

— No, to krewni przecie jacyś muszą być u Boga Ojca?

— Daleko stąd jeszcze do Klerykowa? — zapytał, pragnąc uciąć wszelkie pytania.

— Do Klerykowa? Ho ho!... Do Klerykowa, mój panie, to jest po naszemu siedem mil — i oha. W jeden dzień nie zajdzie, choćby zaś nie wiem jak szedł...

Znużenie niby ogromny ciężar przytłaczało barki uczniaka: z przyjemnością byłby się rozciągnął na długim i szerokim stole karczmy, w miłej wilgoci, z lekka tylko cuchnącej siwuchą i starymi kiełbasami, ale wprost lękał się pytań szynkarki. Dopóki nic a nic nie wiedziała o jego paranteli, traktowała go z jakim takim uszanowaniem. Gdyby się dowiedziała o wszystkim, z pewnością mówiłaby mu *ty* i spoglądała nań z góry.

Życiorys Jędrzeja Radka krótki był i pospolity. Urodził się we wsi Pajęczyn Dolny, w czworakach dworskich, na werku biednego fornala. Wiek pacholęcy spędzał już to w izbie, gdzie mieściły się familie trzech ratajów, już pod odkrytym niebem i nad wiekuiście odkrytą gnojówką, której toń ciemnofioletowa stała tuż przed drzwiami czworaków. Od wybrzeży gnojówki do podpórek łoża wkopanych w ziemię pełzał na czworakach, nosząc w zębach nie zawsze czystą koszulinę, przez wysoki, na pół zgniły próg chałupy — następnie zwiedzał samopas nie tylko tę skromną przestrzeń, ale znacznie szersze obszary gnojów, błot, kałuż i gnojówek już z twarzą zwróconą ku niebu, co, jak wiadomo, wyróżnia człowieka od bydląt ziemi — aż do chwili, kiedy powołany został do pilnowania przede wszystkim gąsiąt, a w następstwie maciory z prosiętami na dworskim okólniku. Nie można powiedzieć, żeby te obowiązki spełniał wzorowo.

Zdarzyło się pewnego razu, że mu karbowy *wytatarował* postronkiem skórę na plecach i w ich sąsiedztwie do tego stopnia, że winowajca z wielką niechęcią siadał na ziemi; kiedy indziej sam dworski lokaj za sekretne wylizywanie rynki kuchennej nadarł mu sporo uwłosienia, ze zbytnią, co prawda, rosnącego bujnością. Te (i wiele innych w tym guście) wskazówki moralnego prowadzenia się zarówno na okólniku jak i na szerszym przestworze świata ugruntowały pierwsze podwaliny pryncypiów społecznych w duszy małego pastuszka i byłyby zapewne starczyły mu na długo, aż do następnych równie kształcących, jak starczą wszystkim Jędrkom folwarcznym, gdyby nie interwencja Antoniego Paluszkiewicza, zwanego Kawką.

Ten Kawka był nauczycielem dwu młodych paniczów. Chodził niegdyś na uniwersytet i często chełpił się z tego powodu, wygłaszał wolnomyślne mniemania wśród osób, które na żaden sposób wolnomyślnością przejąć się nie mogły, bo wśród księży i szlachty osiadłej na intratnych folwarkach, nosił długie, niezgrabne palto, przydeptane buty i obrzydliwie kaszlał. Mieszkanie guwernera znajdowało się w spiczastej baszcie, nowszymi czasy przystawionej do wiekowego dworu. O każdej dobie dnia i prawie każdej nocy słychać było stamtąd jednostajne pokaszliwanie i stąd urosło drugie nazwisko Paluszkiewicza. Dwaj wychowańcy urządzali mu bardzo często pod oknami pewnego rodzaju koncerty. Spędziwszy dzieci folwarczne kryli je w krzakach i rozkazywali im kaszleć na komendę w sposób odpowiedni, naśladujący głos guwernera. Dziedzic z familią, cała służba wyższego stopnia i wszyscy w ogóle mieszkańcy Pajęczyna mieli z tego tytułu niemałą uciechę. Jeden tylko Kawka nie zwracał na to wszystko najmniejszej uwagi. Kiedy z krzaków dawały się słyszeć zabawne głosy, a zewsząd śmiech mniej lub więcej głośny, jak zwykle wychodził na balkonik z książką w ręku, siadał okrakiem na krześle i ani trochę nie zmieniał sposobu kaszlania. Z czasem, kiedy przechodził w poprzek dziedzińca, obok czworaków, albo ulicą wiejską, z każdego zaułka rozlegał się śmieszny głos któregoś z ukrytych psotników:

— Ku — wyk... eee... ku — wyk... eee!...

Najwięcej talentu w dręczeniu Paluszkiewicza wykazywał właśnie Jędrek Radek. Przed rozpoczęciem solennego koncertu wydawał zawsze, pod batutą panicza, nienaśladowane, znakomite w swoim rodzaju beknięcie, pewien gatunek introdukcji, po której dopiero następowały chóralne wrzaski. Radek wybornie przedrzeźniał *belfera* nie tylko głosem, ale i ruchami. Ile razy Kawka szedł w stronę plebanii kłócić się wniebogłosy z wikarym o pozytywizmy i determinizmy, miał zawsze poza sobą Jędrka niby cień, który go w małpi sposób naśladował. W tym celu pastuszek brał na się długą płachtę, w rękę patyk, na nos zakładał jakiś drucik zwinięty w kształt binokli, kudłał sobie włosy jeszcze bardziej, garbił się, właził w błoto na sposób *prefesora*. Sama dziedziczka dawała mu nieraz za te sztuki kromkę chleba z miodem, kawałek cukru albo na pół zgniłe jabłko. Czując za plecami potężnych protektorów Jędrek, coraz bardziej kształcił się w swej umiejętności.

Doszło do tego, że skoro tylko Kawka ukazywał się na dziedzińcu, pauper wołał go po imieniu i nazwisku, lżył i wydrwiwał. Przyszła jednak i na niego kreska. Pewnego razu, w dzień pochmurny i deszczowy, mały Radek siedział u płotu, nakryty workiem od dżdżu i wiatru, gdy wtem ujęły go za kark dwie ręce i podniosły w górę. Chłopak wydał krzyk przeraźliwy i zaczął szarpać się gwałtownie. Nic jednak nie pomogło. Paluszkiewicz chwycił go wpół, wlókł przez cały ogród i zziajany, ledwo żywy, wciągnął po schodach do swego mieszkania. Jędrek rozpierał się we drzwiach nogami, nie mogąc inaczej walił Kawkę w brzuch głową, szarpał na nim odzienie, ale koniec końców ulec musiał. Wepchnąwszy malca do pokoju Paluszkiewicz zamknął drzwi na klucz i upadł na łóżko ze zmęczenia.

— Ty mi zerżniesz dudy — dobrze... — rzekł mu chłopak zuchwale — ale poczekaj, zapamiętasz *se* ty! Co masz za *racyją* do mnie — chy?

Kawka wysapał się, uspokoił, zapalił papierosa i jął chodzić po izdebce. Minęło tak kilkanaście minut. Chłopakowi wydało się, że *belfer* o jego obecności zapomniał — więc rzekł:

— No, bić to bić, ma-li, a nie, to mię, panie, wypuszczaj!

Młody człowiek spojrzał na niego zza swych okularów i mruknął:

— Poczekaj, poczekaj, nic pilnego!...

Następnie zaczął przewracać stosy swych książek i papierów. Czynił to bez ładu i porządku, ciskając tomy na prawo i lewo. Jędrek miał się na baczności i pilnie zważał na każdy ruch pedagoga, przekonany, że ten lada moment wyrwie z dziury jakieś niewidziane i niesłychane narzędzie męki. Wzrok jego spoczywał w przelocie na klamce, szybach okna i oszklonego wejścia, za którym mieścił się balkonik. Tymczasem Kawka wyciągnął z głębi swych zbiorów duży atlas zoologiczny pełen kolorowanych figur zwierząt i położył go przed chłopakiem na stole, mówiąc:

— Weź i obejrzyj sobie te obrazki.

Jędrek ani myślał patrzeć, gdyż wydało mu się, że posiadł sekret *belfra*.

„Ja bym się — rozumował — zabawiał obrazikami, a on by mię, *para*, z tyłu w łeb tak ćwieknął, żebym ani tchnął..."

Belfer tymczasem defilował już po izbie, trzymając papierosa w ustach, książkę w ręku, i półgłosem mrucząc na pamięć słowa i frazesy angielskie, które mu tego dnia do nauki wypadły.

Znowu minął kwadrans czasu.

— Jak tam prosięta w ziemniaki dworskie wlezą, żeby na mnie zaś nie było, bo ja tu nic nie krzyw! — nagle wrzasnął mały więzień.

— Prosięta... a tak... No, to niech będzie na mnie.

— A tak, to tak... — rzekł urwis obojętnie i z rezygnacją począł patrzeć na okno, później na piec, na stół, na książki, na samego *belfra*, wreszcie na malowane żyrafy i nosorożce. Te ostatnie zaciekawiły go wkrótce tak bardzo, że patrzał na nie bez ruchu jak cielę na malowane wrota.

„A i cóż toto za koń taki, mój Jezus kochany — myślał, ogarnięty przez wszechmocny podziw. — *Chylośna* to szyja u takiego gada..."

Rozpalona ciekawość podniecała go do przewrócenia stronicy i objęcia sekretnym wejrzeniem tego, co mieszczą karty następujące. Wypatrzył wreszcie chwilę, kiedy Kawka, spacerując, plecami był do niego zwrócony, naślinił mocno palec i odwrócił cicho grubą kartę. Stał na niej duży tygrys z ognistymi ślepiami.

— Chy, to ci kot! — krzyknął chłopak zapominając o wszystkim.

— To nie kot. Takie zwierzę nazywa się tygrys — rzekł Paluszkiewicz, nie przerywając swego mamrotania.

Teraz Jędrek, zaabsorbowany całkowicie, odkładał kartę za kartą aż do zmroku. Wtedy dopiero Paluszkiewicz wypuścił go z mieszkania obdarzywszy bardzo smacznym ciastkiem. Prosięta istotnie wlazły w kartofle. Za powrotem do domu mały badacz fauny obcokrajowej wskutek nieścisłego strzeżenia okazów swojskiej dostał od matki siarczyście po karku. Ani ta kara, ani daleko sroższe, a spadające z fornalskiej ręki ojca, nie wpłynęły jednak na poprawę obyczajów młodzieńca. Zbiesił się całkiem. Skoro tylko nadarzyła się chwila, rwał cichaczem do byłego studenta na ciastka, na wykradanie mu sprzed nosa tytoniu i na oglądanie malowideł. To ostatnie rozwinęło się w nim niebawem w nałóg iście chłopski, dający się wyrwać z ciała chyba pospołu z duszą.

Kawka sam nie wiedział, kiedy urwisa nauczył doskonale czytać, tak się to stało prędko. Już w jesieni tegoż roku Jędrek zabazgrywał koślawymi figlasami grube kajety, w długie wieczory zimowe ciągnął już *ruskie*, a latem następnego roku Paluszkiewicz jął przemyśliwać o umieszczeniu wychowańca w Progimnazjum Pyrzogłowskim. Kilkuletni pobyt na *kondzie* w rozmaitych Pajęczynach dał mu sposobność, przy prowadzeniu życia mało co wykwintniejszego od wzorów zostawionych przez mistrza Diogenesa, zgromadzenia kilkuset rubli. Sam zapadał coraz głębiej i coraz szybciej na suchotki. Porzucił tedy kondycję, odwiózł ulubieńca do Pyrzogłów, siłą prawie wydarłszy go rodzicom, którzy płakali za tym dzieckiem jak po zmarłym, oddał do klasy pierwszej, z góry wypłacił za niego koszta utrzymania na niezbyt drogiej stancji, a sam został w tymże miasteczku i żył „z kapitału". Chłopak najadł się cierpień i wstydu niemało, zanim jako tako przystał do poziomu pyrzogłowskiej kultury. Dzięki korepetycjom opiekuna uczył się wybornie i z pochwałą przeszedł do klasy drugiej.

A opiekun tymczasem skapiał zupełnie. W maleńkiej izdebce, której okno wychodziło na cuchnące żydowskie podwórze, defilował z kąta w kąt, ucząc się ciągle i ciągle różnych rzeczy, niezbędnych mu do szerokiego studiowania psychologii. Podczas drugiego roku więcej zresztą leżał na sienniku, niż łaził. Wtedy także zaczął przepisywać na czysto dzieło swego życia, rozłożone w ruchomych kartkach, które zajmowały większą część pokoju. Pewnej nocy jesiennej, nocy wichru i słoty, spoczął na zawsze przy tej robocie.

W Pyrzogłowach i w ogóle na sąsiadującym z nimi świecie wiedziano jedynie, że był to i umarł taki, co wcale nie chodził do kościoła. Z pogrzebem były pewne korowody, gdyż księża tamtejsi nie chcieli zmarłego chować na cmentarzu katolickim. Dopiero w ostatniej chwili zdecydowano się pokropić trumnę wodą święconą i odwieźć na mogiłki. Resztę swego funduszu Paluszkiewicz wręczył był na kilka miesięcy przed śmiercią utrzymującej stancję, gdzie mieszkał Jędrzej Radek. Pani owa po zgonie filozofa, o ile mogła, zmniejszyła rozmiary spadku, ale bądź co bądź Jędrek wytrzymał u niej aż do końca roku i przeszedł do klasy trzeciej. Wtedy dał sobie rady. W Progimnazjum Pyrzogłowskim lepsi uczniowie klasy trzeciej i czwartej mieli prawo udzielania korepetycji wstępniakom i pierwszakom. Zarabiali nieźle. Radek należał do „kowalów" gimnazjalnych i miał opinię dobrego ucznia. Z trudem, o głodzie niemal i w srogiej poniewierce przetrwał korepetycjami klasę trzecią, czwartą — i zdał na patent. Był obyczaj w Pyrzogłowach, że większość uczniów biednych z patentami kończących waliła wprost ze szkoły: *primo* — do seminarium na księży; *secundo* — na oficerów do szkoły junkierskiej; *tertio* — do apteki. Radkowi prorokowali wszyscy stan księży: chłopski syn, „kowal", mumia egipska... Tymczasem on co innego miał w głowie. Jemu „pan" ukazał horyzont tak daleki w naukach i na świecie, że Radek na księdza nie miał żadnej ochoty. Nie pojmował, co to jest uniwersytet, nie zdawał sobie sprawy z ogromu nauk, ale wiedział, że ten uniwersytet istnieje. Zresztą w duszy jego trwały jak wiecznie żywe stygmaty słowa Paluszkiewicza takie nawet, których nie mógł zrozumieć w całej rozciągłości; jak nieodwołalne prawa żyły rady, wskazówki i napomnienia. Wdzięczność dla opiekuna stała się jak gdyby jednym więcej zmysłem, za którego pomocą badał i przebywał świat. To co inni otrzymali jako spadek po całym szeregu przodków ucywilizowanych, jako wychowanie domowe, on miał od „pana". Tym żył i tym się krzepił w swej nędzy.

— Nauka jest jak niezmierne morze... — mówił „pan". — Im więcej jej pijesz, tym bardziej jesteś spragniony. Kiedyś poznasz, jaka to jest rozkosz... Ucz się, co tylko jest sił w tobie, żeby jej zakosztować!

Radek poprzysiągł sobie, że będzie się uczył na przekór wszystkiemu, skoro „pan" tak przede śmiercią kazał. Nic go zresztą do wsi nie nęciło. Pamiętał ciągle, każdym nerwem i jakby każdym mięśniem, razy karbowych, lokajów, paniczów. Na wspomnienie ochłapów, które mu rzucano z ganku dworskiego za znęcanie się nad Paluszkiewiczem, krew w nim kipiała i pożar obejmował głowę. Nie przebaczał i rodzicom. Miał w pamięci zachętę matki, ażeby przedrwiwać nauczyciela dla zyskania sobie względów dworu, oraz ślepe ciosy pięści ojcowskiej, karzące za to, że się na górkę do „pana" wymykał. Wobec tamtego całego otoczenia stał w jego myślach biedny, cichy, schorowany człowieczek, który na wszystko głupstwo świata, na jego plugawą złość i nikczemną przemoc spoglądał z niedbałym uśmiechem i wyraźnie objaśniał, dlaczego jest tak a tak, jak gdyby rozwiązywał zagmatwane dla innych, a jasne dla niego równanie algebry.

Uczucia te szczególnie spotężniały w sercu młodego gimnazisty, gdy po czteroletniej nieobecności, już jako kandydat do klasy piątej, zjawił się w Pajęczynie. Przez cały czas pobytu w szkole ani razu nie odwiedził rodziców, gdyż wakacje spędzał już z opiekunem, już na kondycji letniej, co mu przynosiło piętnaście rubli srebrem zarobku. Znalazłszy się na łonie rodziny, po raz drugi musiał zobaczyć niejako samego siebie, rozważyć swe życie i zaszłe w nim odmiany. Każde miejsce mówiło mu o tym, co było, wszyscy ludzie, kogo tylko spotkał, nie interesowali się wcale zmianami, jakie w nim zaszły, lecz stwierdzali ciągle jeden fakt, że uczeń, który wobec nich stoi, jest to przecie ten sam Jędrek Radków, pastuch prosiąt z okólnika. Nikogo nie wzruszały jego prace, trudy i męki, które go z oberwańca wiejskiego przekształciły na ucznia, lecz jedynie ta okoliczność, że to oni, ci znajomi, tegoż ucznia pamiętają jako świniarza. Było to tak powszechne, że Jędrek sam nie mógł odnaleźć siebie współczesnego. Cztery lata, wszystko, co stanowiło jego byt rzeczywisty — gdzieś jakby znikło. Stały natomiast znane miejsca z ich dławiącą tożsamością: podwórze, baszta na końcu dworu, gdzie urządzał muzykę, i cały zakres niewzruszenie takich samych pojęć i praw pajęczyńskich.

Radek stykał się piersiami z czymś, co było nim dawnym, jakby wstępował w swoją dawną a porzuconą formę, i uczuwał wstręt niewymowny. Mieszkał u rodziców na czworaku, a właściwie w pobliżu tej budowli, gdyż obadwaj z ojcem sypiali na dworze w czasie nocy jasnych, a pod pustą szopą w czas deszczowy. Ojciec i matka przypatrywali mu się z nieustającym ani na chwilę zdumieniem. Szczególniej ojciec dziwował mu się bez końca. Mało do niego mówił, a jeśli wyrzekł jakie słowo, to z wyrazem pytania w oczach, czy to aby godzi się powiedzieć. Młody Radek wstydził się i tatula, i matki, i swojej obecności w przeklętym Pajęczynie — nie wiadomo przed kim. Umyślnie nosił grube szmaty chłopskie, chodził boso i wyręczał ojca w pracy folwarcznej, żeby tylko od nikogo z przejezdnych nie być poznanym. Był to jednakże wstyd połowiczny, kryjący w sobie żal głęboki, a gorzki jak piołun.

Rodzice nie mogli mu na dalszą naukę dać nic więcej prócz paru osełek masła i kilku sztuk zgrzebnej bielizny. Naokół nikt dlań nic nie miał innego prócz mniej lub więcej gryzącej ironii. Mimo to, a może nawet dlatego, energia Jędrka rosła i odwaga tężała. Wezwał na pomoc wspomnienie nauczyciela i z tym kapitałem zarzucił na plecy tornister wyruszając w świat szeroki. Rodzice obydwoje płakali, odprowadzając go daleko, daleko za pola folwarczne. Nie wiedzieli, jakim słowem przemówić na pożegnanie, zapewne ostatnie, co mu radzić, przed czym go ostrzegać. Patrzyli tylko w milczeniu, pragnąc zachować w źrenicach obraz jego postaci. I Jędrek milczał. Zostać w Pajęczynie Dolnym nie mógł za nic w świecie. Czuł, że nie ma tam dlań takiej nawet przestrzeni, żeby mógł na niej postawić dwie stopy, a jednak idąc po twardej szosie i nie oglądając się poza siebie płakał i on cichymi, chłopskimi łzami.

Posiliwszy się jako tako w karczmie przy rozstajnych drogach, dał szynkarce należne kilkanaście groszy i miał wziąć ze stołu tornister, kiedy tłuste babsko znowu go zagadnęło.

— A czy aby kawaler skąd nie ucieka? Żebym zaś jakiego kłopotu nie miała...

— Odczep się pani! — rzekł Radek głośno i stanowczo.

— Tak? Z takiego *kamerdunu*? Zaraz my się tu prawdy dowiemy!

To rzekłszy, żywo skoczyła ku drzwiom usiłując je na klucz

zamknąć. Gimnazista pchnął ją tak potężnie, że się zatoczyła aż pod beczki stojące w kącie, i wyszedł. Mijając prędko wieś słyszał za sobą wrzaskliwy głos szynkarki:

— Po sołtysa, po sołtysa! Łapaj, trzymaj!...

Za wsią, za ostatnim jej drzewem, znowu go upał pochwycił w szpony. Zdarzenie w karczmie nie sprawiło mu przykrości, lecz owszem pewną satysfakcję, zaraziło go jednak pewną niewidzialną odrobiną przesądu.

— Zły znak, zły początek... — szeptał do siebie.

W tamtej stronie pagórki znikały już prawie całkowicie. Przypiaskowy, a miejscami szczerze piaszczysty grunt rozkładał się jak okiem sięgnąć na płaszczyźnie ogromnej, zimnej i nudnej. Daleko szarzały mizerne skrawki lasu, bliżej, gdzieniegdzie między polami widać było mały, plugawy pagórek, wydmę piachu jałową i martwą jak mogiła, a na niej parę jakichś rosochatych, suchych i zgarbionych od urodzenia sosenek i brzózek. Po obydwu stronach drogi ciągnęły się dwa suche rowy, zarośnięte wysoką trawą, która dźwigała tak niezmierne brzemię kurzu zwianego z szosy, że zdawała się pod nim umierać. Słupy telegraficzne rzucały na białe płótno szosy swe krótkie i martwe cienie. Gdzieniegdzie sterczał z ziemi podłużny kamień, z gruba ociosany i w półokrąg zakończony u góry. Głazy te miały na sobie jakieś barwy drogowe i koślawe cyfry, a czyniły wrażenie prostackich chłopów wioskowych poprzebieranych w uniform państwowy, którzy stoją *wo front* i czegoś stróżują, ale sami nie wiedzą — czego. Zresztą na całej szosie leżała martwota.

Radkowi posiłek (a osobliwie piwo) nie wyszedł na zdrowie. Głowa mu ciężała, nogi się plątały i morzyła go senność. W pewnym miejscu zauważył w polu gruszkę, obok niej suchotnicze krzaczki; zaszedł tam i przespał się w cieniu. Wkrótce jednak maszerował znowu. Pot kroplisty stał na jego spalonej twarzy i szyi, brudził tasiemkę kołnierza, a nawet sam kołnierz zabarwiał na kolor jasnosiny. Niezbyt pośpiesznie idąc, Radek dopędził furę z tarcicami, wlokącą się noga za nogą, i zrobił propozycję chłopu, który szedł obok sprzężaju, czyby za dwadzieścia groszy nie pozwolił mu przysiąść na deskach. Chłop długi czas patrzył na niego, a następnie wyciągnął rękę po pieniądze. Jędrek przysiadł się bokiem na deskach i zwiesił nogi. Drobne szkapki ciągnące wóz, chude i mizerne „chety" bez żadnej prawie maści, z wielkimi łbami, grzywami i ogonami, szły ledwo, ledwo, dotykając prawie nozdrzami pyłu szosy. Wysoki i obdarty właściciel ich śmigał nad nimi bezmyślnie batem i raz za razem pokrzykiwał:

— Wijo-a-ocha... Wijo-a-ocha!...

Od chwili gdy Jędrek siadł na wozie, nie spuszczał z niego oczu i nawet okrzyku swego zapomniał. Gdy się już napatrzył do woli, rzekł:

— A skądże to pán?

— Taki ja pan jak i wy, gospodarzu... — powiedział Radek.

Chłop zamilkł i znowu się przyglądał. Dopiero po upływie długiej chwili mruknął sceptycznie:

— Niby jak já?

— E, wiecie co, pójdę ja lepiej... — rzekł nagle uczeń. — Szkapy wasze nie najbogatsze, ledwo idą, a mnie pilno. Oddajcież mi te dwadzieścia groszy...

— Dwadzieścia groszy? Niby one, co mi je pán dał?

— A no jakież?

— Ij, gdzież ja bym te pieniądze panu oddawał... — rzekł chłop, wywijając batem i patrząc na ogony swych szkapiąt.

— A no i jakże, przeciem nie siedział na waszym wozie pacierza...

— A cóż mi ta z tego? Jechać to jechać, a gdzież ja bym ta pieniądze oddawał!...

— Dajcież te pieniądze, żeby między nami nie było znowu czego!...

— Między nami niby?

— No!

— Wijo-a-ocha!... — rzekł chłopowina z takim spokojem, jakby Radka wcale przy nim nie było.

Łzy zakręciły się w oczach wędrującego chłopca. Źle mu się wiodło w tej drodze. Nie rzekł już słowa — i poszedł dalej. W zamyśleniu stawiał wielkie kroki i ani się obejrzał, jak przebył dystans kilkuwiorstowy. Spiekota trwała jeszcze ciągle, tylko przydrożne słupy i krzaczki odrzucały dłuższe cienie. Z nagła wędrowiec usłyszał poza sobą głuchy turkot i zobaczył duży tuman kurzu posuwający się z szybkością. Wkrótce zrównała się z nim para pysznych koni bułanych, zaprzężonych do bryczki, na której siedział furman w liberii i szlachcic w kapeluszu słomkowym, otulony żaglowym kitlem. Szlachcic był młody, wąsaty i, naturalnie, ogorzały. Wejrzenie miał gwałtowne, bystre, ciężkie i tak prawdziwie pańskie, że Radek natychmiast uczuł w sobie chamską duszę i zdjął czapkę. Pojazd minął go, sypiąc naokół chmurą kurzu. Gdy z zamrużonymi oczyma stał zwrócony ku polom i czekał, aż piasek opadnie, usłyszał nagle chrapliwy i rozkazujący głos:

— Hej, kawalerze, hej!

Radek roztwarł oczy i dostrzegł, że bryczka stoi w odległości kilkudziesięciu kroków, a szlachcic wzywa go ku sobie takim gestem, jakby mu obiecywał pięćdziesiąt batów.

— Kawalerze! — wołał coraz głośniej.

Radek podbiegł do bryczki i z odkrytą głową stanął przy jej stopniu.

— A skąd to kawaler? — zapytał szlachcic pewnym głosem sędziego śledczego.

— Spod Pyrzogłów.

— Skąd?

— Z Pajęczyna Dolnego.

— A kawaler coś za jeden, czyj syn?

— Tam jednego...

— Co za jednego... tam?

— Włościanina.

— Proszę... włościanina. A dokądże to tak walisz samopas, kochanku?

— Do Klerykowa.

— Fiu — fiu. A po cóż to?

— Do szkół, proszę wielmożnego pana.

— Cóż, u licha! Ojciec na szkoły dla ciebie ma, a na furmankę nie ma? Konie trzymają ojciec?

— Nie.

— Więc skądże, do diabła, bierze na szkoły, jeśli nawet koni...

— Mój ojciec służy we dworze... — powiedział Radek z rumieńcem na twarzy.

— Za karbowego, czy jak?

Młodzieniec wahał się przez chwilę, pragnąc z całej siły skłamać i potwierdzić, ale przemógł się wreszcie i wyznał:

— Nie, za rataja.

— Patrzcież państwo! Już teraz rataje kształcą swe potomstwo w Klerykowie. A do którejże to klasy walisz w tylim tornistrze, mój filozofie?

— Do piątej, proszę wielmożnego pana.

— Do piątej? No, proszę... Jakże to sobie radę dajesz w tym Klerykowie, skoro tak rzeczy stoją?

— W Pyrzogłowach dawałem korepetycje.

— W Pyrzogłowach? Ja się pytam o Kleryków.

— Nie znam Klerykowa, wielmożny panie.

— To ty dopiero pierwszy raz?

— Pierwszy.

— I myślisz tam również tymi korepetycjami handlować?

— Nie wiem, proszę wielmożnego pana. Tak idę...

— „Tak" idziesz? No, to siadaj na koźle, podwiozę cię do miasta.

Radek szybko wgramolił się na kozioł i usiadł obok tęgiego furmana w liberyjnej czapce i letnim ubraniu w białe i niebieskie prążki. Konie skoczyły z miejsca i poniosły bryczkę wśród tumanów burego pyłu. Kiedy niekiedy tylko ukazywały się oczom młodzieńca niewielkie chaty, drzewa, słupy wiorstowe i dalekie gaje. Nie panował on już nad sobą ani nad swymi postanowieniami. Wszystkim zaczęło rządzić ślepe zdarzenie czy cudza fantazja. Wiedział to jedno, że po przyjeździe, który sam przez się był już dziełem szczęśliwego trafu, czeka go cały szereg wstrząśnień i rozmaitych zjawisk o nieznanym kształcie, zakresie i kierunku. Co to będzie dalej? „Jaki — myślał — jest ten Kleryków? A może się uda... Początek zdawał się zły, a może też za to..."

Na szosie ukazywały się zwiastuny Klerykowa: zdążało więcej pieszych, wozów z tarcicami, bryczek szlacheckich i ogromnych fur, na których trzęsły się istne sterty Żydów. W pewnym miejscu wyrosła pod górką duża cegielnia, a dalej na horyzoncie fabryka z czerwonej cegły. Radek oglądał takie budowle po raz pierwszy. Serce jego ścisnęło się, a wszystkie uczucia chwycił i zdławił jakby kurcz długotrwały. W tym stanie mniemanego spokoju młodzieniec przyjechał do miasta. Kleryków zrobił na nim wrażenie kamiennego labiryntu, ogromu. Wielkość domów zdała mu się wprost niewiarygodną, huk go oszołamiał, a ulice wydłużały się w oczach jego do nieskończoności. W rynku szlachcic rzucił furmanowi krótki rozkaz:

— Na Targowszczyznę!

Bryczka skierowała się w boczne, brudne i cuchnące uliczki, zjechała z bruku na szosę wysadzoną ogromnymi drzewami i pośród lichych domków przedmieścia stanęła u bramy okazalszego budynku, który przypominał obszerny i zapadający się w ziemię dwór wiejski. Szlachcic wysiadł z bryczki i rzekł do Radka:

— Złaź, kawaler, i chodź za mną!

Chłopiec zeskoczył z kozła i machinalnie, noga za nogą szedł w ślady rozkazodawcy. Ziemianin wstąpił po schodkach z bulw kamiennych do krzywej i nieczystej sionki, otworzył drzwi na lewo i sam ruszył dalej, a Jędrkowi gestem kazał pozostać. W kuchni krzątały się dwie służące: gruba kucharka w chustce zawiązanej na kształt bocianiego gniazda i młoda dziewczyna z gołą głową. Obiedwie ukradkiem spoglądały na przybysza, który nieruchomo stał obok dużego komina. Wieczór zapadał i złoty blask zorzy płynął do izby przez brudne i zestarzałe szybki. Radek mimo woli spojrzał ku oknu i w głębi swych myśli, nie wiedząc prawie o tym, co się z nim dzieje, szukał istoty swojej, zatraconej wśród nawału wypadków niosących go w pędzie. Był cały okryty kurzem, strudzony podróżą i pragnący. Niedaleko stała beczka z wodą, a na jej brzeżku blaszane półkwarcie, ale bał się ruszyć z miejsca. Za sąsiednimi drzwiami słychać było głośną rozmowę, rubaszny śmiech męski i kobiece okrzyki. Młoda pokojówka zaczęła nastawiać samowar, stara kucharka przyrządzała mięso na kotlety, gdy wtem drzwi się roztwarły i szlachcic, który zabrał był Radka na wózek, zawołał:

— No, filozofie, jak się tam wabisz... *kim*!

Radek niby automat, w swym tornistrze na plecach, posunął się naprzód, przekroczył wysoki próg i stanął w komnacie oświetlonej lampą wiszącą. Środek tego pokoju zajęty był przez duży stół nakryty odrapaną tu i owdzie ceratą. Za nim, między dwoma oknami, mieściła się rozległa sofa, obok występowała na sam środek stancji wielka czarna szafa. Na sofie siedziała pani widocznie bardzo małego wzrostu, gdyż głowę jej, ozdobioną wyniosłym zwojem przyprawionych warkoczy, ledwie było widać zza krawędzi stołu. Obok tej pani stał chłopiec lat zapewne dwunastu, z małymi ślepkami, twarzą podługowatą i jakoś niemile uśmiechniętą. Chłopiec ten bez ustanku kołysał się na prawo i lewo, jak to czynią arabskie konie, które wieziono przez morze. Zza ramion chłopca i damy siedzącej wyglądała dziewczynka bardzo do tych dwojga podobna, lecz obdarzona wzrokiem bystrzejszym. Na rogu stołu, w świetle lampy stał jegomość średniego wzrostu, łysy, marsowaty, z zadartymi do góry wąsami i potężnym orlim nosem. Protektor Jędrka, gdy ten wszedł i składał ukłon, rzekł głośno:

— To właśnie jest ów piątoklasista. Macie go we własnej osobie.

— Aha — rzekł pan z zadartymi wąsami — aha!... Więc idziesz, kochanku, do szkół, do klasy piątej?

— Tak jest... — wykrztusił Radek.

— Bardzo to jest pięknie z twojej strony, że się garniesz do nauki, bardzo to pochlebnie... Czy masz tu znajomych albo krewnych?

— Nie mam, proszę łaski pana.

— A czy jesteś przynajmniej pewny, że w klasie piątej będzie miejsce dla ciebie?

— Mam patent...

— Hm... ja poszukuję niedrogiego korepetytora do syna. Gdybyś wszedł do gimnazjum, to kto wie... może byś znalazł u mnie stół, stancję, światło, pranie, opał i wszelkie wygody.

Po grzbiecie Radka prześliznął się mrożący dreszcz, a w duszy jego zadrżał i skonał jak gdyby czyjś okrzyk: „O Boże, Boże!..."

— Władzio przeszedł do klasy pierwszej... — rzekła dama tonem wyniosłym i melancholijnym.

— Jest to chłopiec w całym znaczeniu tego wyrazu zdolny, ale z łaciną nie da sobie rady.

— Tak, z łaciną nie da sobie rady... — powtórzył Jędrek z głębokim przeświadczeniem.

— A więc zgadzasz się kawaler? — zapytał nagle szlachcic przyjezdny, kładąc na tornistrze Radka potężną prawicę.

— Zgadzam się, proszę wielmożnego pana, a jakże, zgadzam się...

— Może mi pana zarekomendujesz, Alfonsie? — wycedziła tymczasem dama do Radkowego protektora.

— A prawda. Nie wiem nawet, jak się nazywasz...

— Nazywam się Andrzej Radek.

Chłopiec i dziewczynka mrugnęli znacząco i trącili się łokciami.

— A ja nazywam się Płoniewicz — rzekł ojciec małego ucznia.

Przyjezdny nie wyjawił Radkowi swego nazwiska. Zacierał w czasie tej rozmowy ręce chodząc szybko po izbie, a od czasu do czasu rzucał krótkie, niezdecydowane frazesy:

— Historia, jak mi Bóg miły... Awantura hiszpańsko-arabska!

— Zanim co nastąpi, możesz pan nocować u mnie... — mówił pan Płoniewicz. — Maryśka, wyporządź mi tam do czysta kancelarię i ułóż siennik z pościelą na szezlongu — rzucił zwróciwszy oblicze w stronę kuchni.

Jędrek stał przy drzwiach, oszołomiony wszystkim tak dalece, że prawie nie widział osób znajdujących się w mieszkaniu. Obok niego przesunęła się kilkakroć pokojówka z talerzami, chodził to tu, to owdzie sam gospodarz, skakał jakiś mały piesek. Twarze obecnych widział jak gdyby zasłonięte mgłą czy nikłymi smugami dymu. Gdy nakryto do stołu i wniesiono półmisek z mięsiwem, pan Płoniewicz trochę szorstkim tonem wezwał Radka do zajęcia miejsca przy końcu stołu. Chłopiec nieznacznym ruchem odpiął tornister, złożył go na ziemi i usiadł. Dostał mu się kotlecik maleńki, ale przedziwnie smaczny po tak długiej wędrówce. Skończywszy kolację gospodarstwo z kuzynem i dziećmi przeszli do sąsiedniego salonu, a Jędrek, poprzedzony przez młodą służącą, udał się do swego *locum*. Z kuchni brudne i srodze wykrzywione drzwi prowadziły do wąskiej izby z jednym okienkiem. Ściana wprost drzwi zbita była z desek obielonych wapnem, między którymi widniały szerokie szpary. Stała tam kanapa tak zdezelowana, jakby ją dopiero co przyniesiono z szafotu, gdzie z niej oprawca darł pasy. Pod oknem znajdował się stolik, przy nim krzesełko. W rogu nudziła się szafka pleciona, a wszystkie jej półki zawalone były książkami najrozmaitszych formatów.

Służąca przyniosła zaraz siennik szczodrze słomą wypchany, poduszkę, prześcieradło i lichą kołderkę, usłała prędko na szezlongu wysokie łoże i oddaliła się, zostawiając niby wspomnienie po sobie cokolwieczek zakopconą lampę. Radek, gdy wyszła, oparł się pięściami na stoliku, wlepił oczy w płomień i popadł w głęboką zadumę. Wszystkie zdarzenia tego dnia tonęły w grubej nocy. Myśli chłopca przesuwały się od wypadku do wypadku, od sceny do sceny, od osoby do osoby, niby wzrok badający kształty wśród ciemności zupełnej, gdy się wyjdzie ze światła i przywyka do mroku. Idąc po omacku tą drogą uciążliwą, Jędrek trafiał na spotkanie ze szlachcicem i znowu cofał się wstecz aż do chwili mijającej. Serce jego ściskała udręczająca ciekawość skierowana w stronę dnia następnego, który owej chwili stał dlań gdzieś w przestrzeni, niemal jak osoba złowroga i bezlitosna, ale tę ciekawość tłumił i odtrącał, wciąż rozpatrując ubiegłe wypadki.

Nareszcie znużenie ogromne i twarda senność wyrwały go z obrębu dociekań. Spojrzał wokoło i zatrzymawszy wzrok na czystym posłaniu westchnął z głębi piersi. Ściągnął buty z uczuciem niewymownej ulgi, zgasił lampę i rozciągnął się na posłaniu. Była już głucha noc. Kiedy niekiedy przerywał ciszę daleki turkot wozu, a zabłąkane jego echo uciskało serce Jędrka niby nadchodzące niebezpieczeństwo. Podnosił wtedy głowę i czekał, jakby w nadziei usłyszenia wyroku przyszłości.

Nazajutrz w towarzystwie Władzia, który mu drogę wskazywał, udał się do gimnazjum i wręczył swoje świadectwa dyrektorowi. Kriestoobriadnikow dał rezolucję przychylną i rozkazał zaciągnąć Radka w poczet uczniów klasy piątej. Tegoż dnia miała miejsce instalacja pyrzogłowianina, urzędowa niejako, na stanowisku korepetytora Władzia Płoniewicza. Ów Władzio nie należał do gwiazd i chwał gimnazjum. Wprowadzono go do klasy wstępnej za pomocą dużej łapówki, a ze wstępnej do pierwszej przeciągnięto w sposób jeszcze bardziej rujnujący.

Zaraz przy pierwszej lekcji Radek zauważył, że jego uczeń z trudnością kombinuje i że prawie całkiem nie ma pamięci. W trakcie rozpoczętego zadania z arytmetyki malec ustawał zupełnie, tak jakby się w nim do cna rozkręciła sprężyna, która pchała ruch jego myśli. Wlepiał wówczas oczy w jakiś znak lub plamę na papierze i nie było perswazji, zachęty, podniety, nagany czy groźby, które by były w stanie zmusić go do ruszenia rzęsą. Potrafił tak stać kwadransami i godzinami, a z wszelką pewnością stałby dni i doby, nie zmieniając pozycji i nie cofając oka z danego punktu. Radek przeraził się, zauważywszy tak wielki upór, ale wkrótce pocieszyło go spostrzeżenie, że jest to upór bezwolny i bezwiedny, pewien rodzaj niemocy umysłu. Wnet po otwarciu roku szkolnego zaczęło się ssanie matki-łaciny, przyszły słówka, rozbiory, tłumaczenia i gramatyka rosyjska, etymologie i syntaksy... Władzio pogrążył się w odmęcie pracy. Z chwilą spożycia ostatniego kęsa pieczeni obiadowej przystępowano do korepetycji, czyli Radek zaczynał wykład naznaczonych kwestyj. Mówił głosem równym, dobitnym, wyraźnym, z pewnym sugestyjnym akcentowaniem sylab, tłumaczył, jak chłop rozumiejący sprawę objaśnia ją ciemnemu, trafiał do umysłu Władzia słowy i dźwiękami, które miały cechy ostrych strzał i haków. Wiedział doskonale, że te usiłowania nie wywrą od razu pożądanego skutku, że Władzio mimo wszelkich dowodzeń będzie mrużył swe czerwonawe powieki i uśmiechał się odrobinkę złośliwie.

Korepetytorowi bardziej chodziło o rozruszanie pamięci, o wdrożenie w umysł przynajmniej formy zadania. Przez ciąg całego popołudnia Władzio uczył się z korepetytorem zagadnień arytmetycznych wprost na pamięć. Ta sama sprawa była z geografią. — Kurs tej nauki rozpoczyna się w gimnazjum klerykowskim od elementarnych wiadomości z geografii fizycznej. Roztropni i zdolni uczniowie klasy pierwszej nie osiągają z tego wykładu wielkiej korzyści, a cóż mówić o Władziu?... Ośmioletnie dziecko szwajcarskie z największą łatwością i uciechą przyswaja sobie wiadomości geograficzne, mówią mu one bowiem najprzód o placu szkolnym, o wiosce czy miasteczku rodzinnym, o wsi sąsiedniej, o drogach dalszych, rzeczce i lesie, o wzgórzach bliskich, wreszcie o kantonie i kraju. Z historyjek o ruchu ziemi, księżyca, o równikach, południkach itd. Władzio nie rozumiał nic zgoła. Radek przesiadywał nad nim okropne godziny jak diabeł nad dobrą duszą, rysował mu nie wiedzieć jakie kule ziemskie, tłumaczył po polsku rosyjskie nazwy i formy — wszystko daremnie. Po całodziennych trudach malec wyuczał się tych martwych wiadomości i odchodził na spoczynek zbity nimi jak rózgą. Wieczorem odbywała się nauka łaciny. Ponieważ Władzio nie grzeszył pamięcią, więc Radek zmuszony był słówka i przekłady łacińskie wykuwać z nim na spółkę dotąd, aż je niejako wchłostał w mózg uśpiony. Siedząc przy stole zawalonym książkami i kajetami korepetytor i uczeń oddawali się zbawczej czynności mordowania rozumu. Radek kiwając się miarowo pytał jednostajnym głosem:

— Słowik?

— *Luscinia.*

— Śpiewa?

— *Cantat.*

— W nocy?

— *Noctu.*

— *Noctu?*

Władzio wytrzeszczał oczy i zaczynał uśmiechać się drwiąco.

— Co znaczy *noctu?*

Milczenie, długie, niezmierne milczenie.

I znowu:

— Słowik?

— *Luscinia.*

— Śpiewa?

— *Cantat.*

— W nocy?

— *Noctu.*

— Co znaczy *noctu?*

Znowu milczenie.

Po uskutecznieniu kilkunastu z kolei zabiegów tego rodzaju, które przypominały cierpliwe uderzenia młota w kamień, nareszcie wyskakiwała iskra świadomości. Władzio ściskał gniewnie wargi, marszczył czoło i na zapytanie, co znaczy *noctu,* opryskliwie mówił: — w nocy.

Wówczas dopiero te dwa niezbędne słowa lgnęły do jego mózgu i była pewność, że tam na czas pewien zostaną. Tenże rodzaj postępowania Radek musiał zachowywać przy wyuczaniu Władzia morderczych rozbiorów, paragrafów gramatyki rosyjskiej i łacińskiej, działań z liczbami wielorakimi, miar i wag, wierszy rosyjskich i formuł katechizmu. W krótkim przeciągu czasu stosunek swój do małego Płoniewicza urobił na system pedagogiczny, jedynie skuteczny, i z dnia na dzień go doskonalił.

Pracę nad Władziem podejmował *con amore*, z łatwością i chęcią, a z niewzruszoną wiarą w ostateczne zwycięstwo. Tego, że chłopiec obarczony jest pracą niby ciężkimi kajdanami, że umysł jego nie rozwija się z braku wytchnienia — nie rozumiał. Owszem, dodawał małemu roboty. Od godziny siódmej do ósmej z rana obadwaj szybko przerabiali lekcje, których się Władzio dnia poprzedniego wyuczył, następnie pili śniadanie, zarzucali na plecy tornistry i maszerowali do szkoły, przez drogę ćwicząc się jeszcze w słówkach, wierszach, miarach i wagach, i w ogóle w rzeczach pamięci będących na porządku dziennym. Lekcje w gimnazjum trwały do godziny pół do trzeciej. Od czwartej zaczynało się wałkowanie materiału na dzień następny i trwało z krótką przerwą kolacyjną nieraz do godziny dwunastej w nocy. Kiedy Władzio przepisywał *pensa* z brulionów, Jędrek odrabiał lekcje z panną Micią, uczennicą klasy drugiej gimnazjum żeńskiego. I tam szła ta sama arytmetyka, język rosyjski, tak zwany polski, a nadto francuski, niemiecki, rysunki etc. Z panną Micią było jednak daleko snadniej, gdyż sama rozwiązywała zadania, chociaż częstokroć „nie wychodziły"; uczyła się rzeczy pamięciowych, a nawet z finezją okłamywała fornalskiego syna.

Gimnazjum, trudniąc się zadawaniem, słuchaniem i stawianiem stopni, nie udzielało korepetytorowi żadnych wskazań. On to właściwie hodował i rozwijał umysł dziecka. Bez znajomości jakiejkolwiek metody postępowania, omackiem i domysłem budził charakter, ekscytował pamięć, przez użycie swoich własnych środków rozrabiał spostrzegawczość i siłę kombinowania. Do własnych swoich lekcji Radek brał się w nocy, zazwyczaj po godzinie dwunastej. Gdy Władzio udał się już na spoczynek, rodzic jego zamknął wszelkie drzwi na klucz i odszedł, a służące spać się układały, wówczas korepetytor w swoim apartamencie rozpalał koślawą lampę, imał się Salustiusza, geometrii i algebry. Wtedy również wyciągał z kieszeni małe pudełeczko z nędznym tytoniem, z bibułkami, kręcił papierosy i w sekrecie zaciągał się do syta. Zdarzało się również o tej nocnej godzinie, że wydobywał z ukrycia stare i zeschłe kromki chleba, ściągnięte z kredensu albo odkrajane co prędzej od bochenka, gdy w jadalni nie było nikogo. Państwo Płoniewiczowie nie starali się o wypasienie swej czeladki. Dawano jeść skąpo i nędznie. Na śniadanie Radek dostawał szklaneczkę kiepskiej herbaty z dwoma cienkimi kawałkami cukru, na kolację dzień w dzień pół talerza maślanki z ziemniakami, takąż ilość kwaśnego mleka albo różowego barszczu. Obiady były pod psem, a nawet pod całym stadem psów. Pokojówka zmieniała ciągle salaterki, przynosiła filigranowe talerzyki, łyżeczki, rogowe nożyki, ale chamski syn wstawał po tych ceremoniach tak samo zgłodniały, jak do nich zasiadał.

Pan Płoniewicz był eks-obywatelem ziemskim. Gdy nadszedł czas kształcenia dzieci, sprzedał folwark, kupił na przedmieściu Klerykowa obszerną posesję z budynkami, ruderami, starą szopą i kawałem gruntu. W ruderach gnieździła się nędza klerykowska: szewczyska bez butów i kopyt, stare dewotki, urzędnicy z małą pensją, robociarze, indywidua bez miejsca i jakiegokolwiek tytułu własności. Główne domostwo zajmował sam pan Płoniewicz. Okna tego frontowego budynku wychodziły na ten właśnie opuszczony park, gdzie Borowicz z towarzyszami ćwiczył się w umiejętności strzelania z pistoletu.

Radek od razu nie tylko polubił, ale mocno ukochał te miejsca. One go życzliwie przyjęły. Tu mu dano izbę, posłanie, możność uczenia się nocami... Nie było dlań w tym całym urządzeniu rzeczy złych; wszystkie były dobre. Gdyby w zamian za odrabianie korepetycyj z Władziem i Micią kazano mu sypiać w stajni, zgodziłby się i na to. Nieraz jednak w czasie „dużej" pauzy, gdy wszyscy koledzy z klasy piątej kupowali u stróżki po pięć, osiem, dziesięć bułek, po cztery i sześć serdelków, a on siedział o suchej gębie i słuchał, jakie to marsze kiszki grać umieją, klął w myśli skąpe obiady, szczędzenie kartofli i kaszy. Wszystko to przecież wynagradzała mu owa izba własna. Stanowiła ona dla niego przyjemność tak wielką, że siedząc tam nocami czuł ją ciągle i zdawał sobie z tej uciechy sprawę. Stancyjka sąsiadowała ze spiżarnią i była zupełnie podminowana przez szczury. Ledwie Radek zgasił światło, wnet odzywały się szelesty, szmery, piski, chrupanie i ogromne zwierzaki spacerowały nie tylko na dylach podłogi, ale także wzdłuż i na ukos szezlonga.

Za oknem, dolną ramą stojącym na poziomie dziedzińca, rósł dziki głóg, a wysoki jego badyl uzbrojony w krzywe kolce zaglądał do Radkowego mieszkania. Gdy Jędrek zbudził się pierwszy raz w nowej siedzibie, oczy jego padły na głóg samotny jak na pobratymca od pól i od chałup. Przywidziało mu się, że tamten zagląda do niego i pozdrawia go w smutku. Odtąd biedny głóg był tak bliski Radkowi, jakby korzeniami tkwił w jego własnym sercu. Był to zresztą jedyny przyjaciel jego w Klerykowie.

Pierwsze miesiące upłynęły przybyszowi całkiem samotnie. Raz tylko w interesie zaszedł do dwu kolegów z klasy piątej, którzy mieszkali w pobliżu u krewnych. Byli to synowie rejenta z prowincji, człowieka bogatego. Mieli swoją własną stancyjkę z osobnym wejściem. Radek trafił u nich na... bal. Do haka pośrodku sufitu rejentowicze przyczepili na powrózku blaszaną miednicę, dnem wywróconą do góry. Zawinięty brzeg jej oblepiony był płonącymi łojówkami, a całość reprezentowała żyrandol. Tu i owdzie wetknięte gałązki wierzbowe stanowiły majową dekorację sali. Ktoś w kącie ukryty grał na grzebieniu, Wilczkowicki, drugoroczny piątoklasista, na drumli. Kilku kolegów namiętnie i entuzjastycznie walcowało, z gracją w absolutnym braku panien obejmując krzesełka. Pewien dryblas wywijał siarczyście, tuląc na łonie poręcz od kanapy specjalnie do tego walca ułamaną. Radek, wszedłszy, nie był pewny, czy to istotne pańskie „granie", czy tylko błazeństwo uczniowskie. Stanął w kącie i z nabożną miną przyglądał się hulającym. Toteż wzięto go zaraz na fundusz.

W klasie żaden z kolegów nie zbliżył się do niego, lecz owszem wszyscy go szykanowali. Zauważono natychmiast jego podkówki u juchtowych butów, drelichowe majtki, zgrzebną koszulę, tasiemkę i chłopskie prowincjonalizmy w mowie. Był nawet dowcipniś w klasie, niejaki Tymkiewicz, który go stale przedrzeźniał. W czasie dużej pauzy umyślnie zachowywano ciszę i z ostatnich ławek dawał się słyszeć głos naśladujący gwarę chłopską:

— Wojciechu, lubują woma zimioki z maślánką?

Z drugiego końca odpowiadano żałośnie:

— Oj, mój kumosicku, lubują, lubują...

— A miso woma lubuje?

— Kez by to miso nie lubowało człowiekowi! Ino co nie umiem onego misa jeść po ślachcicku...

— Po ślachcicku?

— Ajści. Jak mię tatuś oddali do szkoły na stancyją, tom ci dopiéro zobocéł, jak se to ślachta jedzą. Bierze takie świecące widełki, żgnie ono miso, dopieros je do gęby niesie nikiej chłop snopek w zápole...

Emocja, jakiej doświadczał Radek, słuchając tych dialogów, była z pewnością palącym wstydem, ale obok niego czaiła się zemsta ukryta w masce obojętności i wzgardy tak głęboko jak iskra w krzemieniu. Nauczyciele bezwiednie zaostrzali stosunek nowicjusza do kolegów, wyrywając go często na środek dla zbadania i oceny zasobów jego umysłu. Przybyszowi z Pyrzogłów zdawało się, że go przedrwiwają wszyscy. W progimnazjum najważniejsze wykłady snuły niedołęgi wszelkiego rodzaju, dziwaki i mastodonty okręgu naukowego, toteż Radek w łacinie, greczyźnie, matematyce itd. recytował istne *curiosa* jako perły wiedzy podane mu przez mędrców pyrzogłowskich. Wszystkie te okoliczności sprawiły, że Jędrek, chociaż uczeń bardzo dobry i pilny, był, jeżeli nie pośmiewiskiem, to tarczą szyderstw swego otoczenia.

Pewnej lekcji, blisko we dwa miesiące po rozpoczęciu kursu szkolnego, wezwał go do tablicy pan Nogacki i zlecił wyprowadzić formułę geometryczną zadaną na ów dzień do nauki. Radek stanął przy katedrze, chwycił kredę i począł rysować figurę uciętego graniastosłupa. Silne wzruszenie przyćmiło na pewną chwilę czasu jego pamięć i bystrość umysłu. W rysunku popełnił błąd przeprowadziwszy jedną z linii bryły zanadto na prawo. Nogacki orientował go kilkakroć, mówiąc swym zimnym głosem:

— Radek, linię FG trzeba prowadzić na lewo...

Uczeń starł daną linię, ale nową przeprowadził jeszcze gorzej.

— Linię FG — na lewo... — znowu wydeklamował nauczyciel.

Koledzy śmiali się już z cicha, a Jędrek tracił coraz bardziej pewność siebie. Znowu starł nieszczęsną linię i wyrysował całkiem niedorzeczną, gdzieś poza figurą.

— Ależ, Radek, linię FG trzeba poprowadzić na lewo...

Wzburzony i drżący uczeń starł ją i bezwładnie opuścił ręce. Czarne płatki latały mu przed oczyma, gruczoły wydzielające ślinę nie funkcjonowały prawidłowo, a usta schły, kurczyły się i drgały. Wtedy z przedostatniej ławy wysunął głowę Tymkiewicz i donośnie po polsku szepnął:

— Wojtek, ady k'sobie!

Radek właśnie w owej chwili zebrał się w kupę, machnął linię prawidłowo i zaczął wybornie dowodzić. Śmiech ogólny zabrzmiał w klasie. Nawet zimny Nogacki, karcąc Tymkiewicza za odezwanie się podczas lekcji „w innym języku", miał na wargach uśmieszek wesoły. Radek prędko skończył teoremę, rozwiązał zadanie geometryczne i obdarzony stopniem bardzo dobrym wrócił na miejsce.

Po skończonej lekcji wstał zaraz z ławy, nim jeszcze profesor wyszedł z klasy, szybko z zagryzioną wargą przybiegł do Tymkiewicza i od lewicy ściśniętą pięścią uderzył go w zęby raz, drugi... Napadnięty porwał się do bójki, ale Radek chwycił go za szyję mocną swoją garścią, trzasnął nim kilkakroć, przywlókł do muru i zaczął bić po chamsku, raz koło razu, w zęby, w gardło, w nos, w szczękę. Nim zdołano rozerwać walczących, już z nosa i ust Tymkiewicza krew się puściła strumieniem. Całej awanturze nauczyciel przyglądał się z katedry. Gdy skrwawionego i bladego jak trup Tymkiewicza złożono na ławce, Nogacki wyszedł zamykając drzwi i rozkazując wszystkim zostać na swych miejscach. Po upływie kilkunastu minut wszedł do sali Kriestoobriadnikow, inspektor, gospodarz klasy, jego pomocnik i kilku nauczycieli. Radek stał w ławce z głową zwieszoną. Łzy kapały z rzadka z jego rzęs i rozpryskiwały się zlatując na wierzch ławy. Dyżurny w krótkich słowach przedstawił całe zajście. Nogacki to potwierdził. Tymkiewicz miał twarz zmasakrowaną, jedno oko podbite i wciąż jeszcze krwi pełne usta. Dyrektor wysłuchał całej sprawy z uwagą i rzekł do nauczycieli obecnych:

— Zdaje mi się, panowie, że nie będę w niezgodzie z Radą Pedagogiczną, jeżeli Radka wydalę z gimnazjum. Jest to rozbójnik, nie uczeń. Jest to cham, istotny cham...

Po chwili zwrócił się do winowajcy:

— Radek, ja pana wydalam z gimnazjum raz na zawsze.

To rzekłszy, zalecił gospodarzowi klasy, ażeby Tymkiewicza nazajutrz po wyzdrowieniu wpakować na cztery godziny do kozy, a Radka z listy wykreślić — i odszedł ze świtą. Gospodarz wejrzał ze współczuciem na Jędrka i z żalem w głosie wymówił:

— Cóż robić... musisz pan zaraz opuścić gimnazjum.

Radek zgarnął swe książki i kajety do tornistra, zarzucił go na plecy i wyszedł, złożywszy ukłon gospodarzowi klasy, jakby się oddalał na pauzę. Było już po dzwonku. Korytarz i schody opustoszały. Z którejś klasy dawał się słyszeć równy głos nauczyciela fizyki:

— W tym celu bierzemy dwa pręty metalowe...

Radek szedł po schodach noga za nogą, bezwładnie myśląc: „w tym celu bierzemy dwa pręty metalowe... w tym celu bierzemy..." Był spokojny, choć serce jego z bolesną siłą tłukło się o żebra, a zimne dreszcze przeszywały ciało i kości. Minął przedsionek, wyszedł na dziedziniec i tam zakręcił się na miejscu. W owej chwili przypomniał sobie ułamany badyl głogu, a raczej zrośnięte z nim westchnienie szczęśliwe.

— Już po wszystkim... — wymówiły jego omdlałe wargi. Jak błędny zbliżył się do muru zamykającego podwórze i siadł na kamieniu, który tam leżał. Był to długi, ociosany głaz piaskowca. Spoczywał na tym miejscu pewno od wieków, a przynajmniej od czasu założenia konwiktu przez ojców jezuitów. W bliskości znać było wybornie udeptane mety do gry w *ekstrę*. Dziedziniec był w owej chwili pusty. Wiatr jesienny huczał w nagich konarach kasztanów zwisających nad murem, garnął na kupę zeschłe, skurczone, ceglaste i żółte liście, strzępki zagryzmolonych papierów i miótł je wirem pospołu ze śmieciami w róg dziedzińca. Jędrek oparł się plecami o ścianę, wyciągnął nogi, a długie ręce zwiesił między kolanami tak bezwładnie, że prawie dotykały ziemi. Głowa jego opadła na piersi. Zanadto niespodziewanie roztrącił go ten przypadek, zbyt szybko zdechły promienne nadzieje. Trza się wynosić z izby, rzec panu Płoniewiczowi, że już nie będę, zabrać manatki, książczęta i iść... W imaginacji rysował się przed nim obraz szosy nakrytej lotnym kurzem, nieskończenie długi pas biały. Przez chwilę widział karczmę i słyszał jak w rzeczywistości krzyk szynkarki:

— A czy aby kawaler skąd nie ucieka?... Po sołtysa, po sołtysa! Trzymaj, łapaj!

Wtedy zdusiła go taka wściekłość i taka rozpacz, że nie był w stanie tchu złapać. Wśród istnych kurczów cierpienia paraliżujących rozum błąkała się przecież decyzja: — Nie pójdę tamtędy, nie pójdę, nie pójdę!

To ujemne męstwo, wzmagając się, trzeźwiło go i ciągnęło na szafot rozumowań.

„Cóż będę robił na świecie, jeśli tamtędy nie pójdę? — myślał, patrząc pod nogi szklanymi oczyma. — Gdzież ja się podzieję, co będę jadł? Na księdza?..."

Wszystkie konające iluzje niby wypuszczony z więzienia huragan rzuciły się na niego i przytłukły go tysiącem kamieni. Zgarbił się jeszcze bardziej i zabity na duszy wlepił oczy w liść uschnięty. Wtem uczuł, że przed nim ktoś stoi. Wrażenie to było tak dalece przykre, jakby mu ów garściami włosy wydzierał.

Dźwignął wtedy dopiero głowę, gdy usłyszał, że do niego mówi. Obok starego kamienia zobaczył nieznanego kolegę, który spoglądał nań przyjaźnie. Był to Marcin Borowicz, uczeń podówczas klasy szóstej.

— Panie — mówił tamten — byłem na korytarzu i słyszałem, jak pana *wylewali*.

— Co powiadacie, panie? — zapytał Radek pod wpływem nieszczęścia wymawiając sylaby z chłopska. Oczy miał bez żadnego wyrazu, przymknięte, szkliste, dolną wargę obwisłą.

— Uważasz pan — mówił żywo Borowicz — trzeba znaleźć do starego drogę przez *protegę*. To jedyny środek. Nie masz pan w mieście jakich wpływowych znajomych?

— Nie, nie mam — odpowiedział Radek prędko i zwiesił głowę.

— Czekaj pan, ja pójdę do Zabielskiego i będę go *nabierał*...

Radek uniósł jeszcze głowy, ale tylko w tym celu, żeby się przekonać, czy nieznajomy już sobie poszedł. Wciągnął go do swej mrocznej toni gnuśny bezwład, niby drzemanie, niby gorączka. Siedział jak przedtem skulony aż do końca godziny. Nierychło usłyszał, że go znowu wołają. Zerwał się na równe nogi i spostrzegł we drzwiach przedsionka inspektora i o dwa schody niżej stojącego Borowicza. Ostatni z werwą coś prawił i gestykulował. Inspektor jeszcze raz zawołał na Jędrka, a gdy ten stanął przed nim, przyjrzał mu się uważnie i kazał iść za sobą. Wszyscy trzej stanęli wkrótce u drzwi kancelaryjnych na górnym korytarzu. Borowicz odsunął się na bok, a inspektor sam wszedł do pokoju nauczycielskiego. Radek stał przede drzwiami w swym tornistrze jak żołnierz na warcie aż do dzwonka. W czasie kilkuminutowej pauzy obstąpili go koledzy z klasy piątej i z klas niższych, a większość starszych i młodszych wyszydzała jego los obecny. Niektórzy spoglądali nań życzliwie, inni w milczeniu, a jeszcze inni w milczeniu, ale z uśmiechem szyderczym na ustach. W pewnej chwili tłum otaczający wypędzonego zwartym kołem rozstąpił się i zamilkł, gdyż we drzwiach kancelarii ukazał się dyrektor. Władca gimnazjalny orlim wzrokiem spojrzał na Radka, który wyprostował się instynktownym ruchem.

— Ostatni raz — rzekł — darowuję ci winę. Przeprosić się z Tymkiewiczem i zachowywać porządnie. Jesteś na liście najbardziej podejrzanych osobistości w gimnazjum. Tu bić pięściami nie wolno! Toteż oświadczam wobec wszystkich kolegów: ostatni raz! Najmniejsze przekroczenie i bez pardonu pójdziesz precz. Teraz marsz na lekcję!

Jędrek rozstawił nogi, ukłonił się ogniście i ruszył do klasy. Twarz jego była po dawnemu blada, oczy tak samo zgasłe, tylko teraz brwi, nozdrza i wargi spazmatycznie drgały. Gdy otoczony przez chmarę wrzeszczącą miał z powrotem przestąpić próg klasy, nagle się wstrzymał i zaczął oczyma szukać w tłumie pewnej twarzy. Nie było jej nigdzie w bliskości. Tymczasem odezwał się dzwonek, uczniowie rozpierzchli się w przeróżne strony i Radek usiadł na swoim miejscu.

Podczas trwania lekcji języka greckiego, która właśnie miała miejsce, siedział wyprostowany, z oczyma utkwionymi w nauczyciela, pilnie chwytał każdy dźwięk padający z katedry, ale dusza jego była za murami tej klasy. Z wielkim pośpiechem i trudem szukał wciąż myślami owego ucznia, który go wybawił. Rysów Borowicza wśród omdlenia swego nie zapamiętał. Tkwiło tylko w jego sercu nikłe wspomnienie twarzy nachylonej... Im dłużej myślał, im goręcej usiłował wywabić z przeszłości dopiero co minionej całą postać, tym cudowniejszy, jak gdyby księżycowy blask otaczał ją dokoła. Niepostrzeżone, wewnętrzne łzy Radka, łzy prędzej duszy niż ciała, płynęły i płynęły na to widmo przeczyste...

XIII

Za pobytu Borowicza klasa szósta liczyła trzydziestu trzech uczniów. Współtowarzyszów, którzy z nim razem rozpoczęli kurs nauki od klasy wstępnej, dobrnęło do tego punktu zaledwie kilkunastu. Reszta składała się z drugoroczniaków i przybyszów. Dominującą większość stanowili Polacy, było bowiem tylko trzech Żydków (z tych Szlama Goldbaum dzierżył miejsce prymusa) i dwu Rosjan. Ogół tej młodzieży rozpadał się na dwie nierówne części, wyobrażające jak gdyby dwie warstwy społeczne, a przynajmniej dwa obozy. Jedna gromada, do której należał Borowicz, jego adherenci, Rosjanie i Żydkowie, zostawała pod wpływem inspektora i reprezentowała poniekąd maleńkie stronnictwo ugodowe; druga była zupełnie bezbarwna, wrogo usposobiona względem pierwszej i ubierała się, o ile tylko można, elegancko. Zarówno pierwsza jak druga grupa piastowała w swym łonie różne odcienie wywołane przez związki krwi, zamieszkanie na wspólnej stancji, kopcenie wspólnych papierosów, „ściąganie" ze wspólnych podręczników albo zapalanie się do tych samych pensjonarek. Część inspektorska nosiła pogardliwe miano „literatów" — część druga sama ochotnie przezywała się ligą wolnopróżniaków.

Borowicz odgrywał w pierwszej rolę niemałą. Jeszcze w klasie piątej, za delikatną podnietą inspektora, Borowicz założył wśród swych przyjaciół kółeczko zbierające się w niedzielę po nabożeństwie na jednej ze stancji w celu studiowania literatury rosyjskiej, a to dla lepszego pisania ćwiczeń. W klasie szóstej literaci mieli w swym gronie już kilkanaście osób, a po świętach Bożego Narodzenia złączyli się z dwiema takimiż grupami z klasy siódmej i ósmej, odbywali zebrania wspólne w mieszkaniu pewnego siódmoklasisty, a częstokroć w mieszkaniu samego inspektora. Na tych posiedzeniach czytano i roztrząsano byliny, utwory Karamzina, Żukowskiego, Gribojedowa, Puszkina, Lermontowa, Kryłowa, Gogola, Ostrowskiego itd. Lektura dzieł tych pisarzów rozwijała instynkty artystyczne młodzieży. Uczniowie klasy szóstej, którzy w kursie swym mieli wykład „bylin" o bohaterach przedwłodzimierzowskich, jak Wolga Swiatosławicz, Mikuła Sielaninowicz, o bohaterach kijowskich, jak Ilja Muromiec, Alosza Popowicz, Dobrynia Nikiticz itd., czyli o rzeczach nudnych jak flaki z olejem, a dla nastroju badawczo-racjonalistycznych podrostków niezmiernie śmiesznych, z zapałem czytali piękne utwory Puszkina, jak *Eugeniusz Oniegin*, albo Lermontowa, jak *Demon*.

Najpierwsze samoistne uczucia tych młodzieńców, namiętne miłostki, marzenia i sny znajdowały swój wyraz, dźwięk i barwę w utworach pisarzów rosyjskich. Ale poza tą zewnętrzną formą sprawy kryła się treść głębsza. Częstokroć na zebraniach niedzielnych uczniowie klas wyższych, tworzący jak gdyby sztab tego obozu, wygłaszali referaty treści politycznej, a nawet religijno-politycznej. Samorodni badacze, „maleńcy uczeni", jak mawiał inspektor, zarówno Rosjanie, Polacy i Żydzi, masakrowali w swych wypracowaniach nieszczęsną „Polszę", opisywali ją na zasadzie książek dostarczanych przez kierownika jako dom niewoli, gniazdo rozbestwionej szlachty, mordującej lud *ruski* przy akompaniamencie okrzyków „psiakrew" i „psiadusza".

Niektórzy z odczytowiczów szli jeszcze dalej i pisali wprost programy dla Polaków, długie do nich odezwy albo hymny na cześć Rosji. Szczególną płodność w tym ostatnim kierunku zdradzali starozakonni. Zdolniejsi uczniowie z klasy siódmej i ósmej sadzili się również na politykę, ale w formie nieco mniej pospolitej. Pisali tedy o śmiertelnie nudnym wstępie Karamzina do *Historii państwa rosyjskiego*, o utworach Gogola nękających „Polszę", o wierszu Puszkina pt. *Oszczercom Rosji* itd. Niektórzy z „maleńkich uczonych" zanurzali się samochcąc w tak zwany panslawizm, nabijali sobie głowę ogromnymi dziełami różnych zakazanych Czechów, czytali stuwiorstowe utwory poetyckie uwielbiające caryzm, a z tego materiału snuli na piśmie monita pouczające grzesznicę „przywiślańską", w jakim sensie ma wyrzec się błędów i stać się „Słowianką". Trafił się nawet między siódmoklasistami „wieszcz-Polaczek", który tłumaczył rymami na rosyjskie utwory Vajansky'ego oraz innych „panslawistów" urągające Lachom, a wreszcie i sam począł w tym guście brzdąkać na swej własnej lirze. Przeważna większość „literatów" należała do stowarzyszenia, czytała utwory i pisała wypracowania dobrych stopni gwoli. Oprócz takich byli jednakże i szczerzy entuzjaści, umysły krytyczne, badawcze, samodzielne, z właściwą młodzieży furią i namiętnością przyswajający sobie urąganie tej polskości, wśród której wzrośli.

Bardziej rozgarnięci spośród nich na własną rękę brali się do czytania historii polskiej w imię maksymy: *audiatur et altera pars*. Właśnie za szybą wystawową księgarenki miejscowej widniała książka profesora Michała Bobrzyńskiego pt. *Dzieje Polski w zarysie*, drukowana bez uprzedniej cenzury. Nie znajdowali tam jednak badacze gimnazjalni wierzgania szowinistycznego przeciw ościeniowi sądów ferowanych na *otcziznę* przez inspektora gimnazjum. Historyk polski, uginając się pod tak wielkim brzemieniem erudycji, że sam zmuszony był na jego ciężar wielokrotnie wyrzekać, twierdził jasno i dobitnie, że starą Polskę nie co innego tylko „anarchia doprowadziła do upadku", że „w ciągu dwu ostatnich wieków istnienia Rzeczypospolitej nie można znaleźć w jej dziejach ani jednego prawdziwie wielkiego, rozumnego czynu, ani jednej prawdziwie wielkiej, historycznej postaci". Podając te prawdy do wierzenia uczniom klerykowskiego gimnazjum kategorycznie a bez objaśnienia, co według jego bieżących przekonań jest „czynem wielkim" i „wielką postacią", profesor Wszechnicy Jagiellońskiej zastrzegał się przecie, że „nie należy do tych, co obnażając nasze błędy i wady sądzą, że już wszystko zdziałali". Wyciągał na jaśnię wszystką otchłań dziejowego upadku własnego narodu, poduszczony przez koncept starego Marka Tuliusza — *historia magistra vitae* — w tym celu, ażeby na przyszłość wystawić taki oto program kategoryczny dla wszystkich, a więc i dla uczniów z miasta Klerykowa:

„Musimy poznać we wszystkich szczegółach objawy i następstwa zabijającej równości, ażeby w dzisiejszej pracy społecznej uszanować jednostki przodujące siłą swojej tradycji, talentu, wykształcenia, zasług, ażeby zdrową hierarchię wyrobić i utrzymać, ażeby jedni umieli prowadzić, a drudzy ich popierać i słuchać. Musimy odsłonić w całej grozie skutki lekkomyślnych, na chwilowym uczuciu polegających porywów, ażeby zachowując zapał, zbudzić w sobie zmysł polityczny, wyzyskanie warunków, męską energię wytrwania i pracy".

Tak tedy propagacyjne działania inspektora Zabielskiego wydały płód o tyle, że całą młodzież należącą do ćwiczeń literackich zniechęciły do rzeczy ojczystych, których wcale nie znała, zasiały w umysłach specyficzny, wybitnie klerykowski wstręt do wszystkiego co polskie. Rusofilizm we wszystkim — aż do religii — uchodził w kołach tej młodzieży za synonim postępowości, krytycyzmu i tężyzny.

Partia wolnopróżniacka rekrutowała się przeważnie z synów szlacheckich oraz ludzi zamożnych, trudniła się głównie próżniactwem, *naciąganiem* każdego z *belfrów*, kto tylko dał się naciągać, tańczeniem do upadłego w karnawale, łyżwiarstwem, potajemnym jeżdżeniem konno i jeszcze bardziej sekretnym uczęszczaniem na maskarady z aktorkami chwilowo goszczącymi w Klerykowie i dziewczętami przebywającymi tam stale. Partia ta znieść nie mogła wszystkich praktyk literackich, ale z tej głównie przyczyny, że prowadziły ze sobą nadetatową, pozaklasową robotę. Grupa wolnopróżniacka grywała w karty, o czym członkowie przeciwnej marzyć nie mogli ze względu na wielką ilość należących do niej lizusów i zwyczajnych szpiegów. Wolnopróżniacy, jako całość antylegalna, nie mieli wśród siebie donosiciela żadnego. Związani byli między sobą węzłami przyjaźni, stanowili zwarte koło gimnazjalnego *high-life'u* i wskutek tego tajemnica gry w *stukułkę* trwała wśród nich aż do skutku, pomimo najforsowniejszych śledztw inspekcji.

Miejsce gry obierano to tu, to tam, a najczęściej w domu lekarza Wyszobierskiego, właściwie w pokoju jego syna, ogólnie lubianego wolnopróżniaka Antosia. Stowarzyszeni gromadzili się późno wieczorem, przed dwunastą i to w takie dni, kiedy można było nieobecność na stancji usprawiedliwić bytnością w teatrze, na obserwacjach astronomicznych z nauczycielem kosmografii, na balu dla dzieci albo u familii za pozwoleniem właściwego zwierzchnika. Wówczas przy szczelnie zamkniętych okiennicach, wśród takiego dymu z papierosów, że osób widać nie było, kropiono *stukułkę* do późna w noc. Namiętności rozpasywały się ogromnie, gdyż wysokość stawki sięgała nieraz 40 rubli. Zdarzało się, że ktoś z rodziny doktora, wtajemniczony, stukał dla rozpędzenia graczy za pomocą figla wśród nocy, naśladując głos inspektora. Wówczas dzielne wolnopróżniaki gasiły światło, chowały karty i pakowały się pod łóżka, za szafę i do szafy tłukąc się i gniotąc w ciemności.

Kulminacyjny punkt karciarstwa przypadł na czas rekolekcji poprzedzających spowiedź wielkanocną. Cztery klasy wyższe zgromadzono do jednej wielkiej sali. Kilkunastu profesorów-katolików zasiadło w pierwszych ławach, a na katedrze stanął uproszony przez ks. prefekta wikariusz miejscowej fary. Ksiądz ten był chudy i mały, mówił głosem cichutkim, jednostajnym i tak dalece bezbarwnym, że najwytrwalszych słuchaczów morzyła senność. Wąsate i golące brody wolnopróżniactwo klas ostatnich zajęło tylne ławy w głębokościach sali, a w sąsiedztwie pieca. W trakcie drugiego z rzędu posiedzenia, gdy ksiądz podjął dalszy ciąg wykładu o skrusze i zaczął snuć niezmiernie długie okresy, w sali było cicho jak w świątyni. Zdawało się, że tam nie ma ani jednego żywego człowieka. Nauczyciele siedzieli bezwładnie, szklanymi oczyma z pobożnym skupieniem wpatrując się w mówcę, uczniowie nie zmieniali ruchu. Kto założył nogę na nogę — siedział tak ciągle, kto wlepił oczy w jakiś gwóźdź podłogi, nie odrywał ich ani na chwilę. Minęła jedna godzina, wybiły wszystkie kwadranse drugiej, zaczęła się wreszcie trzecia... Nagle wśród tej absolutnej ciszy z ostatnich ław rozległ się dobitny i zniecierpliwiony głos:

— Ależ bij treflem!

Trudno opisać rejwach wywołany przez te słowa. Władza rzuciła się do ścigania bezwstydnych graczów, poddała całą połać badaniu i rewizji. Żadne jednak środki nie wykryły winowajcy, który nawoływał do bicia treflem — ani jego partnerów.

Inna grupa z entuzjazmem oddawała się hipice. Za przedmieściem Rokitki w szopach wychodzących na pola konsystował w jesieni i zimową porą szwadron dragonów. Niektórzy z wolnopróżniaków zawiązali stosunki z podoficerem któregoś oddziału i grubo płacąc dostawali na kilka godzin późnego wieczora trzy okulbaczone konie. Wyprowadzał je cichaczem w szczere pole umówiony żołnierz i tam czekał. Jeźdźcy, przebrani w długie buty, cywilne kurtki i czapki, chyłkiem przybywali na miejsce oznaczone, wskakiwali na siodła i gnali co koń wyskoczy po mało uczęszczanych dróżkach.

„Paczka" mniej rycersko nastrojona szalała za aktorkami, chodziła w kostiumach stróżów, Żydów, dziewczyn, starych bab itd. na przedstawienia *Pięknej Heleny* i oklaskiwała głośne w Klerykowie piękności wędrownej trupy.

Bajecznych sztuk w tym kierunku dokazywał uczeń klasy siódmej, Wolski. Rozkochany był do szaleństwa w tzw. Iskierce, grywającej nieme, ale za to mocno wydekoltowane role. Fotografię jej nosił ze sobą zawsze i wszędzie; w czasie lekcji, pod pretekstem pilnego rozczytania się w *Eneidzie* czy *Iliadzie*, patrzał w nią jak wrona w gnat bez ustanku. Wszakże mimo przeróżnych starań nie znał się z nią osobiście. Idąc za radą kolegów, którzy z nim współczuli, a raczej w ten sposób przynajmniej dawali upust miłości dla Iskierki, również pożerającej ich dusze, kupił za trzy ruble duże pudełko cukierków i zamierzył iść pewnego wieczora wprost do mieszkania ubóstwianej. Pudło w wielkim sekrecie przyniósł na stancję i ukrył w łóżku swym pod kołdrą. Zły los chciał, że w czasie obiadu, kiedy Wolski nie był obecny w pokoju sypialnym, weszło tam dwu trzecioklasistów z tejże stancji, którzy wszczęli jakąś zwadę, bijatykę i zmagając się padli na łóżko zakochanego. Gdy ten nad wieczorem wziął się do wydobycia z łóżka symbolu swej miłości, oczom jego przedstawił się widok smętny. Tekturowa skrzynka wraz z pomadkami, czekoladkami i wszelkim w ogóle arcydziełem sztuki cukierniczej, mieszczącym wewnątrz przeróżne soki, tworzyła silnie rozgnieciony placek, ociekający tymi właśnie płynami. Wolski szalał. Pieniędzy na drugie pudełko nie było, a czekać przypływu tzw. *floty* z domu nie pozwalała boleść zawodu... W tym stanie ducha chwycił się rozpaczliwego środka. Od znajomych pensjonarek dostał dwie puste, mniejszych rozmiarów skrzyneczki po cukierkach i umieścił w nich zmiażdżoną masę w ten sposób, że ją naprzód zgniótł i pracowicie wymacerował, a dopiero z tej miazgi ulepił palcami kopie pomadek. Gdy wyrobił cały zapas, związał obadwa pudełka niebieskimi wstążeczkami i ruszył do bogini swego serca...

Ani na jedną, ani na drugą grupę młodzieży przedmioty kursu klas ostatnich nie wywierały wpływu. Przeważna większość uczniów kształciła się tylko w matematyce i ta nauka była czynnikiem istotnie rozwijającym umysły. Od klasy szóstej interesowano się również fizyką, aczkolwiek wykład jej prowadzony był niedołężnie. Resztę umiejętności, a więc języki starożytne, rosyjski, historię itd., uważano powszechnie za zło konieczne i cierpliwie tolerowano zjawisko, które można było wyrazić za pomocą sentencji: *non vitae sed scholae discimus*. Rozszerzone kursa gramatyki łacińskiej, greckiej i niezmierne, niestrudzone tłumaczenia *Iliady*, *Odysei*, *Eneidy*, tragedyj Sofoklesa, utworów Horacego, mów starego adwokata Cycerona, *Wspomnień* Ksenofonta, dialogów Lukianosa, przemówień Demostenesa itd. — zajmowały ogrom czasu. Tłumaczono *po zucheleczku* i takim trybem, że myśl, treść, całość i forma cudnych pism klasycznych wcale nie przedostawały się do mózgów młodzieńczych, badających je w oryginale. Ani jeden z uczniów nie był w stanie wyłuszczyć treści *Iliady* ani objaśnić, jakie mianowicie przygody wykuwa na pamięć po grecku całymi rozdziałami. Nikt go zresztą o to nie pytał. Czytanie *Iliady* w oryginale oznaczało na gruncie klerykowskim przyswojenie sobie wielkiego mnóstwa słów greckich i form gramatycznych, a zarazem *łupanie* całych stronic na pamięć.

Rosjanin wykładający język grecki był z zamiłowania archeologiem-slawistą. Homera objaśniał z musu, jako urzędnik takiej a takiej rangi delegowany przez rząd do pompowania takiej a takiej ilości kublów greczyzny. Nigdy uczniom swym nie dał do przeczytania epopei w jakimkolwiek przekładzie, z którego mogliby poznać treść; owszem, korzystanie z tłumaczeń wszelkiego rodzaju surowo było wzbronione. Może cokolwiek więcej sensu miały tłumaczenia prozy greckiej, aczkolwiek i w tym przypadku wertowano jeden urywek dzieła w ciągu półrocza bez wyłożenia całkowitej jego osnowy.

Zimą, przy świetle szarawym smutnych dni, podczas kolejnego recytowania przekładów ustnych cała klasa zanurzona była niby w dziwnym spaniu. Monotonnie powtarzające się słowa i zwroty działały na umysł jak szelest kropel deszczowych albo jak widok z wolna tającego śniegu. Myśl nie miała prawa ruszać się ani naprzód, ani w tył, toteż tkwiła w miejscu. Z pozoru wydawać się mogło, że młodzież klerykowska ćwiczy na klasycyzmie jeśli nie dusze swe, to przynajmniej pamięć. Ale i to było złudzeniem. Słowa i zwroty wykuwane z taką usilnością i mozołem nie wiązały się asocjacją ani ze światem zewnętrznym, ani nie budziły popędów estetycznych i nie ulegały wcale sądowi jako czynność celowo przedsięwzięta. Były to dźwięki martwe i z jałowym brzmieniem. Odpowiadające im prądy mózgowe przebywały niektóre tylko drogi. Nic też dziwnego, że wychowaniec klerykowski w parę lat po opuszczeniu szkoły tracił grekę z pamięci tak zupełnie, że z trudem odróżniał litery tego języka, w którym tak niedawno umiał wyrażać swe myśli. Wszystek zapas wiadomości gramatyczno-literackich znikał z jego mózgu tak bez śladu, jak znika obraz sztucznie na kliszy w ciemni optycznej wywołany, gdy ją z doskonałego mroku wynieść na światło dzienne.

Podobny skutek osiągnęły gimnazjalne lekcje historii. Na klasę szóstą przypadał kurs dziejów Rosji z epoki tzw. udziałów i wieców. Borowicz i wszyscy jego koledzy po całych nieraz nocach wyuczali się na pamięć istnych kolekcji książątek Rusi, dat ich rozmaitych przeniewierstw, morderstw, oślepień, pochwyceń władzy, bitw, śmierci, tworzyli sobie w mózgach prawdziwą barykadę z tych wiadomości; o przedstawieniu ducha i sensu tamtych odległych czasów nauczycielowi ani się śniło. Suchy i zajadły Rosjanin Kostriulew wchodził do klasy, siadał na katedrze, obrzucał jednym spojrzeniem wychowańców drżących z trwogi, przepowiadających sobie w myśli genealogie książęce, nazwy ich włości, daty ich skonu — raptem wymawiał nazwisko któregoś z delikwentów i od razu ciskał mu pytanie:

— Synowie Jarosława Pierwszego Mądrego?

— Izjasław Kijowsko-Nowgorodzki, Światosław Czernihowski, Wsiewołod Perejasławski, Igor Władimiro-Wołyński, Wiaczesław Smoleński... — trzepał uczeń jednym tchem. Gdy podjeżdżał do końca listy, już musiał recytować drugą odpowiedź na pytanie:

— Bitwa na brzegach Kałki?

Języki: francuski, niemiecki i polski były kopciuszkami kursu gimnazjalnego. Uczeń mógł wybrać sobie z dwu pierwszych jeden tylko język, a na polski, rzecz prosta, mógł nie chodzić bezkarnie. Co większa, uczeń Rosjanin w żadnym razie nie miał prawa uczęszczania na wykłady mowy polskiej, prowadzone w języku rosyjskim. Godziny tych gwar nowożytnych „zgniłego Zachodu" były, szczerze mówiąc, godzinami humorystyki. Wykładający już to należeli do gatunku czupiradeł, jakich świat nie widział, już, jak Sztetter, do kategorii ludzi rozbitych w sobie i bezpowrotnie obojętnych. Dość powiedzieć, że w chwili ukończenia całkowitego kursu nauk w gimnazjum „filologicznym" ani jeden z wychowańców nie umiał języka francuskiego czy niemieckiego tyle, żeby mógł swobodnie przeczytać rozdział powiastki dla ludu. Wszystkie natomiast siły intelektualne młodzieży starszej wytężone były w kierunku pisania ćwiczeń rosyjskich o tematach historycznych, literackich i abstrakcyjnych. Każde ćwiczenie, stosownie do gatunku, musiało być składane według formuły zwanej planem, musiało zawierać wstęp, wykład i finał, a każda z tych części rozbita była na tak zwane „myśli". Jeżeli trudnym było utrzymanie równowagi podczas wypisywania tak zwanych „myśli", to nie mniej trudu zadawało baczenie na „polonizmy". Opracowanie i wykończenie ćwiczenia rosyjskiego było robotą tak mozolną, tak niewdzięczną i drewnianą, że każdy z uczniów zgodziłby się chętniej kuć całe ody Łomonosowa na pamięć niż budować jedną rozprawę. Najczęściej też wychowańcy pana Zabielskiego „ściągali" ćwiczenia ze starych kajetów, z podręczników literatury Bóg wie skąd sprowadzanych, a wreszcie z książek pożyczonych z biblioteki szkolnej.

Biblioteka znajdowała się na dole gmachu i zajmowała kilka sal obszernych. Stały tam w szeregu szafy okryte pyłem wieloletnim, mieszczące w sobie książki polskie z wieku XVI, XVII, XVIII, a nawet rzadkie inkunabuły, skazane na bezczynność, wzgardzone i tolerowane jak zgniłe drwa, których nie można spalić, a nie ma gdzie wyrzucić. Bliżej drzwi wchodowych zgrupowano dzieła rosyjskie przeznaczone do wypożyczania.

Uczniowie młodsi czerpali stamtąd opisy wypraw Mayne-Reida, Fenimora Coopera, Juliusza Vernego itd., starsi — utwory Łomonosowa, Karamzina itd., itd. Władza gimnazjalna starała się z wielką usilnością, ażeby wychowańca klerykowskiego zabezpieczyć od wszelkiej książki, która by myśl jego z opłotków nie tylko lojalności, ale czynnego rusofilstwa wyprowadzić mogła na szczere pole samoistnych rozumowań.

Tymczasem mimo tak ścisłego dozoru, mimo rewidowania zarówno uczniowskiego kuferka jak tornistra, niepożądana książka wśliznęła się nawet do rąk szóstoklasistów. Był to rosyjski przekład *History of civilisation in England* Henryka Tomasza Buckle'a. Jeden z ósmoklasistów, mieszkający u zamożnych krewnych, znalazł to dzieło w bibliotece swego wujaszka, zaczął czytać, dał kolegom — i poszło zepsucie! Świetnie ustawione paradoksy genialnego samouka oddziałały na umysły wychowańców klerykowskich niby nagły błysk pochodni, ukazujący wśród ciemności przedmioty, niewyraźne kształty i stosunek tego, co widzieć można, do dalekiego, pełnego tajemnic przestworu! Dowodzenie prawidłowości w następstwie zjawisk duchowych ze statystyk spełnionych występków, małżeństw zawartych i listów niezaadresowanych przez roztargnienie — stało się od razu ewangelią myślenia pewnej grupy młodzieży. Wystąpienie przeciwko nauce teologów o predestynacji i przeciwko teorii metafizyków o wolnej woli było rodzajem lewara założonego pod gmach wierzeń religijnych, a rozważanie wpływu czterech czynników fizycznych: klimatu, żywności, gleby i ogólnych zjawisk przyrody na umysł człowieka i na organizację społeczeństw zrodziło istną furię filozoficzną.

Szczególniejsze znaczenie miał następujący przypisek z pierwszego rozdziału książki: „Doktryna o Opatrzności stoi w związku z doktryną o przeznaczeniu, ponieważ Bóstwo, przewidując wszystko w swym wszechwiedzeniu przyszłości — musi przewidywać zarazem z góry i swe własne zamiary.

Zaprzeczać takiego wszechwidzenia przyszłości — jest to zaprzeczać wszechwiedzy Bogu. Ci zatem, którzy utrzymują, że w pewnych razach Opatrzność zmienia zwykły bieg wypadków, muszą zgodzić się na to, że w każdym takim razie zmiana tego rodzaju była już w przeznaczeniu, inaczej zaprzeczyliby jednego z przymiotów boskich".

Ta krótka uwaga zrodziła właśnie całą szkołę filozoficzno-materialistyczną. Szkoła ta miała swoich mistrzów, wyznawców, badaczów, mówców i zagorzałych antagonistów. Posady mistrzów piastowali dwaj siódmoklasiści: Nochaczewski i Miller. Pierwszego zwano „Spinozą", drugiego nieco zagadkowiej „Balfegorem". Obadwaj byli tłumaczami Buckle'a, dialektykami i propagatorami kierunku postępowego. „Spinoza" pierwszy doszedł i wyłożył mniej zdolnym, a owczym pędem idącym buckle'istom ciemne dla nich punkty rozdziału drugiego, objaśnił, co jest *wartość*, *renta*, *czynsz*, *zysk* itd. w znaczeniu ekonomicznym, a nadto budował swój własny systemat. „Balfegor" był umysłem ostrożniejszym, czytał Buckle'a bardzo wolno, nieraz nad stronicą siedział tydzień i nie ruszał się dalej, póki nie wyrozumiał wszystkiego. Dokładne zbadanie kwestii ciągnęło za sobą specjalne studia z rozmaitych dziedzin.

Toteż „Balfegor" pracował ogromnie. Brak książek i elementarnych wiadomości z botaniki, chemii, zoologii etc. musiał zapełniać domysłem własnym, kalkulacją samoistną. Ileż popełnił błędów, ileż razy musiał sam rozbijać gmach złudzeń wybudowany na fałszywym przypuszczeniu! Burzeniem tych jego ułud zajmował się szczerze „Spinoza", świetny matematyk, bystry spostrzegacz, który bez głębokich studiów szedł przodem i w dysputach zawsze udowadniał swą wyższość, czyli, mówiąc żargonem tamtejszym, *smiekałkę*.

W szeregu najbardziej zdecydowanych materialistów stał Marcin Borowicz. Nie mieszkał już wtedy u „starej Przepiórzycy", lecz gdzie indziej, w roli korepetytora dwu malców, pospołu z kilkoma zamożniejszymi uczniami klas ostatnich. Tam właśnie, na stancji u tzw. „Czarnej pani", było gniazdo buckle'izmu. Wieczorem, nieraz do późna w noc, wrzały zaciekłe spory z „metafizykami", z „idealistami" i „pomidorowcami", czyli grupą wierną katolicyzmowi. Ileż to szyderstw i obelg zniosły tam „ciemne łby" w rodzaju Kanta, Hegla, Fichtego, Schellinga, którzy, według ulubionej formuły „Balfegora", zaczerpniętej, rzecz prosta, *z książki* — „sami wzbili chmurę pyłu i dziwią się, że on im oczy zasypuje"... Los tych filozofów dzielił prefekt miejscowy, stojąc mimo woli, chęci i zasługi w gromadzie decydujących antagonistów materializmu, ramię w ramię z Kantem i Heglem. Zwolennicy panslawizmu, rusofile *par excellence*, bali się ze względu na skutki czytywać Buckle'a ostentacyjnie albo lekceważyć spowiedź. Toteż w samym łonie stronnictwa literackiego rusofile materialiści prowadzili bój z rusofilami „maleńkimi uczonymi" i karierowiczami. Cała grupa wolnomyślnych pracowała żarliwie. Kwestie poruszone w dziele utalentowanego Anglika rozbudziły umysły klerykowian do tego stopnia, że zaczęto nawet studiować łacinę i grekę, gdyż w dziele i te gałęzie wiedzy były traktowane. Matematyki i fizyki uczono się tak forsownie, że Borowicz dla łatwiejszego rozumienia buckle'izmu w klasie szóstej wykuł cały kurs trygonometrii podawany do wiadomości w klasie siódmej. Każdą książkę (jak przypadkiem zabłąkany obszerniejszy podręcznik fizyki, kurs chemii, matematyki wyższej etc.), w ogóle co tylko zjawiło się na horyzoncie — czytano na wyścigi, a materiał tą drogą zdobyty niezwłocznie wnoszono do dysput wieczornych. Kurs gimnazjalny, wszystkie wykładane przedmioty służyły jedynie za pewien rodzaj miazgi do rozpraw.

Borowicz był poniekąd specjalistą od ateizmu. Prześcigał w tym kierunku ostrożnego „Balfegora" i bystrego w domyśle „Spinozę". Raptowne zdruzgotanie ustalonych wierzeń wprowadziło osiemnastoletniego szóstoklasistę do całkowicie nowego świata. Znalazł się jak gdyby wśród obszarów dzikiego, nietkniętego uprawą ugruntu, po którym chodził w samotności i zdumieniu. Wszystko tam było całkiem obce, wszystko musiał sobie sam tłumaczyć, każdy przedmiot spotkany ze wszech stron rozpatrywać, każdą myśl najpospolitszą roztrząsać i ważyć jako zjawisko absolutnie nowe. A *książka* dostarczyła tyle myśli zdumiewających! Okazywała ona, że historia wykładana w gimnazjum to niedołężnie ułożony spis zdarzeń, że „matematyka" to alfabet tej umiejętności; wyliczała z imienia cały spis nauk nieznanych, ukazywała ich perspektywę bez końca, ciągnęła młode umysły skroś lądów i mórz, między najciekawsze zjawiska, poprzez wydarzenia żywego i zmarłego świata — i siała ziarno zuchwałego szturmu do niebios.

Pobieżny opis anatomiczny budowy oka i ucha w kursie fizyki zapłodnił gimnazjalnych badaczy tak wściekłym pragnieniem uczenia się chemii, anatomii, fizjologii itd., że marzyli o dniu, kiedy się to stanie, jak o chwili niezmiernej radości. Trzej naczelni buckle'isci („Balfegor", „Spinoza" i Borowicz) chodzili w sekrecie do rzezalni, sowicie płacili rzeźnikom za oczy wołów i cieląt, krajali je scyzorykami i prześcigali się w manifestowaniu wszystkiego, co było wypisane w krótkiej wzmiance.

Oprócz roli czynnika budzącego do ruchu umysły skrępowane powijakami schematu nauk gimnazjalnych książka Buckle'a odegrała inną, daleko ważniejszą. Była ona nie tylko kodeksem i ekscytarzem moralności, ale wprost była siłą moralną.

Wszystką energię duchową młodzieńców dojrzewających fizycznie, która wyładowałaby się była w pierwszym lepszym kierunku, mocno ujęła w łożysko i porwała ku rzeczom najszczytniejszym. Każdy z buckle'istow piastował w sercu ekstatyczne marzenie: nie tylko posiąść wiedzę mistrza, ale samemu stać się Bucklem. Zamknąć się w murach jakiegokolwiek domu, zgromadzić nieprzejrzaną moc książek, uczyć się przez całe życie, a nawet umierając wołać jak on: „O, dzieło moje! o, dzieło moje!..."

Kolosalny zakres wiedzy odsłaniający się na kartach *Historii cywilizacji Anglii* miał przede wszystkim ten skutek, że znaglił Borowicza i jego współwyznawców do pracy, do rzetelnego cenienia czasu na wagę złota. Kto ma zostać Bucklem, ten nie może tracić minuty, musi rozłożyć prawidłowo godziny i kwadranse, a wszystkie wypełnić trudem. Stamtąd, z wyżyny buckle'izmu, ani jeden z adeptów nie zstąpił na chwilę do dziedzin wolnopróżniactwa i cenił młódź bawiącą się tym procederem jako nędzną trzodę. Tak tedy całkowite pochłonięcie sił duszy przez nauki, a raczej przez marzenia i piękne sny w dziedzinie nauk — oderwało ją od wszelkiego brudu ziemi, dźwignęło bardzo wysoko i szybko a nieodwołalnie uszlachetniło.

Ponieważ znano *książkę* tylko w przekładzie rosyjskim, z natury rzeczy tedy wszelkiego rodzaju terminy naukowe i urobione formuły bardziej ścisłego myślenia przywierały do mózgów w postaci rosyjskiej. Na dysputach wieczornych wszystko, cokolwiek tyczyło się rzeczy „abstrakcyjnych", wypowiadano między sobą po rosyjsku. Nikt „przekonań" swoich po polsku nie umiałby ze ścisłością wyłożyć. Była to najbardziej zjadliwa forma *obrusienia*, bo dobrowolnie, we wnętrzu własnych czaszek, stopniowo zaprowadzana przez młodzież. Ale nie mogło być inaczej. Młodzież ta łaknęła strawy naukowej, znalazła ją i karmiła się tym, co znalazła. Ogół inteligencji miejskiej umiał jedynie (w największym sekrecie) stękać na „ucisk", dziwować się, jakim to sposobem można w kraju polskim gramatykę polską wykładać *pa russki*", ale nie był uzdolniony politycznie nawet do założenia dla tej młodzieży czytelni z dzieł naukowych, swoich i tłumaczonych, kształcących systematycznie.

XIV

Mdłe światło jesienne wlewało się do klasy siódmej, napełniając ją dziwnie smutnym i nudnym półmrokiem. Przed chwilą wyszedł był „Grek", z którym tłumaczono dialogi Lukianosa, a wkrótce miał się ukazać nauczyciel historii. Wszyscy uczniowie siedzieli w klasie. Z szóstej do siódmej przeszło ich zaledwie dwudziestu trzech. Przybysze zastali pięciu drugorocznych. Ci nadawali szyk i odpowiedni ton „sztubie". Właśnie jeden z takich, blady i wychudły mężczyzna w mundurze uczniowskim, opowiadał naprędce sprośną anegdotkę kółku zgromadzonych przy jego ławie, co chwila wybuchającemu homerycznym śmiechem. W drugim kącie sali Borowicz prowadził ożywiony dyskursik z Waleckim, zwanym „Figą". Walecki miał dopiero lat siedemnaście. Był to chłopczyna tak małego wzrostu, że, ku jego śmiertelnej męce, uważano go za trzecioklasistę. Uczył się wybornie i tylko dzięki „złemu sprawowaniu" figurował na liście jako drugi uczeń z kolei, ustępując pierwszeństwa Szlamie Goldbaumowi. Złe sprawowanie, czyli czwórkę zamiast piątki, Walecki zdobywał sobie nadzwyczajną hardością.

Nie było tygodnia, żeby ten prześliczny chłopak nie skakał do oczu któremu z belfrów. Na każdą uwagę musiał odpowiedzieć jeśli nie dowcipnym sarkazmem, to przynajmniej znamiennym chrząknięciem albo piorunującym spojrzeniem oczu, podobnych do pary diamentów. Całe stronnictwo literacko-buckle'owskie starało się o pozyskanie „Figi", ale on uchylał się od rozmów bezbożnych. Miał kilka sióstr, a był jedynakiem u matki, właścicielki niedużego sklepu z materiałami piśmiennymi, katoliczki. Jak agent policji tajnej kontrolowała ona każdy krok syna, wydzierała mu z rąk książki nie tylko wolnomyślne, ale wszelkie tak zwane „złe", nad wiedzą zaś tego wybitnego siódmoklasisty panowała tak wszechwładnie, że musiał jej sumiennie opowiadać treść rozmów swoich z kolegami, przedstawiać swe tajemne myśli, z góry uznane za zdrożne, wyjawiać wszelkiego rodzaju projekty i marzenia. Tak prowadzony hardy Tomasz musiał również wystrzegać się nie tylko dyskusji, ale nie miał prawa słyszeć „złych" myśli i pozwalać, ażeby znalazły miejsce w jego głowie.

Uzda, której końce trzymała matka szalejąca za „Figą", doprowadzała go do skrytej, głuchej, dzikiej pasji. Poddawał się jednak, gdyż do serca jego czynny bunt przeciw rodzicielce nie miał przystępu. „Figa" wierzył w to tylko, co wespół z nią uznał za godziwe. Stosownie do jej poleceń prześcigał wszystkich „literatów" w wiadomościach, aczkolwiek na zebrania nie uczęszczał; czytał wszystko, co było niezbędne do pisania ćwiczeń rosyjskich, ale żadnej księgi bezbożnej nie miał jeszcze w ręku. Borowicz nie opuszczał ani jednej sposobności drażnienia „Figi" swymi uwagami, toteż istniała między tymi dwoma ciągła walka.

Kostriulew, wykładający historię, wszedł do klasy i zasiadł na katedrze. Był to rusyfikator w najbardziej wulgarnym znaczeniu tego wyrazu. Podczas każdej prawie lekcji wywlekał sprawy bolesne dla młodzieży polskiej (gdyby ta czuć była w stanie), rozwijał je i poza kursem gimnazjalnym narzucał do uczenia się mnóstwo faktów zbytecznych. W podręczniku historii Iłowajskiego była krótka i charakterystycznie moskiewska wzmianka o upadku Polski. Kostriulew nie poprzestał na niej, lecz przynosił ze sobą jakieś rękopiśmienne foliały, co zwał „dopełnieniem", i stamtąd wyczytywał przeróżne skandale. Tego dnia przesłuchawszy zaledwie jednego uczniaka rozłożył swój manuskrypt i rzucając na przemiany jadowite uśmiechy i spojrzenia, zaczął czytać. Długo i szeroko malował historię „dobrowolnego" prawosławia na Litwie, wyliczał przykłady zdzierstw księży katolickich, scen gorszących z ich życia itd. Godzina miała się już ku końcowi, gdy widocznie dla zilustrowania stanu rzeczy dobitnym faktem wyłuszczać zaczął sprawę konfiskaty wielkiego klasztoru żeńskiego w okolicach Wilna.

— Gdy wywieziono mniszki — mówił — delegowani zabrali się do zbadania gmachu. W trakcie rewizji cel przypadkiem odkryto schody tajne prowadzące do lochów podziemnych, gdzie oczom przybyłych ukazał się widok nieznośny. Stało tam mnóstwo maleńkich trumienek drewnianych, prawie jednakiego wymiaru, a mieściły się w nich trupy dzieci ledwo narodzonych. Jedne z tych trumienek były już zupełnie zbutwiałe, widocznie przed wiekiem, inne rozsypywały się w proch, a były i zupełnie nowe, lśniące białością drzewa sosnowego...

Pedagog przerwał na chwilę czytanie i obrzucił spojrzeniem słuchaczów. Wtedy Walecki powstał ze swego miejsca i rzekł ostro:

— Panie nauczycielu!

— A co tam? — zapytał Kostriulew, poprawiając swe niebieskie binokle.

— Panie nauczycielu! — mówił „Figa" głosem wzburzonym, drżącym, ale do najwyższego stopnia zuchwałym — ja... to jest... ja w imieniu moich kolegów... uczniów klasy siódmej, ja proszę, ażebyś pan nie czytał tutaj podobnych rzeczy.

— Co takiego? — zawołał historyk, zrywając się z krzesła.

Walecki wspiął się na palcach i oparty rękami o wierzchnią deskę ławki, pochylony naprzód, mówił coraz głośniej tonem, który ciął niby damasceńska szabla:

— Ja jestem katolikiem i nie mam prawa słuchać tego, co pan czytasz. Dlatego w imieniu całej klasy, w imieniu... całej klasy...

— Milczeć, smarkaczu! — wrzasnął nauczyciel, zstępując z katedry.

Był to najboleśniejszy epitet, jaki mógł usłyszeć ten mały „katolik". Słowo „smarkacz" przeszyło go jak bagnet. Toteż nozdrza klasycznego nosa zaczęły mu drgać, brwi skoczyły do pół czoła, twarz zbladła jak papier.

— Ja nie chcę słyszeć tego, co pan czytasz! — krzyknął na cały głos. — Tego nie ma w kursie, a zresztą jest to potwarz i nędzny fałsz! Nędzny fałsz! Ja w imieniu całej klasy...

Kostriulew mruknął coś pod nosem, zebrał na kupę co tchu swój rękopis, dzienniki, książkę Iłowajskiego i gwałtownym krokiem wyszedł z klasy. Walecki usiadł na swym miejscu, podparł głowę pięściami i został tak bez ruchu. W sali zaległa cisza. Nie słychać było żadnego szmeru, żadnego oddechu. Wtem Borowicz rzekł półgłosem, który wśród tej ciszy i wytężonego milczenia sprawił wrażenie krzyku:

— To ci ognisty katolik!

Walecki natychmiast podniósł głowę, odwrócił się, zmrużył oczy i szepnął przez ściśnięte zęby:

— Tak, ty... libertynie!

— „Pomidorowiec"... — odpowiedział mu Borowicz. — On „w imieniu całej klasy"...

Zaledwie zdążył wymówić te słowa, gdy drzwi się z trzaskiem otwarły i wkroczył do klasy cały prawie sztab gimnazjalny. Dyrektor szybko zbliżył się do pierwszych ławek i zaczął krzyczeć, bijąc w nie pięściami:

— A to co? Bunt? Bunt? Bunt?! Ja was nauczę! W tej chwili won cała klasa! Won! Myślicie, że ja się zawaham! Walecki! — krzyknął w istnej furii — tutaj!

„Figa" stanowczym krokiem wyszedł na środek i stanął przed dyrektorem.

— Od ziemi nie odrósł, żak, ssipalec! — pienił się Kostriulew. — I to takie... przeciwko mnie... Protest... Ja dla dobra nauki, a ty, chłystku!...

— Tak... — rzekł „Figa" chrapliwym basem, który co moment przelewał się w dyszkant – w imieniu całej klasy... My chodzimy do spowiedzi, wyznajemy naszą religię... A zresztą ja nic nie chcę... Niech on przeczyta panu dyrektorowi i wszystkim to, co my tu słyszeliśmy przed chwilą! Niech on to przeczyta. Ja nic... tylko niech on to przeczyta! Jeżeli panowie...

Głos mu się zarywał i jakoś dziwnie szczękał w nadmiernym wzburzeniu.

— Któż to — on? — spytał raptem inspektor.

— No on... ten nauczyciel, Kostriulew... — rzekł „Figa" wzgardliwie, nie odwracając nawet głowy w stronę historyka.

— Panowie słyszycie? — spytał tamten z pośpiechem.

Inspektor tymczasem wdrażał już formalne śledztwo. Zwrócony do klasy pytał stanowczym głosem:

— Czy upoważniliście Waleckiego do zakładania protestu?

Uczniowie milczeli.

— Kto delegował Waleckiego? Winni, którzy się przyznają natychmiast, zmniejszą sobie karę o połowę. Później Rada Pedagogiczna będzie nieubłaganą.

Znowu odpowiedziano milczeniem. Żaden z kolegów nie naradzał się z Waleckim, a prawo koleżeństwa domagało się obrony współtowarzysza. Nikt nie wiedział, co począć. Wszyscy siedzieli w absolutnym ogłupieniu, ratowali się milczeniem i zupełną nieruchomością ciał niby kupa chłopów zaskoczona przez wypadki niepojęte. Inspektor był na to przygotowany i jako praktyk w rzeczach badań wnet zmienił metodę:

— A więc nie przyznajecie się? Dobrze. Goldbaum, czy upoważniłeś pan Waleckiego?

Prymus wolniutko dźwignął się z miejsca i zgięty stanął w ławce, patrząc w ziemię.

— No i cóż, należałeś do buntu?

— Ja dziś nie rozmawiałem w klasie... Mnie dziś bardzo głowa boli.

— Tu trzeba dać odpowiedź kategoryczną! — przerwał mu

dyrektor.

— Ja jestem starozakonny... — rzekł cicho Goldbaum.

Inspektor wodził oczyma po klasie i zatrzymał je na swym ulubieńcu.

— Borowicz! czy byłeś pan w zmowie z Waleckim, czy dawałeś mu jakie zlecenia?

Marcin wstał ze swej ławy i milczał, śmiało patrząc w oczy dyrektora.

— Więc jakże?

— Ja nie mogłem do wystąpienia namawiać kolegi Waleckiego, gdyż uważam za bardzo użyteczne te „dopełnienia", które nam właśnie czytał profesor Kostriulew. Był to krytyczny rzut oka na machinacje jezuitów w upadającej i upadłej Polsce. Mnie się zdaje, że my wszyscy z przyjemnością słuchaliśmy uwag nadprogramowych i muszę wyznać, że Walecki protestował tylko we własnym swoim imieniu.

Uczniowie z natężoną ciekawością chwytali słowa odpowiedzi Borowicza, gdyż wyprowadzały ich one z ciężkiego kłopotu. Wszyscy doznali tego wrażenia, że Marcin, zwalając winę całą na barki Waleckiego, niszczy podejrzenie o bunt, a co ważniejsza, samemu winowajcy zmniejsza stopień kary. Toteż kiedy inspektor dawał im pytania z kolei, odpowiadali prawie słowo w słowo to samo, co rzekł Borowicz. Walecki, mówiono, zapalił się niesłusznie, gdyż nauczyciel nie czytał nic zdrożnego. Mówił to samo, co stoi w kursie, tylko ilustrował rzecz odpowiednimi przykładami. W całej klasie znalazł się jeden tylko „pomidorowiec", niejaki Rutecki, który na zapytanie, czy zmawiał się z Waleckim, wbrew powszechnemu oczekiwaniu nauczycieli i kolegów rzekł:

— Tak.

Tego ustawiono przy Waleckim, a po skończonym śledztwie wytransportowano z klasy. Gdy sztab profesorski znalazł się za drzwiami, wszyscy zerwali się z miejsc, zbili w gromadki i poczęli z krzykiem rozprawiać o fakcie dokonanym.

— Jeżeli to nie jest świństwo — rzekł swym grubym głosem najstarszy w klasie kolega drugoroczny, dla potężnego nosa zwany „Pieprzojadem" – to niech mi zaraz Goldbaum daje byka w ucho...

— Ciekawym, co mogliśmy zrobić innego? — spytał Borowicz, przeczuwając, że to do niego piją. — Czemużeś kolega popełnił to samo „świństwo"?

— Dlaczego? Bagatela... Dlaczego? A bo ja wiem, dlaczego... Ale małego wyleją na dwór...

— Nie przypuszczam, a zresztą to trudno! — zapalił się Marcin. — Że jemu się zachciewa bronić „pomidorów", to jeszcze nie racja, żebyśmy wszyscy mieli być wyrzuceni. Co do mnie, to utrzymuję stanowczo, że Kostriulew miał zupełną słuszność. W nauce historii chodzi o prawdę, o prawdę i jeszcze raz o prawdę. Należy mieć jakieś zdanie. Albo się je ma i w takim razie nie można bronić polsko-jezuickich morderczyń nieprawych dzieci, albo się jest trąbą klechów...

— A naturalnie! — zawtórowano ze wszech stron.

· Tymczasem z kancelarii przytykającej do klasy siódmej słychać było gwar, nad którym unosił się ciągle ostry głos Waleckiego. Przez korytarz raz wraz biegali pomocnicy gospodarzy klasowych. Inspektor nie zjawiał się na lekcję logiki, która właśnie przypadała w klasie siódmej. Po upływie kilkudziesięciu minut od wyprowadzenia Waleckiego ujrzano przez drzwi oszklone kapelusz i fizjonomię jego matki biegnącej kłusem w asystencji pana Mieszoczkina. Twarz tej pani była blada śmiertelnie, oczy wytrzeszczone, a nozdrza drgały zupełnie jak u syna.

— Mówię, że to jest świństwo pomnożone przez łajdactwo — mruknął znowu kolega „Pieprzojad", szczypiąc do góry wąsiki i rozczesując czuprynę grzebieniem.

Za ścianą gwar wzmagał się coraz bardziej, stawał się zgiełkliwy jak wściekła kłótnia, czasami znowu nacichał zupełnie. W pewnej chwili dał się słyszeć krzyk Waleckiego, spazmatyczny, rozpaczliwy... Uczniowie rzucili się do drzwi, postawali na ławkach, wspięli się na palce i wyjrzeli na korytarz przez szybki we drzwiach. Zobaczyli wkrótce Waleckiego w otoczeniu trzech stróżów i pana Pazura, którzy go nieśli w powietrzu. „Figa" rwał się i siepał w rękach jak lis złapany w żelaza. W pobliżu kancelarii stała jego matka. Twarz jej nic nie wyrażała, tylko wargi chwilami odymały się w szczególny sposób i lewa powieka dygotała. Gdy „Figę" wwalono we drzwi izby zwanej „zapasową", pani Walecka zwróciła się szybko ku wyjściu. Szła przy samej ścianie i coś mamrotała do siebie... Wkrótce przyszedł do klasy Rutecki, skazany na długą kozę, z wieścią, że mały za zgodą matki, a w zamian za wypędzenie z „wilczym biletem" — dostanie rózgi...

W połowie następnej lekcji, którą odbywał wiecznie spokojny matematyk, drzwi się uchyliły i pan Majewski wpuścił do sali Waleckiego. Nieszczęsny buntownik miał twarz tak nabiegłą krwią, że wydawała się prawie czarną. Dolna warga była wysunięta jak u matki, białe zęby dolnej szczęki nakrywały wargę górną, oczy cofnęły się i skryły pod boleśnie zsuniętymi brwiami. Szedł do swego miejsca z wolna, jakby omackiem. Gdy je miał już zająć, w przeciągu jednego momentu wejrzał na Borowicza. Marcin wtedy zadrżał, było to bowiem spojrzenie straszliwe.

XV

Na początku trzeciego kwartału, po przyjeździe ze świąt Bożego Narodzenia, uczniowie klasy siódmej zastali nowego kolegę. Był nim Bernard Sieger, wydalony z tejże klasy któregoś gimnazjum w Warszawie. Nikt z klerykowian nie miał wiadomości autentycznych, za co właściwie Sieger był ze stolicy raz na zawsze wypędzony, a do Klerykowa przyjęty. Chodziły tylko niezdecydowane pogłoski, że to „ptaszek". Z czasem dopiero jeden z ósmoklasistów, któremu zdarzyło się być podczas świąt w Warszawie, oświetlił nieco sprawę, rozgłaszając, że tajemniczy przybysz wyrzucony został za *niebłagonadiotnost'*. Do Klerykowa, według tejże relacji, udało mu się wstąpić za specjalnym zezwoleniem kuratora okręgu naukowego, który znowu miał dać takie zezwolenie dzięki wstawiennictwu jednej ze znakomitych figur wielkiego świata.

W nowej szkole Sieger natychmiast otoczony został szczególniejszą opieką. Mieszkał sam jeden u pana Kostriulewa i poza murami szkoły nie miał prawa stykać się z kolegami. W gimnazjum pilnowano go również w sposób niezostawiający nic do życzenia. Codziennie ktoś upoważniony, a więc pan Majewski, inspektor, dyrektor, Mieszoczkin — rewidował jego tornister, wszyscy udzielali mu admonicji surowszych niż innym, a do wydawania lekcji powoływano go bez ustanku. Bernard Sieger miał lat osiemnaście, dziewiętnaście, był wzrostu średniego, krępy, nieco ospowaty. Rysy twarzy miał wyraziste, nos duży, oczy barwy nieokreślonej jak woda. Oczy te patrzały spokojnie, ale ze szczególną uwagą. Sieger nigdy nie zdradzał strachu lub złości, gdy go niepokojono, gdy mu rozkazującym tonem czegoś „surowo zabraniano". Na twarzy jego malował się stale pewien wyraz, który można by chyba ochrzcić imieniem — uprzejmej drwiny.

Głowacze klasy siódmej już po kilku lekcjach spostrzegli, że Siegier wszystko „kapuje". Robił przykłady matematyczne niezbyt lotnie, ale bystro, tłumaczył *Disputationes Tusculanae* Cycerona powoli, ale samoistnie, pisał ćwiczenia literackie i „logiczne" na cztery — słowem, był to dobry uczeń.

Buckle'isci z krótkiego dyskursu przed nabożeństwem w pewien dzień galowy, kiedy pilnowacze zajęci byli malcami i nie przeszkadzali rozmawiać, dowiedzieli się, że nowy nie tylko czytał Buckle'a i Drapera, ale posłyszeli z ust jego pytanie o dzieła, jakich ani oko klerykowskie nie widziało, ani ucho nie słyszało. Sieger żył całkiem samotnie. Wprost z klasy szedł do mieszkania. Na spacer, na łyżwy, po sprawunki — tylko z cerberem Kostriulewem. Autochtonowie klasy siódmej obserwowali go z uwagą, ciekawością, a nie bez odrobiny niechęci i zawiści. Już to samo, że Sieger przybył z Warszawy, gniewało wszystkich, którzy za obrębem Klerykowa nic nie znali. Uprzejmą grzeczność jego poczytywano za wyniosłość i arystokratyzm, ironiczne milczenie, gdy uczeni slawiści roztaczali w czasie pauz swe wiadomości — za nieuctwo w tym kierunku wiedzy człowieczej.

Pewne trudności miał Sieger z uczęszczaniem na lekcje języka polskiego. Zrazu władza wzbraniała mu wstępu na wykłady prof. Sztettera i dopiero po upływie miesiąca dała swe zezwolenie.

Tego dnia lekcja języka „miejscowego" była ostatnią z rzędu, a więc przypadła między godziną drugą a trzecią. Sztetter wszedł do klasy jak zwykle z wyrazem niechęci na twarzy, zasiadł i wnet wymienił czyjeś nazwisko prosząc o tłumaczenie z języka polskiego na rosyjskie wiersza Czajkowskiego pt. *Pająk*.

Ten, kogo spotkał los tak nudny, pragnąc wykręcić się, zaczął gadać (rozumie się, po rosyjsku):

— Panie profesorze, mamy nowego ucznia.

— Nowy kolega, z Warszawy uczeń... — błaznowali inni.

— Nowy uczeń? — spytał Sztetter ze zdziwieniem. — Gdzie, jaki uczeń?

Sieger wstał ze swego miejsca i skłonił się nauczycielowi.

— A... — mruknął Sztetter. — *Wasza familija*?

— Zygier — rzekł nowy uczeń.

Nauczyciel zaczął szukać tej *familii* w spisie abecadłowym pod literą Z — i nic znalazł.

— Mówisz pan... Zygier?

— Tak. W papierach i w metryce stało: Sieger, jak pisał się mój dziad i ojciec, dlatego prawdopodobnie zanotowano pod *S*. Ja nazywam się Bernard Zygier, *Zet, y, gier*...

Nauczyciel spojrzał na nowego ucznia i smutne oczy jego zajaśniały przez chwilę nikłym promyczkiem wesela.

— Niech będzie Zygier... — powiedział. — Chcesz pan uczęszczać na lekcje języka polskiego?

— Rozumie się! Przecież to nasz język ojczysty... (*Wied' eto nasz rodnoj jazyk*).

Sztetter obejrzał szybkim lotem drzwi oszklone, tego ucznia, dziennik i poruszył wargami, jak gdyby mówił jakieś słowo, czego przecie nikt nie dosłyszał. Po chwili rzekł:

— No... czytaj pan!

Zygier wziął książkę ułożoną przez prof. Wierzbowskiego i zaczął czytać wskazany urywek. Koledzy jego, widząc, że prezentacja skończona i że rozpoczynają się zwykłe „nudy narodowe", wzięli się do odrabiania lekcji, do jawnego czytania rzeczy postronnych albo wprost układali się jako tako do drzemki. Niektórzy, lepiej wychowani, z nałogu przyzwoitości trzymali oczy wlepione w *Pająka*. Inni oglądali ściany powleczone sinym kolorem, szerokie brunatne lamperie, żółty stoliczek katedry, czarną tablicę, szyby zasłonięte parą... Tymczasem Zygier odczytał i przetłumaczył na język urzędowy kilka strof wiersza, a potem rozbierał kolejno zdania pod względem gramatycznym i logicznym. Zastanowiło wszystkich, że czynił to nadzwyczaj starannie i że rozbierał po polsku. Sztetter oparty ramieniem na krześle dźwignął zwieszoną głowę i bębniąc w stół palcami spod oka przyglądał się Zygierowi. Podmiot, orzeczenie, słowa określające, rzeczownik, zaimek, mianownik, dopełniacz, celownik, imiesłowy odmienne, nieodmienne itd. brzmiały w tej klasie tak dziwnie, tak jakoś zabawnie, że wszyscy uczniowie, słysząc to raz pierwszy, spoglądali ze śmiechem to na profesora, to na ucznia ciągnącego rzecz swoją ze skupieniem i uwagą. Ukończywszy rozbiór całego wiersza, Zygier złożył książkę na ławie. Nauczyciel otworzył swój notes prywatny, dziennik klasowy, ujął za pióro, wykręcał je w palcach i myślał o czymś głęboko.

— Dosyć... — rzekł wreszcie. — Mam panu stawiać stopień. Ale jaki? Cóż ja panu postawię? Ja nie mam tu... na to... stopnia, panie Zygier...

Mówiąc tak, znowu przyglądał się nowemu uczniowi i wracał do niego oczyma kilkakroć, jakby ich nie był w stanie zdjąć z tej twarzy. Zygier stał w ławce, mierząc Sztettera swym uważnym i spokojnym wejrzeniem.

— Proszę mi powiedzieć — rzekł jeszcze nauczyciel — co pan czytałeś, w jakim kierunku?

— Czytałem... tak dosyć rozmaitych rzeczy.

— A z literatury polskiej?

— Uczyliśmy się kolejno, systematycznie, okresami.

— Tak, tak... — mówił Sztetter, zabawnie strzepując ręką piasek z dziennika — no i jakież to tam okresy?

— Czytaliśmy utwory wieku złotego dosyć pobieżnie, za to romantyków szczegółowo.

— Któż to... my? — zapytał nauczyciel daleko ciszej i patrząc we drzwi.

— To tam, w Warszawie... my... sami...

— Cóż pan czytałeś np. z Mickiewicza?

— No, zdaje się... Niektórych rzeczy żadną miarą nie mogliśmy dostać.

— Ja się o to nie pytam, nie chcę wiedzieć! Jakiż utwór podobał się panu najbardziej?

— Czy ja wiem? „Trzecia część”... Improwizacja, *Pan Tadeusz*, *Księgi Pielgrzymstwa*...

Sztetter umilkł. Po chwili zapytał jeszcze.

— No, a cóż pan wiesz o Mickiewiczu?

Uczeń wyraźnie, jasno i bardzo szczegółowo opisał w języku rosyjskim młodość poety, związek Promienistych, Filomatów i Filaretów, aresztowania, uwięzienie i deportację. Wprost od tych szczegółów najniespodzianiej zjechał z Wilna do Warszawy i już nie ku profesorowi, lecz w stronę klasy zwrócony jął wyborną i bardzo piękną ruszczyzną z chwalebnym uniknięciem „polonizmów” plastycznie malować napad podchorążych na Belweder w nocy 29 listopada.

Oszołomiony belfer, pragnąc co tchu przerwać ten wykład, rzucił pytanie:

— Umiesz pan może co na pamięć?

— Tak, umiem to i owo.

— Proszę powiedzieć.

Zygier złożył książkę, przez chwilę się namyślał i wnet zaczął mówić głosem nie donośnym, ale dźwięczącym jak szlachetny metal:

Nam strzelać nie kazano. Wstąpiłem na działo...

Usłyszawszy te wyrazy, Sztetter zerwał się na równe nogi i zaczął machać rękami, ale Zygier nie umilkł. Jakby odepchnięty jego wzrokiem nauczyciel siadł na swym krześle, podparł głowę rękoma i nie spuszczał oka z szybek we drzwiach. W klasie stała się cisza. Wszystkie oczy skierowały się na wypowiadającego „wiersze polskie”. Ten mówił równo, ze spokojem i umiarkowaniem, ale jednocześnie z jakąś ukrytą w słowach wewnętrzną gwałtownością, która kiedy niekiedy, w pewnych cezurach, wymykała się między sylabami. Dziwne, niesłychane słowa przykuwały uwagę, potężny obraz boju roztwierał się przed oczyma słuchaczów — i nagle mówca dźwignął swój głos o stopień wyżej:

Gdy Turków za Bałkanem twoje straszą spiże,
Gdy poselstwo francuskie twoje stopy liże,
Warszawa jedna twojej mocy się urąga!
Podnosi na cię rękę...

Nauczyciel syknął i zaczął wstrząsać głową. Wtedy „Figa"- Walecki wylazł ze swej ławki, zbliżył się do drzwi, wspiął na palce i spoglądając uważnie w korytarz machnął ręką na Zygiera, żeby gadał dalej. Nie była to już recytacja utworu wielkiego poety, lecz oskarżenie uczniaka polskiego zamknięte w zdarzeniach bitwy. Był to własny jego utwór, własna mowa. Każdy obraz walki dawno przegranej wydzierał się z ust mówcy jako pragnienie uczestnictwa w tym dziele zgubionym. Uczucia dziecięce i młodzieńcze, po milionkroć znieważane, leciały teraz między słuchaczów w kształtach słów poety, pękały wśród nich jak granaty, świszczały niby kule, ogarniały dusze na podobieństwo kurzawy bojowej. Jedni z nich słuchali wyprostowani, inni wstali z ławek i zbliżyli się do mówcy. Borowicz siedział zgarbiony, podparłszy pięścią brodę i rozpalone oczy wlepił w Zygiera. Dręczyło go przemierzłe złudzenie, że on to wszystko już niegdyś słyszał, że on to nawet gdzieś jakby własnym okiem widział, ale nie mógł pojąć, co będzie dalej — i słuchał, słuchał ze wstrętem i złością, ale z dreszczem dziwnego bólu w piersiach. Wtem Zygier zaczął mówić:

...nieraz widziałem
Garstkę naszych, walczącą z Moskali nawałem.
Gdy godzinę wołano dwa słowa: — pal! nabij!
Gdy oddechy dym tłumi, trud ramiona słabi,
A wciąż grzmi rozkaz wodzów, wre żołnierza czynność,
Na koniec bez rozkazu pełnią swą powinność,
Na koniec bez rozwagi, bez czucia, pamięci
Żołnierz, jako młyn palny, nabija, grzmi, kręci
Broń od oka do nogi, od nogi — na oko...
Aż ręka w ładownicy długo i głęboko
Szukała... Nie znalazła... I żołnierz pobladnął,
Nie znalazłszy ładunku, już bronią nie władnął

I poczuł, że go pali strzelba rozogniona,
I puścił ją, i upadł... Nim dobiją, skona...

Borowicz zamknął oczy. Znalazł już wszystko. To ten sam
żołnierz, o którym mówił mu przed laty strzelec Noga na pagórku
pod lasem. Ten sam, zabity nahajami, leżący w skrwawionej
mogile pod świerkiem. Serce Marcina szarpnęło się nagle, jakby
chciało wydrzeć się z piersi, ciałem jego potrząsało wewnętrzne
łkanie. Ścisnął mocno zęby, żeby z krzykiem nie szlochać. Zdawało
mu się, że nie wytrzyma, że skona z żalu. Sztetter siedział na swym
miejscu wyprostowany. Powieki jego były jak zwykle przymknięte,
tylko teraz kiedy niekiedy wymykała się spod nich łza i płynęła po
bladej twarzy.

XVI

Miejscem bardzo drogim dla Borowicza i jego kolegów przez cały
czas egzystencji w klasie ósmej był tak zwany Stary Browar,
obszerna posesja leżąca u wejścia na przedmieście
wygwizdowskie. Niegdyś istniała rzeczywiście w tym miejscu
fabryka nędznego piwska. Z czasem właściciel jej zrujnował się
doszczętnie, a całkowity jego „interes" poszedł w ruinę. Wielkie
mury, budowle otaczające, składy i piwnice stały pustkami.
Dopiero po upływie lat kilku nabył wszystko za małe pieniądze
chudy Żydek z czarną bródką i za mniejsze jeszcze pieniądze
przerobił browar i składy na lokale mieszkalne. Cały szereg tych
budynków wraz z niezmiernym podwórzem i ogrodami stanowił
samoistną dzielnicę. Z jednej strony ograniczała ją wiecznie
gnijąca rzeczułka, z trzech innych uliczki boczne. Wysoki, jakby
więzienny mur z posępnymi bramami wychodzącymi na trzy
strony świata, biegł dokoła obszaru browarnego wzdłuż ulic
sąsiednich. Ponad kanałem sterczał tylko mocny parkan z
czterocalówek. Wielki dziedziniec był brukowany, a nawet
przecięty w poprzek przez trotuar wyłożony marmurowymi
płytami. Jednakże tuż obok chodnika istniały głębokie wądoły
wybrane w ziemi, nie wiadomo w jakim celu. Kiedy dżdżysty
październik napełnił je wodą, miały one wszelkie pozory pułapek
zastawionych przez właściciela Starego Browaru w celu chwytania
żywcem lokatorów, którzy nieuiszczone komorne trwonili w
knajpach i cukierniach, a późną i ciemną nocą wracali do gniazd
rodzinnych. Mieszkania ceglanym równoległobokiem otaczające
podwórzec miały wyraz wcale nie weselszy od więzienia Mazas.

Okna w nich były małe, drzwi nieforemne, sienie jak pieczary pogrążone w wiekuistym mroku, schody śliskie i brudne. Na wprost bramy głównej wysuwał się z głębi dziedzińca gmach fundamentalny, a raczej ściana jego, bardzo wysoka i naga. Tu i owdzie tkwiły w niej okna, znacznie później wmurowane. Stary tynk muru, obleczony niegdyś w zewnętrzną farbę, poobrywał się, spadł na ziemię i leżał tam z wolna unicestwiany przez deszcze. Wątpliwa, żółtaworóżowa barwa miejsc jeszcze trwających zamokła i wynikały tam przeróżne mapy, zygzaki, dziwaczne kształty i wierne symbole. Przypominały one rozmaite zjawiska tego padołu, jakby dla stwierdzenia myśli Schellinga, że natura, zdążając ku wiekuistej refleksji, zawsze wraca do raz już utworzonych, a gdzie indziej tkwiących postaci bytu.

W tej oficynie mieszkali na piąterku rodzice Mariana Gontali, ósmoklasisty, jednego z kolegów Borowicza. Ojciec „Mańka" był nieznacznym urzędnikiem Izby Skarbowej. Mieszkanie Gontalów składało się z trzech małych, wilgotnych izdebek i kuchni. Mieściły się tam dzieci, jakaś ciotka Matylda z ogromnymi kuframi, staruszka babka. Maniek z dwoma braćmi uczęszczającymi do niższych klas gimnazjalnych mieszkał na górce. Od klasy piątej, jak większość niezamożnej młodzieży klerykowskiej, całkowite utrzymanie swoje opłacał korepetycjami. Dawał ich dużo i pomimo bardzo niskiego wynagrodzenia zarabiał tyle, że mógł dopomagać familii w jej ciężkim życiu.

„Górka" mieściła się na strychu. Były tam ongi jakieś suszarnie. Całe poddasze zawalone było starymi deskami i krokwiami, toteż właściciel domu bez wielkiego gniewu dał się nakłonić do przeforsztowania dwiema ścianami dużej, istniejącej już zagrody, wybicia w murze okienka, a drzwi w przepierzeniu. Tym porządkiem wyrosła na strychu odosobniona stancyjka. Gontala *junior* za własne pieniądze ozdobił mieszkanie piecykiem żelaznym, od którego rura, zgięta w kształcie bagnetu, wychodziła na świat boży przez otwór wycięty w szybie. Żeby się dostać na górkę, trzeba było drapać się z sionki bocznej po schodeczkach kuchennych, bardzo stromych, przebywać całą długość strychu, między istnym lasem belek i krokwi.

W zamian za te trudy dostępu otwierał się przed gościem z okna izby daleki widok na jedno z przedmieść Klerykowa, na pola, łąki, wzgórza i sine lasy. Tuż przy domu widziało się stamtąd rozległy ogród, parkan na podmurowaniu, wiszący nad rzeką, i pewne w nim miejsce, zwane przez gości odwiedzających górkę „dziurą

Efialtesa". W kącie sadu, gdzie drewniany parkan stykał się z murem, pewna deska przybita do górnego przęsła, jak wszystkie, bretnalem, u dołu przegniła daleko poza gwóźdź spajający ją z belką dolną i chadzała swobodnie na górnym punkcie oparcia, dając się łatwo uchylać w prawo i w lewo. Idąc kilka kroków w bok po murku od „dziury Efialtesa" znajdowało się gruby dyl leżący nad rzeką, po którym z łatwością można było przebywać suchą nogą melancholijne fale topieli. Brzegiem kanału, a dalej na ukos od niego w górę, biegła między parkanami ku przedmieściu, zamieszkałemu niemal wyłącznie przez Żydów, uliczka tak strasznie błotnista i ubrudzona, że wszelkie jestestwo ochrzczone mogło ją zgruntować tylko w zupełnie wiarygodnych, nieprzemakalnych i bardzo wysokich cholewach. Jedynie ósmoklasiści umieli tamtędy skakać po im tylko wiadomych głazach i wzgórkach do *Ponte Rialto*, przebywać go wśród najgłębszej ciemności i omackiem znajdywać „dziurę Efialtesa".

Wędrowali tym szlakiem wszyscy, a najczęściej: Zygier, Borowicz, Walecki, Pieprzojad i siódmoklasista — Andrzej Radek. Gdy Gontala wracał ze swych *korep* o godzinie dziewiątej, dziesiątej, wypił na dole „u starych" herbatę i przybył do lokalu, a miał czas wolny lub chciał zobaczyć się z przyjaciółmi, wówczas zapalał świecę i stawiał ją w oknie. Radek widział to światło, wysoko w górze niby daleką gwiazdę błyszczącą, ze swego okna strzeżonego przez badyl głogu. Zygier codziennie około godziny dziesiątej zmykał sprzed nosa Kostriulewa i szedł jeśli nie do Gontali, to do Radka. Z tym ostatnim łączyły go węzły przyjaźni na śmierć i na życie.

Ponieważ nie można było rozmawiać w norze Radkowej, gdyż za cienką ścianą podsłuchiwał chlebodawca, czyli dobroczyńca pan Płoniewicz, szli tedy najczęściej w ciepłe wieczory jeśli nie do Mańka, to dróżką za przedmieścia w pole. Na górce zgromadzenia były zupełnie ubezpieczone: zamykano drzwi prowadzące do lokalu i stawiano wartę w kuchni przy schodach. Pełnili ją *con amore* dwaj młodsi Gontalowie, których za to traktowano po koleżeńsku. Duszą i kierownikiem był Zygier. Dzięki jego wpływowi kierunek i nastrój myślenia młodzieży kończącej gimnazjum zmienił się średnicowo. Nie wymagało to zresztą ani zbyt wielkiej erudycji, ani forsownego oddziaływania. Niby gwałtowny, za usunięciem stawidła, wybuch wody z jeziora skrytego przed oczyma tych młodzieńców, wwaliły się na obszary, które dotąd znali: wielka poezja wygnańcza, historia rewolucji i upadków, prawdziwa historia czynów ludu, a nie jego rządu, wieczyście nowa, krwią przesiąkła, pełna żywotów godnych pióra Plutarcha albo Carlyle'a... Ta samoistna, oryginalna kultura wciągnęła ich do swej głębi.

Był to rezultat nieunikniony. Zakaz policyjny, traktujący geniusz Mickiewicza jako niebyły, usiłujący zniweczyć pamięć o czynach i życiu Kościuszki, wzmógł tylko ciekawość, energię badania i miłości. Czytano rzeczy „zabronione" ze zdwojoną starannością, uczono się ich namiętnie i z uniesieniem, czego nie byłoby może, gdyby te dzieła były legalnymi, jak pisma Puszkina i Gogola. W szafce wyrzuconej przez rodzinę Płoniewiczów do pokoju Radka mieściły się zniszczone, oddane na łaskę i niełaskę szczurom, utwory Mickiewicza i Słowackiego, *Historia powstania listopadowego* Maurycego Mochnackiego, mnóstwo pamiętników z r. 1831 i 63, broszury polityczne, wydanie pisarzy okresu Zygmuntowskiego, przekład *Boskiej Komedii*, dzieł Szekspira, powieści Wiktora Hugo, Balzaka itd., wreszcie dosyć utworów literatury „miejscowej".

Radek przełknął to wszystko naprzód sam w ciągu trzechletniej samotności, a gdy się zaznajomił z Zygierem i ósmoklasistami, nosił rzecz po rzeczy na zebrania. Każda przyniesiona książka była nowością, do której rzucano się z takim zaciekawieniem, z jakim dziś czyta się telegraficzne wiadomości w ostatnim dzienniku o najświeższych zdarzeniach w świecie politycznym. A więc cóż mówi ten Dante w swym *Piekle* Co opisuje Szekspir w *Królu Lirze*? Cóż to jest ten *Faust*? W rozmowach zestawiano książki przeczytane i równano utwory w sposób nieraz bardzo zabawny. Częstokroć wprost od *Jerozolimy wyzwolonej* przechodzono do Eugeniusza Sue albo do jakiejś autorki wielkobrytańskiej, której nazwiska tłumacz polski wcale nie kładł w tytule dzieła, jakby dla uchronienia szanownej *lady* od kompromitacji wobec publiki „Kraju Przywiślańskiego", i znowu z płomiennym zapałem sądzono wyprowadzone postacie, charaktery i sytuacje. Do każdego płodu myśli ludzkiej banda tych młodzików przychodziła z natręctwem i bezwzględnością, roztrząsała go nieraz z prostactwem, a najczęściej z zachwytem, który już drugi raz w życiu się nie powtarza.

Gdy Borowicz przeczytał *Dziady*, nie był w stanie z nikim mówić. Uciekł do najbliższego lasu i błąkał się tam pożerany przez nieopisane wzruszenie. W zachwycie jego tkwiło coś bolesnego, jakieś przypomnienie mętne i zamglone, a przecie żywe niby ciągle w uchu dzwoniący płacz nie wiedzieć czyj, nie wiedzieć kiedy słyszany, a może niesłyszany nigdy, tylko razem z istnością poczęty w łonie matki, gdy brzemienna chodziła około uwolnienia męża z fortecy i w milczeniu płakała nad męką, nad klęskami, nad niedolą i boleścią ginącego powstania... Poezja i literatura epoki Mickiewicza odegrała w życiu Marcina rolę niezmiernie kształcącą. Przechodził wśród tych arcydzieł jak przez chłostę, jak między szeregami osób, które na niego patrzały ze wzgardą. Dusza jego pod wpływem tej lektury mocowała się z własnymi błędami, ulepszała w sobie i staliła się raz na zawsze w kształt niezmienny niby do białości rozpalone żelazo rzucone w zimną wodę.

Nie mniej doniosłe zmiany przeżywali w tym czasie koledzy Marcina. Walecki zbuntowany przeciw matce kochał się w Buckle'u, którego mu objaśniał Borowicz, i uczestniczył w badaniach przyrodniczych, rozwiniętych daleko logiczniej, gdyż „Spinoza", „Balfegor" i inni, wówczas już studenci medycyny w Warszawie, słali kursy litografowane i stosowne podręczniki. Zygier kierował starymi „urzędowymi" zebraniami w każdą niedzielę. Na takie posiedzenie ktoś z uczestników obowiązany był przygotować rozprawkę treści dowolnej z książek, jakie miał w ręku ostatnimi czasy. Na nieurzędowych schadzkach u Mańka nie tylko czytano i rozprawiano o rzeczach literackich, ale także uczono się przedmiotów kursu gimnazjalnego zadanych na lekcję. Zmęczeni korepetycjami, które np. Radkowi, Gontali, Waleckiemu pochłaniały pięć, sześć i siedem godzin, przychodzili na górkę, jak do stacji naukowej, ażeby szybko „wykuć" lekcje. Tu gromadnie robiono zadania z trygonometrii, algebry, geometrii, co zmęczonym ułatwiało znakomicie pracę jałowych, niekształcących „podstawień" i wyliczeń; tu na spółkę uczono się czytać wiersze Horacego, tłumaczyć je i rozpatrywać, objaśniać Demostenesa, dochodzić, jakim sposobem należy skandować chóry w *Antygonie* itd.

Na zebrania niedzielne przychodzili również i wolnopróżniacy, choć wypracowania pisane polskie budziły w nich abominację bynajmniej nie mniejszą niż dawniej *uprażnienia* rosyjskie. Zarówno tamto jak to było poza klasą, a więc było zbyteczne. Nie można jednak twierdzić, żeby wolnopróżniactwo nie uległo jakiemu takiemu wpływowi zreformowanych „literatów", wciąż naprzód idących. Owszem, stara gwardia wlokła się śladem Zygiera, Waleckiego, Borowicza, Gontali — tylko, żeby nie marnować zbyt wiele drogiego czasu, rznęła po cichu w karty. Były nawet z tej paczki formalne petycje do zarządu, ażeby ćwiczenia świąteczne połączyć z tanim, a również urzędowym „preferkiem" w myśl zasady: *omne tulit punctum, qui miscuit utile dulci*, ale obłąkani, jak mówiono, „literaci" sprzeciwili się kategorycznie i nigdy górka nie splamiła się szulerstwem.

Raz jeden tylko pozwolono sobie tam na „bibę". Przy końcu trzeciego kwartału, na początku kwietnia, jeden z kolegów, syn kupca posiadającego najobszerniejszą i najstarszą w mieście piwnicę win, zawiadomił Mańka, że przyniesie wieczorem butelkę maślacza wycyganioną od matki ze specjalnej familijnej piwniczki. Gontala rozesłał wici z oznaczeniem początku zebrania na godzinę dziewiątą. Borowicz załatwiał dnia tego swe korepetycje nieco dłużej i dopiero przed dziesiątą wybrał się w stronę górki. Minąwszy chałupiny żydowskie, gdyż tamtędy szła „wieczorna" droga ze względu na to, że bramy posesji już o tej godzinie na głucho zamykano, miał skoczyć w uliczkę, gdy wtem w kręgu światła padającym od jedynej w tych okolicach latarni spostrzegł wysoką personę w cylindrze i długim paltocie z bobrowym kołnierzem.

— Majewski — wyszeptał Borowicz, gorączkowo usiłując przyprowadzić do porządku spłoszone myśli i znaleźć niezwłoczny środek ratunku dla siebie i kolegów. Zanim cokolwiek przedsięwziąć zdołał, instynktownym ruchem wsunął się między sągi drzewa ogromnymi kupami leżące na pustym placu przy samym wejściu w błotnistą uliczkę, skurczył się, przykucnął i nie spuszczał oka z ciemnej sylwetki ruszającej się w mroku.

Majewski zbliżył się do zaułka, przez czas pewien stał tam, widocznie orientując się w sytuacji, a następnie puścił się w dół, ku rzeczce. Kalosze jego chlupały w grząskich, lepkich, dopiero co rozmokłych bryłach wiecznego bajora; laska, którą macał w ciemności drogę, stukała o kamienie tu i owdzie leżące. Gdy już stanął nad brzegiem kanału, Borowicz wyszedł ze swej kryjówki i z odległości mniej więcej trzydziestu kroków śledził jego ruchy. Majewski stanął przy kładce i prawdopodobnie patrzał w szybki Gontali błyszczące na wysokości, gdyż jego cylinder, widzialny w nikłym odblasku padającym z tego okna, pochylony był znacznie ku tyłowi. Borowicz zadarł także głowę i z niepokojem badał, czy z tego miejsca szpieg nie dojrzy głów zebranych kolegów. Ani twarzy jednak, ani sylwetek nawet widać nie było. Czasami tylko na szybach przesuwał się powiększony cień jakiejś osoby. Znienacka błysnęło światełko: to pan Majewski rozniecił zapałkę i trzymając ją w ręku, przebywał kładkę nad kanałem. Światełko wkrótce zgasło i Borowicz stracił z oczu postać stróża moralności uczniowskiej. Był najpewniejszy, że Majewski doskonale jest powiadomiony o „szczelinie Efialtesa", że już usunął deskę i jest w ogrodzie.

Rozmyślając, jaką by sztuką dostać się co tchu na górkę i uwiadomić przyjaciół, zbliżył się cicho, stanął przy kładce i łowił uchem każdy szelest. Idąc za Majewskim mógł wleźć mu w ręce, zgubić siebie i wszystkich. Nie wiedział, co robić, którędy przełazić... Nagle usłyszał szmer tam, skąd go się wcale nie spodziewał. Wytężywszy wzrok, ze zdumieniem odróżnił figurę Majewskiego na tle parkanu. Czarna plama sunęła wzdłuż drewnianego ogrodzenia i była już o kilkanaście kroków w bok od kładki. Brzeg rzeki był z dawien dawna obmurowany. Na tym podmurowaniu stał parkan. Między nim i kanałem zostawały jakie trzy ćwierci łokcia muru, po którym jak po wygodnej ścieżce można było chodzić aż do wielkich, niedających się przebyć bez drabiny ścian, u dwu krańców drewnianego płotu. Borowicz zachichotał w głębi duszy.

Rozumiał teraz, że Majevius otrzymał doniesienie czy sam wyśledził, jako uczniowie łażą do żydowskiego sadu przez dziurę w parkanie, ale nie wiedział, którą deskę należy ruszyć na bok, żeby uformować przejście. Tego miał dosyć. Widząc, że cień na słabo szarzejących deskach posuwa się coraz dalej, chwycił oburącz dyl tworzący kładkę i zaczął go z całej siły a ostrożnie ciągnąć ku sobie. Przeciwległy koniec drewna dał się wydobyć z ziemi. Marcin spuścił go wolno na powierzchnię bagna w kanale i wyciągnął całą kładkę na swój brzeg bez szelestu. Odsunąwszy ją ku środkowi uliczki, zaczął się cicho skradać pod osłoną stosów tarcic tworzących tam istne budowle. Gdy już był naprzeciwko Majewskiego, przysiadł, zgarnął rękoma ogromną kupę gęstego i cuchnącego błota, urobił je na pigułę wielkości bochenka chleba i grzmotnął nią z całej siły w pedagoga wędrującego wzdłuż gzymsu po tamtej stronie rowu. Majewski jęknął głucho i stanął w miejscu. Borowicz lepił już tymczasem drugą kulę, jeszcze bardziej wolną, i natychmiast zrobił z niej właściwy użytek. „Profesor" widocznie stracił głowę, gdyż stał na miejscu bez ruchu i tylko głębokimi stęknięciami świadczył o celności pocisków. Borowicz nie ustawał. Przysiadł na ziemi, chwytał całe bryły i prał z wściekłością. Czyniąc *to*, przez ściśnięte konwulsyjnie zęby szeptał do siebie:

— Masz, psie, masz, *draniu*! Masz — za teatr, masz za

inspektorskie zebrania, masz za literaturę! Tyś mnie chciał do siebie podobnym... Masz, renegacie, masz, szpiegu, masz, szpiegu!

W pewnej chwili Majewski przykucnął, pragnąc widocznie omylić wzrok napastnika. Borowicz dostrzegł ten manewr i podwoił szybkość bombardowania w sam cylinder.

— Myślisz, że cię nie widzę! — krzyknął raptem Majewski po polsku głosem jęczącym. — Zapłacisz ty mi za to!

Uczeń bił bez przerwy. Wówczas wychowawca podniósł się i co tchu ruszył w stronę kładki, szukając jej laską w ciemności. Wdzięczny elew posuwał się z nim równo, chichocąc i bijąc go błotem bez przerwy. Stanąwszy w okolicach byłej kładki, Majewski potarł zapałkę o pudełko i oświetlił straszliwy dla siebie widok: ławy nie było. Znajdował się tedy w istnej pułapce. Za plecami miał parkan wysoki na kilka łokci, przed sobą głęboki ściek miejski. Krąg blasku nie dosięgnął wybrzeża, na którym stał Borowicz, ale za to ukazał w całej pełni twarz Majewskiego, czarną od błota. Marcin skorzystał z tej chwili i trzepnął w tę właśnie twarz ogromną skibą bajora. Nauczyciel przez chwilę pluł i charkał, a później wrzasnął:

— Gdzieś podział deskę?

Marcin dał mu znowu respons bryłami.

— Nie chcę wcale wiedzieć, kim jesteś — wołał Majewski — niech cię wszyscy diabli wezmą! Dostaniesz dziesięć rubli, rzuć deskę w dawnym miejscu.

Nowy grad pocisków zwalił się na jego głowę. Wreszcie Marcin znużył się i nasycił zemstę. Spostrzegłszy, że belfer idzie znowu po gzymsie bez celu w kierunku raz już odbytym, wsunął się między sągi, przemknął aż do końca parkanu i siadł, żeby odpocząć i patrzeć, co będzie dalej.

Stamtąd widział, jak nieszczęsny więzień palił jedną po drugiej zapałki, schylał się z tym światłem nad rzeką, beznadziejnie szukając brodu, jak próbował oderwać deskę z parkanu, ciskał w bagno kamienie, siłą z muru wyrwane, dla utworzenia grobelki, a wreszcie usłyszał niesmaczny plusk i domyślił się, że to pedagog przebywa w bród rzekę klerykowską. Wówczas chyłkiem zbliżył się ku niemu i postępując krok w krok prowadził oczyma ciemną sylwetkę zdążającą ku brukowanej ulicy. W świetle latarni Majewski ukazał się oczom jego w postaci straszliwej. Było to istne monstrum stąpające na nogach szeroko rozstawionych, odziane w kupę błota i przykryte cylindrem zmiażdżonym jak stary kalosz. Marcin zaśmiał się jeszcze i ruszył z powrotem. Szybko w dawnym miejscu przerzucił kładkę, wlazł do ogrodu i wiadomym bocznym wejściem, po zameldowaniu się młodym Gontalom, wbiegł na górę. Zgromadzeni tam byli wszyscy, a nie mogąc doczekać się Borowicza, opróżnili już pękatą butelkę maślacza. Twarze i oczy były wesołe, języki rozwiązane i nie próżnowały. Zygier leżał na łóżku Gontali z rękami założonymi pod głową i szeptem coś wykładał czterem kolegom wolnopróżniakom, którzy wpół leżąc obok niego, patrzyli mu w oczy i słuchali. Przy stoliku gadał Walecki, podniecony winem i tym, co mówił. Na drugim łóżku siedzieli rzędem czterej wolnopróżniacy, którzy stanowili najbardziej prawe skrzydło tej prawicy i ze skupieniem baczyli na ściany izdebki, puszczając kiedy niekiedy przez obie dziury nosa dym strugami nad wyraz obfitymi. Przy piecyku siedział na krześle Radek z głową zwieszoną i wspartą na ręku. Płowa jego czupryna pojedynczymi pasmami zsunęła się ku dołowi i leżała na czole i na pięściach. Gdy Borowicz wkroczył do izby, wszyscy zarzucili go pytaniami, dlaczego tak późno przychodzi. Marcin nabrał tchu, a raczej dymu w płuca, wysapał się i mówił:

— Zabierajcie, o *ándres* klerykowiajoj, manatki i rwijcie stąd z kopyta!

— Co? dlaczego? — wołano naokół.

— Zabierajcie manatki, bo tu niezwłocznie może być rewizja! Nie ma o czym długo gadać. Jutro rozpowiem.

To rzekłszy, spędził Zygiera z posłania i sam rzucił się na nie. Wszyscy umilkli i przyglądali się Marcinowi sądząc, że blaguje. Nagle Jędrzej Radek podniósł się ze swego miejsca i stanął w środku izby. Głowa jego sięgała pułapu. Włosy kosmykami spadały na czoło. Wzrok miał nieco przymglony, a raczej skierowany na coś bardzo dalekiego. Zimny a osłaniający głębokie uniesienie półuśmiech z lekka krzywił jego górną wargę.

— Słuchajcie no, ja wam powiem!... — zaczął mówić swym twardym głosem.

— Słuchaj no, chłopie, idziemy! — przerwał mu Zygier.

Radek potrząsnął głową, cofnął się na swe miejsce, siadł tam i, ni z tego, ni z owego, zaczął śpiewać głosem szorstkim, ale mocnym jak szczęk stali, pieśń nikomu nieznaną:

Młoty w dłoń,
Kujmy broń!...

Zygier szybko rzucił się ku niemu, potrząsnął go za ramię i rozkazującym głosem zawołał:

— Radek, bądź cicho!

Andrzej spojrzał na niego, kiwnął głową i mruknął:

— Cicho?... No, to cicho...

Wszyscy spiesznie opuścili górkę, zbiegli ze schodów i minęli ogród. Za radą Borowicza wysuwano się przez „dziurę Efialtesa" pojedynczo i w pewnych odstępach czasu. Wkrótce wszyscy rozpierzchli się na wsze strony świata — a w okolicy kanału zaległa zwykła, głucha cisza i pustka. Około godziny dwunastej z uliczki brukowanej dał się słyszeć łoskot kroków kilku osób. To pan Majewski, przebrany i osuszony, w towarzystwie dwu strażników miejskich przybywał na miejsce, gdzie tyle wycierpiał. Stójkowi mieli ze sobą ślepą latarkę. Otwarłszy ją znienacka, zbadali miejsce. Wbrew twierdzeniom pedagoga dyl leżał nad kanałem, a dziury w parkanie opiekunowie bezpieczeństwa publicznego i teraz odszukać nie mogli. Pan Majewski wymagał, żeby siedzieć w tym miejscu pod osłoną nocy i czekać na rozbójników, którzy go zmasakrowali, ale strażnicy niezbyt gorliwie myśl tę poparli. Przystawali w zasadzie na sam proces czekania, tylko nie nad brzegiem cuchnącego kanału, lecz w szynku, który według ich zdania mieścił się w odległości bardzo nieznacznej. Samemu panu Majewskiemu reprezentanci siły wykonawczej nie stawiali żadnych przeszkód co do zamiaru czatowania przy kładce. Chcieli mu nawet pożyczyć ślepej latarki. Ponieważ jednak noc była ciemna i wietrzna, a w okienku Gontali światło zagaszone, więc i sam pan Majewski zdecydował się odłożyć zemstę *ad calendas graecas* i ruszył do domu.

XVII

Po świętach Wielkiej Nocy gromadka ósmoklasistów gotowała się w skupieniu ducha do egzaminu *maturitatis*. Powtarzano wszystkie nauki gimnazjalne od *a* do *z*, ćwiczono się w nich z uporem i zawziętością. Tworzyły się gromadki odosobnione na mocy doboru zdolnościowego, pary i trójki *kujące* poszczególne przedmioty, a całość, jakkolwiek rozbita, dziwnie się skonsolidowała, zbiła w masę jedno czującą. Mało kto wiedział, że minął kwiecień i większość maja. Dla *powtarzaków* były to tylko dni zawierające tyle a tyle godzin pracy i tyle a tyle snu. Niektórzy z mniej zdolnych mało sypiali, mniej niż zwykle jedli, przytłoczeni depresją, inni trwali w nieustannym zwątpieniu i rozpaczy.

A wiosna objęła już była świat w posiadanie. Stary park miejski nakrył się oponą lśniących jasnozielonych liści i hodował w swej głębi, pełnej przecudnych cieniów i świateł, młode kwiaty i trawy. Dróżki ubite z okruchów cegły i wysypane żółtym piaskiem ginęły wśród zieleni niby drobne ruczaje między brzegami; — mury starych domostw u jednego z krańców ogrodu schowały swą nagość pod wieńcami dzikiego wina. Nawet starodawne kamienne ławki lśniły się od mchów zielonych i miękkich. Park leżał dość nisko, między murami, pełen był wilgoci i chłodu. Olbrzymie drzewa rozpościerały nad jego wnętrzem cień taki, że w dnie bardzo upalne było tam chłodno niby w podziemnej jaskini. W zakątkach krzewy bzu i czeremchy skupiały się w niedostępne gąszcze albo rozrosły w klomby. Szeregi młodych grabów tworzyły ulice prowadzące do ławek ustronnych.

Jedna z takich jasnożółtych dróżek szła, skręcona w półokrąg, do źródła. Spod rozwalonego muru wypływała tam przez kamienne gardło Fauna struga czystej i zimnej wody, zlatywała do wielkiej misy wyciosanej z piaskowca i ginęła w jej wnętrzu. Ze środka tej misy, zawsze pełnej po brzegi, wznosiła się ładna kolumna z urną na szczycie. Marmurowe stopnie, które prowadziły do źródła, samą czarę, rzeźbione ornamenty kolumny i urnę powyżerał, wyszczerbił i okrył rudawą pleśnią czas nieubłagany. Przez środek rezerwuaru biegły dwa grube, zgięte i zardzewiałe pręty żelaza. Niegdyś zapewne stawiano na nich konwie i wiadra, kiedy z tego miejsca wolno było czerpać wodę. Później korzystały z nich tylko wróble, dzierlatki, pliszki, srokosze i makolągwy. Siadały bez trwogi pod samym prądem lecącej wody i chwytały wprost z niego krople, roztwierając dzioby jak można najszerzej.

Ugasiwszy pragnienie, przesiadywały tam długo, ze zdumieniem wpatrując się w odbicia swych postaci widzialne w głębi czary na tle misternej tkaniny mchu wodnego i ciemnobrunatnych osadów. Źródło mieściło się na placu o jakich dwudziestu krokach średnicy, otoczonym z jednej strony przez gęste zarośla grabiny i stary mur, z drugiej przez trawnik i rabaty kwiatowe. Z obydwu stron zbiornika, o kilkanaście kroków jedna od drugiej, stały naprzeciwko siebie dwie kamienne ławki, bardzo stare, wrosłe w ziemię i mające pełno mchu w każdej szczelinie. Jedną z nich na czas przedegzaminowy wziął w niepodzielne władanie Marcin Borowicz. Wbrew przyjętej przez wszystkich jego kolegów metodzie postępowania uczył się sam jeden. W końcu kwietnia i na samym początku maja powtarzał z Zygierem, lecz wkrótce zerwał umowę i znikł wszystkim z oczu. Wiedziano tyle tylko, że co dzień od wczesnego świtu *obkuwa* w parku. Ponieważ zaś każdy z ósmoklasistów zajęty był sobą i przelotną uwagę zwracał co najwyżej na *współkowalów* z grupy uczącej się razem — więc o Borowiczu zapomniano prawie. A on tymczasem nie sam się uczył.

Pewnego razu, w pierwszych dniach maja, wyszedł o świcie z kursem historii w ręku, żeby się ocucić po nocy spędzonej nad książką. Mijając park skręcił w boczną uliczkę z zamiarem napicia się wody ze źródła. Gdy stanął u kresu złotej ścieżki w pobliżu basenu, serce w nim zamarło...

Pod cieniem grabów, otoczona książkami, siedziała na kamiennej ławce — „Biruta". Była to jedna z lepszych uczennic klasy siódmej gimnazjum żeńskiego, panna Anna Stogowska, zwana „Birutą". Ojciec jej był lekarzem wojskowym, a w całym mieście sławnym karciarzem i łobuzem. Kończąc kursy lekarskie w petersburskiej akademii chirurgicznej, zaprowadził był romansik z córką czynownika, u którego mieszkał, i zmuszony został do ożenienia się z ofiarą swych zapałów. Wkrótce po ukończeniu studiów otrzymał miejsce lekarza przy pułku piechoty konsystującym w Klerykowie. Żona powiła mu kilkoro dzieci. Najstarszą z nich była właśnie panna Anna. Dzieci te, jako zrodzone z matki prawosławnej, chrzcił pop, a szkoła zaliczała do gromady Rosjan. Lekarz Stogowski nie był w gruncie ani złym, ani głupim człowiekiem, ale wrodzona lekkomyślność podwoiła się i potroiła w nim na widok skutków, jakie wynikły z jednego nierozważnego uczucia. Jakby dla zapomnienia o domu, o żonie i dziedzictwie prawosławia — pił i grał w karty.

Stokroć nieszczęśliwszą w tym stadle była żona. Osiadłszy w Klerykowie, przez miłość dla męża wyuczyła się języka polskiego tak dokładnie, że nie zdradzał jej nawet akcent cudzoziemski — a nadto uczyniła ten język panującym w domu. Po upływie lat, gdy się rozczytała i rozpatrzyła w okropnych dziejach ucisku, stała się Polką z prawego sumienia, każdy nowy cios zadany nieszczęśliwemu narodowi dziesięćkroć czującą. Ani jeden z Rosjan urzędujących w mieście nie miał prawa wstępu w progi jej domu. Co więcej, zerwała wszelkie węzły z rodziną, spaliła wszelkie mosty, wypowiedziała własnej nacji wojnę scytyjską. Uczyniła to bez wahania, posłuszna wewnętrznemu głosowi sprawiedliwości, ale życie swe przez to samochcąc zepsuła, a radość, zadowolenie i spokój z korzeniem zeń wyrwała.

Nie było z pewnością w mieście Klerykowie drugiej kobiety, która by postępowała w sposób równie obywatelski jak pani Stogowska, która by każdy krok stawiała tak rozumnie, tak rozważnie i tak śmiało, ale nie było tam ani jednej, która by żywiła w sercu podobnie bezbożny wstręt do tego świata, do jego urządzeń i do samego życia. Jedynym krajem, gdzie myśl jej mogła na chwilę wytchnąć, były wspomnienia czasów dzieciństwa, ale tam zakazała sobie chodzić. Czuła przecież, że główną przyczyną upadku męża jest ona i to dlatego jedynie, że jest Rosjanką.

Gdy się stała Polką i wydarła ze siebie wszystko co rosyjskie, aż do reminiscencyj i upodobań, przychodził pop i zabierał dzieci, ażeby je uczynić Moskalami. Miłość dla męża, nie wiedzieć jakim sposobem, stawała się źródłem zła; dzieci urodzone z tej miłości przychodziły na świat ze stygmatem przekleństwa. Byli to wrogowie ich ojca, wrogowie jej samej, wrogowie samych siebie. Pragnąc zniweczyć i zmazać ten straszliwy grzech pierworodny dokładała wszelkich starań, żeby uczynić z nich Polaków, sączyła w ich dusze nienawiść do tego wszystkiego, co w tajemnicy kochała przecie, a mimo wszelkie trudy czytała codziennie w oczach męża wyraz wiecznego i głuchego żalu...

Nadszedł czas, że życie stało się dla niej katuszą nie do zniesienia. Zalągł się w sercu skryty jad, tęsknota za czymś, a Bóg wie za czym, tęsknota jak pies nienasycony wiecznie gryząca. Nie było takiej kryjówki, takiego zaułka i schowania w duszy, gdzie by się przed nią skryć było można. Jak mała i słaba mucha, która lekkomyślnie siadła na żelaznych szynach i pod kołami lecącego pociągu straciła skrzydła i nogi, wlokła swe życie ze zmiażdżonym sercem, ciągle pełzając wzdłuż tej samej drogi.

Aż do śmierci...

Rozchorowała się na zapalenie płuc i prędko zgasła, przeżywszy ledwie lat trzydzieści parę. Panna Anusia, najstarsza córka, była wówczas kozą czternastoletnią. W ciągu ostatnich lat życia matki była ona jedyną jej powiernicą, ucieczką i wspomożeniem. Nic też dziwnego, że wzięła po niej cały spadek duchowy. Już w klasie trzeciej panna Anna wiedziała, jakich to pociech dostarcza przymusowa religia i co znaczy miłować ucisk, czcić niedole, które on sprawił. Wiedziała, że nigdy nie wyjdzie za mąż, bo czyby poszła za Rosjanina, czy za Polaka — zawsze ją czekał los matki. Sama nie żywiąc żadnych wspomnień rosyjskich, chowana wśród ciągłych gwałtów sumienia, między nienawiścią a umiłowaniami na śmierć i życie, w samym ośrodku tej tragedii rodzinnej, już we wczesnym dzieciństwie stała się służebnicą narodowej nędzy. Do pierwszych, do przedwczesnych uczuć jej przywarła zemsta za matkę i nadała wszystkim strzałom pragnień i marzeń groty i ostrza ze stali. Myśli dzieweczki wyrosły na zatraconym, nieziemskim gruncie, jakby drzewka, trawy i kwiaty na niedostępnej skale. Stamtąd, z tej wyniosłości, dziecięcymi oczyma patrzała na świat samotna i do nikogo niepodobna na ziemi. Koleżanki przezwały ją „Birutą", gdyż nigdy nie śmiała się oczyma do chłopców, przysięgła na zawsze zostać dziewicą i czemu innemu, jak mówiła, poświęcić życie. W gimnazjum musiała chodzić do cerkwi i nosić miano Rosjanki. Ponieważ usiłowała nie spełniać przepisów rytuału, a bunt czyniła ciągle, jawnie i cicho, więc stosowano do niej rozmaite kary, grożono wydaleniem ze szkoły i odwoływano się do współdziałania rodzicielskiego. Pod grozą dr Stogowski, którego interesy szły wiecznie kiepsko, a od śmierci żony całkiem źle, sam, wbrew chęci i woli, ze łzami namawiał córkę do posłuszeństwa. Wszystko to przesycało młodą jej duszę grozą i wstrętem. Z biegiem lat ustaliły się rzeczywiste jej zasady, jako składowe a czynne części weszły w charakter, stały się usposobieniem i nałogiem. Panna Anna dużo czytała i pod ławą szkolną niejako zdobyła wykształcenie daleko szersze, niż sądzono. Była nieufna, zamknięta w sobie, milcząca i nieprzystępna.

Teraz po śmierci matki wzięła w swe ręce zarząd domu i opiekę nad młodszym rodzeństwem. Trzech braci kształciła w gimnazjum męskim, dwie młodsze siostrzyce w żeńskim. Czuwała nie tylko nad ich pokarmem i nauką, ale także robiła to samo co matka, to jest uczyła ich nienawiści do ducha moskwicyzmu. Jednakże między podszeptem jej i matki była różnica. Tamta czyniła swoje jak szlachetny człowiek, który mocując się ze słabością sił pełni obowiązek; ta sprawowała go inaczej, a w taki sposób, jakby „nóż ostrzyła tajemnie..."

Borowicz zakochał się w pannie Annie przy końcu zimy. W dzień mroźny i śniegowy szedł w stronę gimnazjum i spotkał panienkę zdążającą do cerkwi. Było to w epoce najzajadlejszych dysput i czytań u Gontali. Borowicz spojrzał przelotnie na idącą, odniósł w roztargnieniu jak gdyby dawne, martwe, rusofilskie wrażenie: — ach, to ta... „Birutka" — i nagle przypomniał sobie, co mu o niej mówiono. Skręcił na miejscu i wlókł się za nią. „Biruta" szła wolnym krokiem. Śnieżynki lekkie jak puch płynęły w powietrzu i krążyły dokoła tej głowy ubranej w barankową czapkę. Jedne z nich siadały potajemnie na promieniach jasnych włosów wymykających się spod czapki, inne obcesowo pędziły do ust różowych i za tę śmiałość świętokradzką konały w gorącym oddechu, jeszcze inne czepiając się brwi i długich rzęs zaglądały w smutne oczy. Borowicz raz tylko w nie spojrzał i wnet zleciało na niego jakby wśród widnego dnia wypadające zaćmienie słońca. Te duże lazurowe źrenice, co udzielały nawet białkom nikłej półbarwy błękitu, wcieliły się w jego duszę...

„Biruta" nie bywała nigdzie, u żadnej z koleżanek, gdyż wszystek czas wolny pochłaniała jej praca domowa i korepetycje z siostrami. Toteż Borowicz nie mógł się z nią zapoznać, chociaż dokładał w tym celu starań forsownych niemało. Czasami widywał ją na ulicy, gdy szła ku domowi albo do gimnazjum w towarzystwie młodych „Stogówek". Wtedy przez krótkie chwile radości mógł na jawie uwielbiać jej twarz przecudną i podziwiać oczy, w których mieszkała wieczysta, chłodna troska. Pewnego razu otrzymał z rąk jednej fertycznej siódmoklasistki sztambuch do wpisania wiersza pamiątkowego. Niedbale przerzucał kartki tego albumu, z ironią odczytując drewniane sentymenty gimnazistek, gdy wtem rzucił mu się w oczy wierszyk pisany ręką panny Stogowskiej. Borowicz zerwał się na równe nogi i drżącymi ustami czytał tę strofkę:

Ach, kiedyż wykujem, strudzeni oracze,
Lemiesze z pałaszy skrwawionych?
Ach, kiedyż na ziemi już nikt nie zapłacze
Prócz rosy łąk naszych zielonych?...

U dołu stronicy mieścił się następujący przypisek:
„Droga moja, jeżeli kiedy spojrzysz na tę kartkę i odczytasz niniejszą piosenkę Mieczysława Romanowskiego, wspomnij o «Birucie» i myśl o niej ze współczuciem".

Borowicz stał długo z oczyma wlepionymi w te słowa. Tegoż dnia napisał właścicielce „sztambucha" jakiś szumny komunał, ale w zamian za to wyrwał z tak pięknie oprawionej książki kartę z autografem „Biruty", ukradł go bezczelnie i schował. Odtąd bardzo często ta kartka leżała między stronicami *Antygony*, a ilekroć powtarzał, to nowoczesny poeta przeszkadzał mu skupiać wszystką uwagę na skargach ślepego króla.

Tymczasem skończył się rok szkolny, przyszły święta i wkrótce zwaliło się powtarzanie. Marcin w ciągu tego okresu widział pannę Annę raz jeden. Kuł z wściekłością po całych dniach, nieraz do bladego przedświtu. Wówczas wychodził z domu i krążył jak szyldwach po ulicy, około domu, gdzie mieszkała „Biruta". Wiedział na pewno, że jej nie zobaczy, ale zbliżanie się do jej mieszkania przyprawiało go o szczególne ściśnienie serca, zarazem bolesne i rozkoszne. Umysł jego, forsownie podówczas wkręcany między żelazne tryby dat, aorystów, formuł — wyrywał się do cudownego widziadła i spał u stóp ubóstwianej, w ciszy i wśród marzeń. Ulica, brukowana wielkimi kamieniami i zaopatrzona w wąziutkie a wydeptane ze szczętem flizy z piaskowca, bywała o tej porze pusta zupełnie.

Okiennice, umieszczone częstokroć tuż nad samym chodnikiem, były pozamykane, firanki spuszczone, bramy i drzwi do sieni zatarasowane. Pierwszy brzask spływał z dachów okrytych nocną rosą w brudną ulicę i powlekał ją całą bladosinym kolorem. Borowicz stąpał na palcach, żeby nikogo ze śpiących nie budzić i nie zwracać na się niczyjej uwagi. Oczy jego leciały ku szeregowi okien pierwszego piętra starej kamienicy, czepiały się ich, wisiały u zasuniętych storów z szarego płótna... Trafiało mu się stać tam bez ruchu, bez wiedzy, nie wiadomo jak długo, z oczyma utkwionymi w te szyby. Gdy sklepikarze poczynali otwierać swe kramy, Marcin z głodnym sercem odchodził stamtąd w stronę parku, który leżał tuż po drugiej stronie połaci domów.

I oto nagle los się nad nim zlitował. Wstępując na placyk przy źródle, zobaczył „Birutę". Panna Stogowska rzuciła nań okiem z wyrazem niechęci i drgnęła, jakby w zamiarze oddalenia się stamtąd, ale po namyśle, zacisnąwszy wargi, została. Borowicz chciał trzymać książkę przed oczyma i spoza niej patrzeć, ale nie mógł jej udźwignąć z kolan. Teraz przypomniał sobie, że dawniej zdarzało mu się widzieć panienkę, gdy była chudą i mizerną dziewczynką ze srogimi oczami. Czyż to ta sama? — zadawał sobie stokrotne pytanie, w którym kryła się niezgłębiona rozkosz. Blade liczko stało się teraz twarzą dziewiczą o rysach tak pięknych, jakby to z nich właśnie czerpano wzór do boskich profilów Pallady-Ateny w sztychowanych winietach starego wydania rapsodów Homera. Pod prostymi brwiami błyszczały w mroku rzęs wielkie oczy. Nad białym czołem lśniły się w porannym blasku pasma włosów jak piękny len. Chude ramiona podlotka, przekształcone teraz na barki dziewicze, cudnymi liniami łączyły się z zarysem piersi rozciągających stanik ciasnego mundurka brązowej barwy.

Park był pusty i cichy zupełnie. Stała tam jeszcze cienką warstwą mgła nocna. Tylko ptaki wołały się po drzewach. Niektóre z nich pędziły za żerem w wysoką trawę i od czasu do czasu przerywały ciszę trzepotem skrzydeł, gdy uczepiwszy się grubych badylów bujały wraz z nimi na powietrzu.

Czas leciał jak błyskawica. Borowicz usłyszał ze zdumieniem, że bije siódma. Panna Anna wstała ze swego miejsca i nie podnosząc oczu, odeszła. Marcin prowadził ją wzrokiem, a gdy głowę jej skryły krzewy, rozciągnął się na ławie i został tak bez ruchu. Około dziewiątej dopiero wrócił na stancję i przez cały dzień zażarcie pracował. Chciał przemóc uczucia napadające go jak gorączkowe ataki i pokonać zdrętwienie mózgu. Chwilami władnęły nim szczególne złudzenia, które jego samego i cały świat obracały w inną postać, a właściwie w jedną jedyną, niewysłowioną, senną rozkosz. Stan takiego snu na jawie przeszkadzał mu w nauce, toteż Marcin musiał zarywać nocy. Spał ledwie parę godzin, a przed samym świtem, około godziny drugiej, zbudzony przez jakieś raptowne uderzenie nerwowe, podniósł się, zlał głowę wodą i ruszył do źródła w parku. Siadłszy na swej ławce ujął głowę w ręce wsparte na kolanach i oddał się swym marzeniom, jak gdyby po niepewnych stopniach schodził w głąb czarną bezdennej studni. Kiedy niekiedy w tym pochodzie zastępował mu drogę żal czy strach... W innych chwilach ściskała mu piersi tęsknota niezwyciężona.

W parku i w mieście był jeszcze mrok zupełny. Nawet ptaki drzemały w gniazdach. Tylko kaskada źródlana, spadając na pręty żelazne i rozpryskując się kroplami po wierzchu wody w kamiennej misie, snuła melodię wiekuistą. Borowicz wiedział, co znaczy ten dźwięk chichotliwy a żałosny. Wpadał mu do ucha i zostawał tam na zawsze jako symbol dziwnych minut przemijających. Czerwona jak krew zorza stanęła tymczasem między grubymi pniami. Liliowy jej odblask rozniecił się nad ich koronami i wypędził mroki nawet z zaułków starego muru walącego się w gruzy. Gdy kosy zaczęły gwizdać swe wesołe trele, Borowicz siedzący z twarzą skrytą w dłoniach usłyszał chrzęst drobnego żwiru na dróżce i odgłos zbliżających się kroków. Czuł, że osoba idąca wstrzymała się u wejścia i dopiero po upływie chwili zajęła miejsce na przeciwległej ławie. Bał się ruszyć, żeby nie spłoszyć ziszczonego marzenia. Dopiero gdy usłyszał szelest przewracanych kartek, wyprostował się, podniósł głowę i ujrzał pannę Annę.

Od tej chwili patrzał w nią jak w tęczę. Reflektował się, że to źle, że może wszystko stracić, jeśli panienka rozgniewa się i odejdzie, ale był to głos rozsądku wołający na puszczy. Nienasycone oczy upajały się bez końca i tonęły w swym szczęściu. „Biruta" nie poświęcała temu wszystkiemu ani przelotnej uwagi. Uczyła się gorliwie czegoś na pamięć, bo bezpretensjonalnie ruszała wargami, widocznie przyswajając sobie jakieś wyrazy, frazesy czyli liczby. W pewnej chwili przelotnie rzuciła okiem na sąsiada i zmieszała się, spostrzegłszy jego twarz opromienioną uśmiechem zachwytu, zbladłą, podobną do oblicza człowieka, którego zraniono śmiertelnie i którego krew uchodzi. Wtedy dreszcz bolesny wstrząsnął nią od stóp do głów...

Nazajutrz nie przyszła już do źródła. Borowicz siedział tam po próżnicy przez cały ranek. Drugiego dnia nie zobaczył jej także. W ciągu tych dni przebył ogrom doświadczeń. Rozmyślanie o losie panny Stogowskiej, o przymusie, jaki wycierpiała w niedługim życiu swoim, wodziło go po zrębach stromych wyżyn, nad otchłaniami, tam gdzie tylko młodość wstępować się waży. W drodze tej wypadła z jego serca nędzna litość istoty szczęśliwej względem pogrążonej w niedoli i napełniło je po brzegi obywatelskie współczucie, jakie ożywia spiskowców idących na szafot za tę samą sprawę. Na końcu tych rozumowań siedział okrutny wyrok: nigdy... Trza było skazać na śmierć tę miłość, od której serce pęka, jakby zbielałym w ogniu żelazem wypalić wszystko aż do ostatniego wspomnienia. Postanowił zacząć tę pracę od chwili bieżącej, dźwignąć niezwłocznie katuszę: unikać widoku „Biruty". Gdy upłynęła trzecia noc od ostatniej „schadzki", nie poszedł do parku. Ranek spędził w lesie. Leżał tam z twarzą do ziemi, jak człowiek śpiący w letargu i przywalony ziemią mogiły. Ciało jego nie czuło głodu ani pragnienia, zimna ani bólu. W głowie miał taką nicość, jakby mu ją przed chwilą rozwaliła bomba. Tylko w głębokości serca tlało niby płomyk cierpienie zranionej duszy. Czasem blask jego pełgał żywiej i oblekał się w formę przysięgi: Gdybyś kiedy we śnie poczuła, że oczy moje już nie patrzą na ciebie z miłością, wiedz, żem żyć przestał...

W południe wrócił na stancję i znowu rzucił się do roboty. Była ona teraz środkiem ratunku, jak gdyby dobrym przewodnikiem dla kipiącego buntu, dla zgromadzonego gniewu, dla burzy szalejącej w sercu. Porywała stamtąd uczucia wysokie aż do niebios, unosiła ze sobą w głębiny nieznane, które wchłaniają ich tyle, a nie zwracają nigdy ani jednej okruszyny. Tak minął dzień i część nocy. Przed świtem dnia następnego Borowicz wstał cicho i jakby po kryjomu przed samym sobą wyszedł z domu. Nogi niosły go same. Nie czuł ani iskry oporu, nie był w stanie myśleć o tym, co czyni. Wiedział na pewno, że panienki nie będzie, ale łaknął tego zakątka, szmeru wody i widoku roślin. Było jeszcze ciemno, gdy tam przyszedł. Jak obłąkany zbliżył się do miejsca „Biruty" i usiadł w tym rogu, gdzie ją widział dwa razy — doświadczając takiego wrażenia, jakby kradł w sekrecie albo szpiegował i oskarżał współtowarzyszów. Ręce jego obejmowały próżnię, głowa zwisła na miejsce, gdzie były ramiona modrookiej, usta całowały powietrze, nogi ze czcią dotykały żwiru, na którym spoczywały stopy panny Anny. Dusząc w sobie gwałtowne łkanie, trzymał w objęciach cudną chimerę. Tak minął przedświt. Dopiero zorze ranne zawstydziły Marcina. Wstał z tego miejsca, przeszedł na swoją ławę i usiłował zabrać się znowu do pracy.

Kiedy się tego ani spodział, zgrzyt żwiru dał się słyszeć za krzewami i panna Anna szybko przebyła ścieżkę i placyk, zdążając ku swej ławie. Przyjście jej zwiastował jakiś wonny powiew. Brwi miała zmarszczone, była zmieszana i jakby strwożona. Borowicz siedział oszołomiony. Szybko jak mrok wobec światła znikła jego boleść, a na jej miejscu była już wielka rozkosz. Nagradzał się teraz sowicie za tak długą tęsknotę i z całym bezwstydem wielbił oczyma postać ukochaną.

„Biruta" miała powieki spuszczone. Zaczęła się uczyć, ale nie mogła widocznie, bo wzrok jej ze stronic książki przeniósł się na kamyki pod stopami i tam uwiązł. Czuła wejrzenie zakochanego, bo kilkakroć rzęsy jej drgały, jakby strząsając ze siebie ciężar cudzego wzroku. Policzki okrywały się cudowną barwą, to znowu prędko bladły... Marcin wysyłał do niej w spojrzeniu całą swoją duszę, tysiące słodkich nazw, dzieje rozmyślań, tęsknot, żalów, błagał ją w myśli jak ginący z pragnienia o jedną kroplę wody. I oto po długim czasie te powieki z wolna się usunęły.

Oczy „Biruty" zwyciężone i bezwładne przywitały miłosne wejrzenie. Na ustach jej błąkał się uśmiech niewypowiedziany; ni to strach, ni wstyd, ni rozpacz...

W tym uścisku spojrzeń przetrwali nadziemskie chwile. Wreszcie panna Anna odwróciła głowę i zakryła oczy rękoma. Nim jednak upłynęła chwila, wzniosła je znowu. Twarz jej była blada jak śnieg; na czoło zsuwały się promyki włosów, ręce splotły się konwulsyjnie nad kartami zeszytu. Teraz nie była już w możności sprzeciwiać się i opierać. Gdy odwracała oczy, nieme błaganie niby krzyk przyciągało je znowu i obłąkana pieszczota dłużyła się w jakiś byt zaziemski, wieczny. Szczęścia ich nie mącił nikt, żaden głos nie płoszył milczenia, prócz bełkotu wody, mówiącej niepojętą rzecz swoją...

XVIII

Na początku września tegoż roku Borowicz, jako już młodzian „dojrzały" i cywilny, przybył do Klerykowa z wakacji niby to w celu załatwienia jakichś spraw koleżeńskich niecierpiących zwłoki. Ogorzała twarz jego była chuda, wzrok mu płonął. Od wyznania w parku miłości spojrzeniami, bez słów, nie widział „Biruty" ani razu. Na próżno szukał jej wszędzie, na próżno czatował po rogach ulic, w bramie sąsiedniej kamienicy, w parku, u ścian gimnazjum żeńskiego, we dnie i nocami. Zginęła dlań, jakby się w ziemię zapadła. Wiedział tyle tylko, że jest w Klerykowie i że zdaje na patent dojrzałości. Egzamina pisemne i ustne, wręczenie świadectw, uczta pożegnalna, zdjęcie mundurów, ostatni dzień i ostatnia noc w Klerykowie — wszystko to minęło dla niego jak nierzeczywistość luźnie tycząca się jego osoby. Wakacje spędził w domu ojca, który zapadł był bardzo na zdrowiu. Marcin musiał prowadzić całkowicie gospodarstwo folwarczne, pilnować sianokosu i żniw. Gdy już wszystko sprzątnął, wyrwał się z domu na kilka dni. Ledwie wysiadł z bryczki, umył się w zajeździe i pędem wybiegł z jego bramy — padł w otwarte ramiona „starej Przepiórzycy". Babcia rozpłakała się z miejsca.

— Takiś to ty, Marcinek, taka to dobroć w twoim sercu... Gimnazjum skończyłeś, patent masz w garści, a do starej, co cię tylim ssipalcem widziała, nie przyszedłeś powiedzieć: — *adiu Fruziu*, jadę se w świat! Ładnie to tak, godzi się to tak? A przecie my z twoją matką nieboszczką...

Nie było sposobu. Marcin musiał razem z nią iść na uroczystą kawę. Stanąwszy we drzwiach znajomego mieszkania, ujrzał przed sobą radcę Somonowicza dreptającego po izbie. Staruszek był już teraz całkiem zgarbiony. Plecy wygięły mu się w pałąk, a końce długiego surduta jak opuszczone skrzydła wiewały z obudwu stron skulonej figury. Radca posunął się bardzo od czasu śmierci kolegi Grzebickiego. Już teraz nikt prawie nie rozumiał tego, co mówił o przyczynach, powodach i błędach rewolucji 31 roku, nikt nie akceptował ani przeczył ze świadomością rzeczy. Radca patrzył na Marcina wytrzeszczonymi oczyma i nie poznawał.

— Nie mam... — mruczał — nie mam waćpana, wcale nie mam przyjemności...

— Cóż radca znowu wyprawiasz — zakrzyknęła na niego „stara Przepiórzyca". — Przecie to nasz Borowicz, Marcinek...

— A prawda — mamrotał Somonowicz — przecie to nasz Borowicz... Marcinek... — ale patrzył nań wciąż z niedowierzaniem i sromotnym opuszczeniem dolnej wargi. Dopiero po upływie pewnego czasu nagle krzyknął:

— Ba, cóż mi gadacie? Przecie to jest ten smarkaty Borowicz, Marcinek Borowicz, co tu mieszkał!

— To pan radca teraz mię dopiero poznaje?... — zaśmiał się przyszły student.

— Ale bo z waćpana tyli koń wyrósł, że ani sposobu! Patrzcież się państwo!... Czemuż to znowu mundur zdjąłeś i latasz w cywilnej szacie?

— Albo to nie czas, panie radco? Skończyłem gimnazjum.

— O, jak mi Bóg miły! — zakrzyknął staruszek. — Gimnazjum skończył! No i cóż teraz — do ojca na wieś walisz?

— Ale gdzież tam — jadę do Warszawy...

— A ty tam po co?

— No, na uniwersytet.

— Jest! Znowu na uniwersytet... Co ci po tym, wal na wieś, zajmij się interesami starego!...

— Nie, ja pojadę do Warszawy.

Radca odął bezzębne usta, wytrzeszczył oczy i ruszył w swój pochód z kąta w kąt stancyjki. W czasie tej rozmowy zza portiery ukazała się panna Konstancja. Borowicz wyciągnął do niej rękę z serdecznym uściskiem. Pannisko, zestarzałe już zupełnie, szepnęło swoje: — a, powinszować!... — i zasiadło w kącie izby do roboty na drutach. Od czasu do czasu panna Konstancja rzucała okiem na barczystą postać Marcina z wyrazem wielkiego smutku. Wszystko na ziemi krzewiło się, mężniało, szło dokądś z furią w życie, oprócz niej, oprócz niej jednej, co wrosła w swe miejsce niby drzewo, niby drzewo próchniejące. Z sąsiedniego pokoju wysunął się młody Przepiórkowski, łysy już jak kolano, przywitał się z Marcinem i siadł w drugim kąciku. „Stara Przepiórzyca" zarządziwszy, jakie imbryki mają być przystawione, wróciła do pokoju i rzekła:

— O nas to już wiesz pewno, Marcinek?

— Cóż ja mam wiedzieć?

— No, jak to? Że nam stancję zamknęli...

— Pierwsze słyszę!

— Tak, tak! Kriestoobriadnikow wezwał mię do siebie przed dwoma tygodniami i zapowiedział, żebym sobie kosztów oszczędziła, bo on nam stancji trzymać nie da, niby katoliczkom. Od tego, powiadał, będą specjalne Moskiewki, a następnie jakieś tam internaty.

— Czy podobna? — rzekł Marcin szczerze zmartwiony.

— Już my nawet sprzedali, co się dało: stoły, krzesła, lampy. Szukamy mniejszego lokalu, bo po cóż nam taka buda?

Staruszka otarła łzę bezwiednym ruchem, jakby spędzała muchę.

— Internaty... przednia to jest myśl... — rzekł Somonowicz. — Środek do zaprowadzenia wzorowej karności, należytego rygoru, ale...

— I moskwicyzmu... — rzekł Marcin.

— Co mówisz, filozofie? Moskwicyzmu? — Jaki już rezon, a co, a co? — wołał, spoglądając kolejno na panią Przepiórkowską, na jej syna i córkę.

— Ależ tak, moskwicyzmu... — mówił Borowicz niezrażony. — Nie tylko w klasie, ale i w domu będą uczniowie zmuszeni do mówienia ciągle po rosyjsku. Społeczeństwo nie daje nam przecież żadnych środków ratunku...

— Społeczeństwo... fiu... fiu!... Więc cóż niby to społeczeństwo?

— Panie radco, czyż pan rzeczywiście nie współczuje z babcią Przepiórkowską, której nie wiedzieć dlaczego zamykają stancję, choć ją prowadziła uczciwie i doskonale, i tym sposobem niweczą środek utrzymania się? Czyż pan rzeczywiście współczuje z brutalnymi fantazjami karierowiczów gimnazjalnych?

— Wara waćpanu do tego, z czym ja współczuję! — krzyczał stary, tupiąc pantoflami. — Z niczym i nikim nie współczuję, skoro mam przed oczyma wolę rządu.

— Tak to rozumiem, to wyraźne! A ja inaczej, ja nie mogę znieść! — wołał Borowicz, zapalając się do żywego.

Starzec odprostował swe wypaczone plecy i patrzał na niego rozognionymi oczyma.

— Acan masz mleko pod nosem i tyle akurat masz prawa mówić o znoszeniu, co... Nie chcę zresztą gadać ci otwarcie! Ze mną się będziesz spierał, com sześćdziesiąt lat temu...

— Ja nie patrzyłem ani na rewolucję, ani na powstanie, ale przecież to nie racja, żebym nie miał prawa czuć ucisku, myśleć o nim i opierać mu się ze wszech sił moich...

— A co, a co, słyszeliście? — krzyknął Somonowicz. — Trzeci dziesiątek lat upływa, to jest nasionko. Macie państwo! Czy nie mówiłem? Ja to przeczuwam, ja to widzę! Tu mi włosy wyrosną, jeżeli ty znowu czego nie zmajstrujesz — wołał podsuwając Borowiczowi do oczu swe zmarszczone ręce — tu mi włosy wyrosną! Ale to sobie waćpan zapisz w głowie, że ja nie chcę tego dożyć, że nie zgodzę się pod żadnym pozorem na to patrzeć i że sobie w twoich oczach, gołowąsie, z pistoletu w łeb wypalę! To sobie zapamiętaj!...

— Po cóż znowu pan radca ma sobie w łeb walić? — pytał zmieszany Borowicz.

— Po co mam sobie w łeb walić? Bo mam już dosyć. Nie chcę trzeci raz patrzeć, nie chcę patrzeć, słyszeć, czuć, nie chcę, nie chcę!

— Ależ o co radcy chodzi? — wtrąciła się staruszka.

— O co chodzi? O to chodzi, że nie mam już sił ani przeciwdziałać, ani wstrzymywać, a patrzeć i wszechmocy boskiej po nocach nadaremnie wzywać nie chcę, choćbym miał duszę wydać na potępienie wieczne. Na to wam mogę w tej chwili wykonać przysięgę, że nie chcę patrzeć i nie będę! Wy sobie słuchajcie takiego siewcy, a ja wam powtarzam milionset razy, że to jest wróg waszej nacji, oto ten, który tu stoi!

— Ech, jużem się nasłuchał tych kabalistycznych przekleć pana radcy i wiem, co za nimi idzie... — rzekł Borowicz, machając ręką.

— Nie ma o czym gadać...

— Jest o czym gadać! Ja cię widzę na wylot! Oddaj się w ręce sprawiedliwości!...

Marcin nie mógł już wytrzymać, toteż nie czekając na kawę, co tchu pożegnał się ze wszystkimi. Stary radca wychylił się za nim z sieni i wołał na cały głos:

— Oddaj się w ręce sprawiedliwości, to ci radzę jak ojciec...

Wprost z Wygwizdowa Borowicz cwałem pobiegł na ulicę „Biruty". Gdy się do tych miejsc zbliżał, szedł jak lunatyk. Tyle dni i nocy przepędził w tęsknocie za tym widokiem, tyle razy budził się z marzeń do rzeczywistej ich nieobecności, że gdy nareszcie dane mu było znaleźć się wśród tych zaułków, poczytywał je za gorączkowe widziadła. Życie swoim trybem toczące się w małych sklepikach, w jeszcze mniejszych warsztatach, w brudnych i ciasnych mieszkaniach, na ulicy i w sionkach — było mu drogie i czcigodne jak święty kult, jako umiłowana świątynia samego bóstwa. Szedł noga za nogą i wolno wznosił oczy do szyb pierwszego piętra. O, gdyby ją mógł zobaczyć, gdyby tylko raz spojrzeć!...

Z dala już dostrzegł, że z okien wyjęte są żaglowe story i firanki, a większość tych okien poroztwierana tak jednostajnie, że z mieszkania wiała pustka. W głębi jednej z sal widać było podwójną drabinę z białego drzewa, zachlapaną olejnymi farbami. Dalej, na miejscu pięknych złocieni w białych wazonikach, stał garnek z niebieską ultramaryną i sterczący w nim gruby pędzel.

Serce Marcina zakłuła złośliwa boleść, ów, jak mówi Hamlet, „taki jedynie rodzaj przeczucia, jaki by zmieszał, być może, kobietę". — Pragnąc znaleźć od razu środek ratunku na to gniotące uczucie, Borowicz wszedł w bramę i spotkał tam starą i unurzaną w brudzie stróżkę, która oczyszczała miotliskiem na długim kiju bramę wjazdową.

— Proszę pani — szepnął, wsuwając babie w rękę pół rubla — czy doktor Stogowski teraz przyjmuje chorych?

— Ten, co tu na górze mieszkał, ruski doktor, to się już wyprowadził, ale przyjdzie na kwaterę to samo doktor, tylko inszy, a tera nie ma żadnego... — rzekła babina, osłupiała z podziwu na widok takiej kupy pieniędzy.

— A gdzież tamten?

— Tamtego przeniesły aże w głęboką *Rosiją*.

— W głęboką *Rosiją*? — powtórzył Marcin dygocącymi wargami.

— Mówił ta *dzieńszczyk*, że tam niby ten doktor Stogowski będzie brał lepszą zasługę. Na *jednoroła* tam poszedł, to samo przy wojsku.

— Ale gdzież to jest?

— Gadał on toto, ale ja nie potrafię wymówić. Jakosi tak jakby... *Śmierno*, czy co?

— A czy to już wyjechali?

— O, już będzie z pięć niedziel, jak pojechały.

— I ta panienka, córka, to samo?

— A ino, pojechała i ona. Zapłakała se, chudziątko, jak przyszło włazić na furę. Jeszcze mi złotówkę wetknęła, żem, widać, sterczała jako się patrzy przy bramie.

Marcin odszedł stamtąd. Nie widział ani jednego przechodnia, instynktem prawie trafiał z ulicy w ulicę, z ulicy w ulicę, z ulicy w ulicę. Nie wiedząc o tym, znalazł się u bramy parku; wszedł tam, skierował na swoją uliczkę i trafił do źródła.

Pusto było w tym ustroniu. Kamienne ławki stały tak samo, tylko liście bzu poczerniały, śpiew ptasi ustał. Borowicz siadł na swym miejscu i zmartwiałymi oczyma przyglądał się ławce sąsiedniej.

Kiedy niekiedy z wysokich drzew spływał liść zeschnięty, kołysał się na powietrzu i cicho padał między uwiędłe trawy. Kiedy niekiedy za żelaznymi sztachetami dawał się słyszeć łoskot kroków przechodnia po kamiennym chodniku albo w dali okrzyk uczniów bawiących się w piłkę na gimnazjalnym podwórzu.

Drżącymi palcami Marcin wyjął z bocznej kieszeni kartkę z pismem „Biruty" i przycisnął do ust zsiniałych słowa piosenki:

Ach, kiedyż wykujem, strudzeni oracze,
Lemiesze z pałaszy skrwawionych?...

Duszę jego gruchotała boleść tak głęboka, jakby trzymał na wargach rękawiczkę lub wstążkę wyjętą z trumny. Skąpy orszak myśli snuł się po jego rozbitym mózgu. Było ich coraz mniej, coraz mniej... Tylko dwa, trzy pytania wracały ciągle.

Po cóż to wszystko ludzie robią, po co czynią dobrowolnie na złość słabszym spośród siebie, dzieciom? Toż to jest pomoc udzielona młodości przez wiek i rozum dojrzały? Nic, tylko mściwe, obłudne a umyślne łganie, gdzie się da, podstawienie nogi, żebyś upadł i żebyś się rozbił. A ty wierzysz, że wykujem lemiesze z pałaszy skrwawionych... — zapłakał w głębi serca.

Wtem dał się słyszeć nad nim cichy głos:

— Borowicz, panie, panie...

Marcin podniósł głowę i zobaczył twarz Radka, wówczas ucznia klasy ósmej, który stał schylony.

Szerokoramienny, chudy i śniady chłop wlepił swe siwe oczy w twarz jego i cicho pytał:

— Cóż ci to, Borowicz, cóż ci to?

Marcin nie był w stanie rzec słowa, nie mógł patrzeć, wyciągnął tylko rękę i wspomógł się na siłach, czując uściśnienie kościstej, a jakby z żelaza urobionej prawicy Radkowej.

Also Available from JiaHu Books

Przedwiośnie
Potop. Tomy 1-3
Chłopy
Ziemia obiecana
Rok 1794. Tomy 1-3
Faraon
Bunt
Ludzie bezdomni
Wampir
Quo vadis?
Za chlebem
Pan Taduesz
Na wzgórzu róż
Kariera Nikodema Dyzmy
Utwory wybrane – Maria Konopnicka
Zemsta
Osudy dobrého vojáka Švejka za světové války
Válka s molky
R.U.R.
Hordubal
Krakatit
Továrna na absolutno
Povětroň
Obyčejný život
Babička
Hiša Marije Pomočnice
Judita
Dundo Maroje
Suze sina razmetnoga
Az arany ember
Szigeti veszedelem